W0365760

Robert Schopflocher

Die verlorenen Kinder

Robert Schopflocher

Die verlorenen Kinder

Roman

Langen*Müller*

Für Ruth, Mario, Manuel und meine Enkel

MIX
Papier aus verantwortungsvollen Quellen
FSC® C014496
FSC
www.fsc.org

© 2013 Langen*Müller* in der
F. A. Herbig Verlagsbuchhandlung GmbH, München
Alle Rechte vorbehalten
Schutzumschlag: Wolfgang Heinzel
Umschlagmotiv: Der Verlag konnte den Rechteinhaber des Umschlagfotos nicht ausfindig machen. Er bittet, ihm bestehende Ansprüche mitzuteilen.
Satz: EDV-Fotosatz Huber/Verlagsservice G. Pfeifer, Germering
Gesetzt aus: Garamond BQ 11,25/14 pt
Druck und Binden: GGP Media GmbH, Pößneck
Printed in Germany
ISBN 978-3-7844-3323-3

Auch als ebook

www.langen-mueller-verlag.de

TEIL I

I Der Telefonanruf

1

Kaum hatte er die Schwelle zur Wohnung seines Onkels Fredy überschritten, als ihn das Gefühl überkam, die Zeit sei stillgestanden. Dasselbe Doppelporträt auf der Kredenz, umgeben von ein paar verwelkten Blumen; es war wohl kurz nach dem Geburtstag eines der beiden vermissten Kinder. Dasselbe Zimmer, das er als Student bewohnt hatte – es hieß noch immer »das Kinderzimmer« –, auf dessen Bett der große Teddybär seinen rechtmäßigen Besitzer erwartete. Genau so hatte er das Plüschtier in Erinnerung. Mit nur einem Auge. Das fehlende hatte man auch in den Jahren seiner Abwesenheit nicht ersetzt. Derselbe Geruch nach Bohnerwachs. Dieselben anheimelnden Geräusche – Taubengegirr von draußen und das Geklapper einiger loser vom Wind erfasster Fensterläden.

Onkel Fredy und Tante María Inés, beide völlig ergraut und durch ihre gebeugte Haltung kleiner geworden, als sie in seiner Erinnerung lebten, aber fast ohne Runzeln im Gesicht, begrüßten den Neffen wie einen verlorenen Sohn; der Onkel mit fahrigen Gesten; die Tante mit streichelnden Bewegungen ihrer von Altersflecken verunzierten Hand. Noch immer entströmte ihr das leichte Parfüm nach Sandelseife. Kaum war sie fertig mit den Umarmungen und Küssen, als sie auch schon begann, ihn mit ihren Fragen zu bestürmen. Ob er eigentlich wisse, was aus Flora geworden sei? Ausgerechnet das war die erste Frage. Ausgerechnet der Finger in die Wunde! Er schüttelte den Kopf und bemühte sich, die erniedrigende Erinnerung zu löschen, welche die Erwähnung dieses Namens in ihm ausgelöst hatte. Ob er eine neue Freundin habe? Das wünsche sie dem Neffen von Herzen, denn es sei nicht gut, alleine zu leben. Ob er anständig verdiene? Ob er sich weiterbilde, wie es sich gehörte? Und ob er nun im Land zu bleiben gedenke? Die bohrende Fragerei war schon immer ihr Laster gewesen; andererseits hatte sie auch nie davor zurückgeschreckt, ihm als Gegengabe mit ungenierter Offenheit ihr Innenleben preiszugeben. Bis zu einer bestimmten Grenze jedenfalls tat sie dies. Die überschritt sie lange nicht. Bis sie es eines erinnerungswürdigen Tages eben doch fertigbringen würde, auch diese letzte Schranke dem Neffen gegenüber fallen zu lassen.

Der Onkel zog sich bald zurück, um, verstrickt in seine philatelische Leidenschaft, mit seinen Alben zu hantieren. Deren Anzahl schien sich im Laufe der Jahre vermehrt zu haben, aber der Zurückgekehrte konnte sich irren. Schon damals, vor gut zehn Jahren, hatte die Tante die plötzlich aufgetretene Sammelwut ihres Mannes als ein bedenkliches Symptom gewertet, da sie in ihren Augen einem Rückzug aus der Realität gleichkam, nicht weniger wie die Beharrlichkeit, mit der er bei seinen Gesprächen auf einem Stand der genetischen Forschungen verweilte – seinem Fachgebiet –, der längst überholt war. Bedenklich nicht zuletzt dieses Symptom, weil man, wie sie dem Neffen damals verriet, seinen Bruder schon als Kind, noch in Berlin, in einer Nervenheilanstalt interniert hatte. Ob und wie weit der Onkel erblich belastet war, blieb im Dunkeln. Und welches Ereignis in diesem – wohlgemerkt, rein hypothetischen – Fall den Anstoß für sein wirklichkeitsfernes Verhalten darstellen könnte, darüber sprach man nicht.

Die einzige Änderung, die er in der Wohnung entdeckte, war die Präsenz eines kleinen Fernsehapparats. Der befand sich wie ein Fremdkörper im Speisezimmer, dort wo einst das schon damals altmodische Radio gestanden hatte. Wollte er zur Zeit seiner kindlichen Sportbegeisterung ein Fußballspiel ansehen, so musste er dafür einen seiner Freunde aufsuchen, der über ein solches Gerät verfügte. Die Tante hatte nichts übriggehabt für diesen von ihr als »Glotzofon« bezeichneten Störenfried. Von diesem abgesehen (»wir schalten ihn nur abends kurz ein, um uns die Nachrichten anzuhören«, erklärte sie in einem Ton, der klang, als müsse sie sich vor dem Neffen rechtfertigen) schien sich in dieser kleinen Welt nichts verändert zu haben. Er hatte sie vor mehr als sieben Jahren verlassen, um im Ausland das Glück zu versuchen, das ihm in seinem Vaterland verwehrt war. Als Taxifahrer hätte er hier sein Brot verdienen müssen, als Schmuser auf Provisionsbasis bei einem Häusermakler vielleicht oder als Versicherungsagent. Tätigkeiten, denen mehr als einer seiner Kumpel widerwillig nachging. Dazu waren sie zur Universität gegangen, hatten einen Doktortitel oder ein Ingenieurdiplom erworben! Dabei war Taxifahrer noch das kleinste Übel, weil dieser Beruf wenigstens ein regelmäßiges Einkommen gewährleistete und man nicht von den Launen eines Vorgesetzten abhing. Scheiße! Shit! Merde! Oder einfach Mierda, verfluchte! Wie es sein Urgroßvater Jerónimo – »Er ruhe in Frieden!« – so treffend zu sagen pflegte: Argentinien war vom Einwanderer- zum Auswanderland geworden … Nein, vielleicht doch nicht ganz so treffend. Denn das von den gut ausgebildeten jungen Männern und Frauen hinterlassene Vakuum wurde nun von Halbanalphabeten aus Bolivien, Paraguay und Peru eingenommen. Die strömten in Scharen ins Land, hausten in den Elendsvierteln, wo sie allerlei Probleme verursachten und durch ihre bloße Anwesenheit und ihre Konkurrenz auf dem Arbeitsmarkt einen Fremdenhass hervorriefen, der den guten alten gegen Juden und Dunkelhäutige gerichteten Rassismus ablöste.

»Ja, ja, mein guter Onkel Jerónimo, dein Uropa! Wie oft muss ich noch an ihn denken. ›Ich bin ein Jüngling in fortgeschrittenem Alter‹, hatte er so gerne von sich behauptet. Sein pechschwarz gefärbtes Schnurrbärtchen hatte sich mit den Jahren in einen grässlichen grauen Schnauzbart verwandelt. Was ihn nicht daran hinderte, bis zu seinen letzten Tagen das große Wort zu führen und sich wie das Familienorakel zu benehmen. Immer mit einer roten Nelke im Knopfloch, der Schwerenöter«, erinnerte sich die Tante. Nach einer ganzen Weile fiel der Nachsatz: »Und der Rodolfo geriet nach seinem Vater. Nur ohne Schnurrbart und nicht ganz so zuvorkommend. Aber mindestens genauso geschäftstüchtig. Dabei war er doch so ein netter Junge gewesen. Ein Schalk, den man lieb haben musste.«

Die Bezeichnung »geschäftstüchtig« hörte sich abfällig im Mund der Tante an, was den Neffen veranlasste, sie etwas erstaunt anzublicken. Schließlich war die Geschäftstüchtigkeit kein Charakterfehler. Im Übrigen war dieser Rodolfo – ihr leiblicher Cousin und folglich sein Großonkel – kein Schulbub mehr, sondern ebenso alt wie sie. Vielleicht sogar ein oder zwei Jahre älter. Unter den Blicken Enriques lief sie vor Verlegenheit rosarot an: »Der besorgt jetzt das Geschimpfe auf unsere jeweilige Regierung, obwohl er es trotz aller Krittelei fertigbringt, unter sämtlichen Regierungen gute Geschäfte zu machen. Genau wie ehemals sein Alter. Egal ob die Militärs an der Macht sind oder Zivilisten, die Peronisten oder die Radikalen, ob wir gerade eine linke oder eine rechte Herrschaft über uns ergehen lassen müssen; überall hat er seine Leute sitzen.« Ja, die wendigen Hernández stellten den kapitalistischen Zweig der Familie dar. Sie waren die Einzigen, die wirklich zu Geld gekommen waren. Zu dickem Geld.

Und nun war er also wieder zurückgekommen ins traute Vaterland. »Willkommen in der Heimat. Doktor Miliani, Enrique!«, ließ die dicke Beamtin am Schalter im Flughafen von Ezeiza mit hämischem Grinsen verlauten, nachdem sie zuvor seinen Pass einer eingehenden Prüfung unterzogen hatte. Er war sich sicher, dass dieser Gruß sarkastisch gemeint war, vielleicht sogar schadenfroh. Die Schwierigkeiten, die er sich mit seiner Eskapade bei den für die Green Card zuständigen Behörden der Vereinigten Staaten einhandelte, waren der Beamtin natürlich bekannt.

In der Hoffnung, hier wieder Fuß zu fassen, war er zurückgekehrt. Nur ein Versuchsballon, wie er seinen wenigen Bekannten versichert hatte. Ohne die fragil konstruierten Brücken ganz abzubrechen. Die waren schwankend genug. Denn in den Staaten hatte man auch nicht auf ihn gewartet. Das hatten ihm die bürokratischen Hürden gezeigt, die ihm den Weg verstellten. Keine Universität hatte sich um ihn gerissen, diesen blutjungen Doktor der Biologie ohne praktische Erfahrung, der sich auf Phytogenetik spezialisieren wollte – um genau zu sein: auf die Züchtung von Getreidesorten, die sich als erheblich widerstandskräftiger gegen einen erhöhten Salpetergehalt im Boden und gegen extrem trockene Klimabedingungen erweisen sollten, als es die herkömmlichen Pflanzensorten waren. Die Manipulation der Erbmasse: mithilfe von Bakterien und Viren in die Wirtspflanzen eingeschleuste Gene, steckte damals noch in den Kinderschuhen. Handfeste Erfolge konnte er keine aufweisen; dazu hätte es aufwendiger Feldversuche bedurft. Um Schuldige für seinen Misserfolg zu finden, gab er manchmal den an den Haaren herbeigezogenen Verdacht von sich, es gebe Kollegen, die sich gegen ihn, den Außenseiter, verschworen hätten. Er sah sich als ein Opfer der Intrigen, die von den miteinander rivalisierenden Forschern ausgingen, denen die Entschlüsselung des menschlichen Genoms oblag, diesem in Mode gekommenen Jahrhundertprojekt. Eine ziemlich haltlose Theorie, um nicht zu sagen, barer Unsinn. Ihm war bekannt, dass die Tante derartige von ihr als »typisch argentinische Komplottfantasien« bezeichneten Argumente ihres Neffen nicht gelten ließ. Er verzichtete daher darauf, sie jetzt anzubringen. An den nicht weniger »argentinischen« Fantasien der alten Tante rührte er nicht, sondern zog es vor, über den pharmazeutischen Betrieb zu berichten, in dem er schließlich untergekommen war. Man zahle ihm ein anständiges Gehalt, das sei nicht zu leugnen. An diesem Punkt seiner Geschichte angekommen, leistete er sich einen Vorstoß in Richtung der im Schlafe leise knurrenden Hunde unterm Tisch: »Flora wäre zufrieden gewesen mit mir«, brachte er vor, »auch wenn sie eine ideologisch bedingte Abneigung gegen die Mammutkonzerne der Amis hegt, denen sie allerhand weltumspannende Konspirationen nachsagt …«

»Die verbreitete Sucht, überall Verschwörungen zu wittern« unterbrach ihn die Tante.

Er aber ließ sich nicht aus dem Konzept bringen. »Sie wäre vielleicht bei mir geblieben, denn trotz ihrer marxistischen Anwandlungen liebte sie die finanzielle Sicherheit. Erst wenn die gegeben sei, wollte sie Kinder in die Welt setzen. So behauptete sie einst.« Ein gutes Gehalt also, aber die Beschäftigung mit Labormäusen und Statistiken bot nicht die geringste Chance einer wissenschaftlichen Karriere, wie er sie sich einst vorgestellt hatte. »Damals, als du und dein Kommilitone euren Idealen wortreich anhingt in den vom Zigarrettenrauch geschwängerten Nächten der endlosen Diskussionen. Wo der Matetee kreiste und ihr eine bessere Welt herbeireden wolltet«, erinnerte sich die Tante in nahezu druckreifer Rede. Den Nachsatz: »Wie dies einst auch meine Adriana mit ihren Freunden getan hatte«, unterdrückte sie

»Genau«, bestätigte Enrique kopfnickend.

»Nur dass sich dieser jugendliche Idealismus gelegentlich als tödlich erweist.« Ein nachdenklich vorgebrachter Satz, mit dem die Tante ihre eigenen vor sich hin dämmernden Hunde kitzelte und die Gespenster mobilisierte, die sie bei Tag und Nacht verfolgten. Vor allem bei Nacht.

Letzthin schien hierzulande einiges in Bewegung geraten zu sein. Die Tante hatte ihn per Internet auf dem Laufenden gehalten, teils spöttisch, teils besorgt. Und oft mit ein paar Sätzen der Hoffnung oder der Enttäuschung, wenn sich wieder einmal die »Großmütter der Plaza de Mayo« bei ihr gemeldet hatten. Sie verfolgten eine heiße Spur; mit ziemlicher Sicherheit habe man jetzt den Enkel von Frau Doktor María Inés Adler lokalisiert, den Sohn ihrer »verschollenen« Tochter Adriana. Aber Vorsicht sei geboten; schon mehrmals sei einer der aufgespürten Vögel davongeflogen, bevor der zuständige Richter, dieser Lahmarsch, habe eingreifen können. Wie oft hatte die Tante solche Botschaften zu hören bekommen, längst hatte sie ihre DNA und die ihres Mannes bei der zuständigen Datenbank hinterlegt, »die genetischen Marken, um sie mit denen der ins Visier geratenen Kinder vergleichen zu können«.

»Damit kann Onkel Fredy gewiss gut umgehen, mit der DNA. Die schlagen schließlich in sein Fach«, mutmaßte der Neffe. Doch als er sich in diesem Sinn äußerte, winkte ihm die Tante heimliche Zeichen zu, er möge um Gottes willen den Mund halten. Die Babys – das war längst kein Geheimnis mehr – hatte man den zum Tod verdammten Müttern wenige Tage nach ihrer in der Gefangenschaft stattgefundenen Entbindung entwendet, um sie mit gefälschten Dokumenten an Kandidaten zu verschenken, die den Militärs genehm waren. Das war vor nahezu dreißig Jahren geschehen; die damals entstandenen Wunden waren nie verheilt – mehr noch: Laut dem Vetter Rodolfo, diesem Klugscheißer, streute die momentan an der Macht befindliche Regierung noch immer Salz in sie, um den Revanchegeist im Volk wach zu halten und durch ein solches Feindbild ihre eigene Machtposition zu festigen.

Hoch her war es im Land gegangen seit dem unrühmlichen Abgang der Militärs. Das war Enrique hinlänglich bekannt. Zwei der seitdem mehr oder weniger demokratisch gewählten Präsidenten mussten vorzeitig abtreten. Das Machtgerangel der egomanen Politiker, die alle zur Futterkrippe drängten und gegeneinander intrigierten, nannte man großmäulig Politik. Als sich das Land dann in einem einzigen Jahr gleich drei Präsidenten hintereinander leistete, ohne dass es zu einer Volksbefragung gekommen wäre, platzte dem im Allgemeinen geduldigen Fußvolk der Kragen; mit der Parole »¡Qué se vayan todos!« waren sie auf die Straße gegangen. Alle Politiker sollten abhauen. Enrique hatte es im New Yorker Fernsehen mitbekommen, denn die Bilder waren damals um die ganze Welt gegangen. Dass sich die gescheiterten Politiker kurz darauf durch die Hintertür einschleichen und versuchen würden, erneut ihre Pöstchen anzutreten, hätte er sich eigentlich an seinen zehn Fingern ausrechnen können.

Bis sich dann der nahezu unbekannte Gouverneur einer abgelegenen Provinz im Süden namens Néstor Kirchner anheischig gemacht hatte, mit dem von seinen Vorgängern gebauten Mist fertig zu werden. Mit der Unterstützung von nur 22 Prozent der Wählerschaft war er ins Regierungsgebäude eingezogen. Doch, so verriet die Tante mit kaum unterdrückter Schadenfreude, erwies er sich als wesentlich gerissener, als es sich seine Drahtzieher vorgestellt hatten, die der Meinung gewesen waren, er würde nach ihrer Pfeife tanzen. Das Gegenteil sei der Fall: Der Mann pfeife, und die ratlose Opposition vollführe den Tanz. Lauter groteske Solotänze. Mehr noch: Demnächst werde ihm sogar seine Frau, die Senatorin Cristina, im Amt folgen und seine Politik fortsetzen.

»Was für eine Politik?«

»Nun, eine progressive Linie eben.«

»Progressiv?«

»Gewiss: genau die Linie, denen die Militärs mit ihrem Staatsterror den Kampf angesagt hatten. Bis ihnen endlich das Handwerk gelegt wurde.«

Enrique wunderte sich über den Wortschatz der Tante: »Progressive Linie«, »Staatsterror«. So hätte sich wohl auch Adriana ausgedrückt, wäre sie noch am Leben gewesen.

Er hatte lange gezögert, bis er den Entschluss fasste, seine Arbeitgeber um unbezahlten Urlaub zu ersuchen und seinen Koffer zu packen. Und nun saß er also hier, in der guten Stube der Tante, noch bevor er nach Chivilcoy weiterfuhr, um sich bei seinen Eltern zurückzumelden. Pünktlich zu Weihnachten. Für die eingeschaltete Zwischenstation in Buenos Aires hatte er natürlich allerhand Ausflüchte parat. Schwamm darüber! *Delete*! Er kannte sich gut genug, um über die seelische Verletzung Bescheid zu wissen, die ihm seine Eltern zugefügt hatten, als sie ihn, den kaum Zwölfjährigen, außer Haus gaben, während seine beiden jüngeren Brüder daheim bleiben durften. Bei Papa und Mama. In bester Absicht war es geschehen, gewiss, gewiss. Eine so gute Sekundarschule wie das Colegio Nacional Buenos Aires gab es in Chivilcoy nicht; er solle stolz darauf sein, dass er die Aufnahmeprüfung bestanden hatte. Bla bla bla … Und bei Onkel Fredy und Tante María Inés sei er gut aufgehoben, sie waren schließlich keine Menschenfresser und hatten zudem junges Blut in ihrem Umfeld bitter nötig. Bei dem Unglück, das sie getroffen hatte. Gewiss! Aber die Tatsache bleibt bestehen: Er wurde von zu Hause weggeschickt. Mierda! Nie war er darüber weggekommen. Außerdem lässt man sich als Zwölfjähriger nur ungern für gute Werke einspannen. Trotz aller Anstrengung hatte er es noch immer nicht fertiggebracht, die Erbitterung zu überwinden, die ihm zusetzte, sobald er an das ihm damals Angetane denken musste.

»Jetzt musst du aber deine Eltern anrufen; die warten bestimmt schon darauf«, ermahnte ihn die Tante, indem sie ihm freundlich über den Rand ihrer Brille zulächelte. Kurz entschlossen wählte sie die Nummer für ihn und drückte ihm den Hörer in die Hand. Mama war am Apparat. »Hallo, Negrito! … Erst morgen dürfen wir mit dir rechnen? Wir hatten dich schon für heute erwartet!« Ein eisiger Windhauch schien ihn zu erreichen, obwohl ihm, vom verschneiten New York in den argentinischen Sommer versetzt, die schwüle Hitze von Buenos Aires zu schaffen machte.

Er versprach, ganz bestimmt am folgenden Tag nach Hause zu kommen (»nach Hause«, sagte er ausdrücklich), um den Heiligabend mit ihnen zu verbringen. »Aber nimm gefälligst den Überlandbus« empfahl die Mutter, »am besten den Elf-Uhr-Bus. Denn die Züge sollen morgen wieder einmal streiken. Wir erwarten dich natürlich an der Haltestelle, ja? Mit einem Empfangskomitee, ja?«

»Okay, okay. Die gut hundertfünfzig Kilometer Landweg werde ich schon noch schaffen, nachdem ich den Nonstop-Flug von New York bis nach Buenos Aires überlebt habe«, meinte er lachend.

Ihre Bemerkung »Nach acht Jahren Abwesenheit« klang vorwurfsvoll. »Nur knappe sieben Jahre, Mama«, berichtigte er seine Mutter.

Sie ließ es darauf beruhen. »Und grüß' mir die Tante. S'ist ja Weihnachten.« Of course, das werde er ausrichten. Und auch den Onkel Fredy werde er in ihrem Namen grüßen. Ja? Genau genommen war seine Mutter nur eine Großcousine von María Inés Adler: Teresita, die Tochter Marta Teresas, der jüngsten Schwester Rodolfos. Die hatte einen gewissen Ricardo Moreno geheiratet, einen Steuerinspektor. Beide, Mutter wie Tochter, hatten sich jung zur Ehe entschlossen, im Gegensatz zu María Inés, die lange an ihrem Mädchennamen Antúnez festhielt, bevor sie sich nach einer sich über mehrere Jahre erstreckenden Verlobungszeit endlich zur Ehe durchgerungen hatte.

Seltsam, dass die Mutter ihre Glückwünsche nicht persönlich übermitteln wollte; wer weiß, zu was für Familienzwistigkeiten es während seiner Abwesenheit gekommen war. Der ihn aus der Hörmuschel anwehende kalte Windhauch ließ keine Weihnachtsstimmung aufkommen. Von Kind an war er kälte- und geruchsempfindlich gewesen.

2

Die Tante rief zum Abendessen. Wie lange hatte er keine Empanadas mehr gegessen, diese mit Hackfleisch und Zwiebeln, mit Käse oder weißem Mais gefüllten Teigtaschen! Hatte die dicken Schnitzel mit grünem Salat entbehrt! Dazu ein Glas ehrlichen Rotweins. Endlich einmal keine Pizza, keine Hotdogs, kein Fastfood mit Coca-Cola! Als Nachtisch frischen Obstsalat mit echter Sahne. Die Tante ließ sich nicht lumpen.

Bevor sich der Onkel zu Tisch begab – erst jetzt fiel es Enrique auf, dass er am Stock ging –, schaltete er das Fernsehgerät ein; eine Reflexhandlung, es war genau zu erkennen.

Irritiert verlangte die Tante, er möge den Kasten gefälligst ausmachen, nicht jeden Tag komme ein geliebter Neffe aus dem Ausland zurück. Es dauerte mehrere Minuten, bis Fredy reagierte; er klebte regelrecht am Fernsehschirm. So bekam der Neuankömmling einige der gebotenen Moritaten mit. Den Überfall auf eine Pensionsempfängerin, eine erpresserische Entführung, die von der Regierung propagandistisch ausgewertete Einweihung eines Staudamms, zwei Raubmorde, diverse detaillierte Verkehrsunfälle und ein Sexualverbrechen.

»Du siehst, Enrique, wie es hierzulande noch immer aussieht«, meinte die Tante, indem sie das Geplapper des Apparats übertönte.

»Zum Teufel! Gibt's denn keine anderen Nachrichten?«

»Doch, natürlich gibt's die. Der Bericht über ganz einfache Menschen zum Beispiel, die in selbst organisierten Volksküchen Straßenkindern zu einer warmen Mahlzeit am Tag verhelfen. Mit der Hilfe der Nachbarn, ohne jegliche Unterstützung der Regierung. Das gibt es schon. Die NGOs. Ich kenne mehrere davon. Oder die Arbeit der Religionsgemeinschaften. Oder die vielen Blut- und Organspender, die sich melden, wenn Not am Mann ist. Oder die Geld beisteuern, wenn es darum geht, kranken Kindern eine sonst unerschwingliche Behandlung im Ausland zu ermöglichen. Beweise der Gutherzigkeit der Bevölkerung. Ich begegne ihnen täglich im Krankenhaus. Aber das interessiert das Publikum nicht.«

Nur schade, dass derartige Leute nicht das Sagen haben, bedauerte der Neffe und sprach die Mutmaßung aus: »Die Verbreitung derartiger Nachrichten kommen mir wie Ablenkmanöver vor, mit denen die Regierung das Volk füttert, auf dass man ihr nicht all zu genau auf die Finger guckt.« Mit diesem Satz bewies er, dass ihn sein Aufenthalt in den Staaten hellhörig gemacht hatte. Schnell kam er wieder auf die Themen zurück, die seines Erachtens nach anstelle der intensiven Beschäftigung mit der Polizeichronik die Beachtung des argentinischen Fernsehens verdient hätten. »Zum Beispiel die Aktion der Medizinstudenten, die hoch im Norden, an der Grenze mit Bolivien, Trockenmilch verteilen und die Indianerkinder impfen. Darüber sollte man berichten.«

Ein weiterer Fehlgriff! Erstaunlich, wie viele Landminen diese Wohnung barg. An den betretenen Gesichtern, mit denen die beiden Alten auf ihre Teller starrten, erkannte er seine Taktlosigkeit. Denn seine unbedachte Bemerkung musste die Erinnerung an Adriana in ihnen erwecken. Bei einer derartigen Aktion war sie erstmalig ins Blickfeld der Militärs geraten: »Subversion«!

Es dauerte eine ganze Weile, bis sich die Tante gefasst hatte und erneut das Wort ergriff. »Die jetzige Regierung verfolgt die Militärs, die sich Verbrechen gegen die Menschlichkeit zuschulden kommen ließen. Ist durchaus in Ordnung. Nur Leute wie Rodolfo maulen, weil man jetzt nur die gerne als ›uniformierte Menschenschinder‹ bezeichneten Streitkräfte verfolge, die ›Terroristen‹ hingegen ungeschoren lasse. Dabei vergisst er«, gibt sie zu bedenken, »dass die meisten von ihnen Jugendliche waren, vierzehn-, fünfzehnjährige Kinder, Idealisten, die nur das Beste wollten. Gnadenlos wurden sie gefoltert und ermordet. Wir können leider ein trauriges Lied davon singen. Weißt ja Bescheid, nicht wahr? Wirst's schon noch merken, Enrique: Das Land ist in zwei Lager gespalten. ›Als wenn nicht beide Fraktionen Dreck am Stecken hätten‹, behauptet Rodolfo. Aber der hat ja immer was zu meckern. Genau wie sein Alter, seligen Angedenkens. Und wenn ich mir's richtig überlege – nicht zwei, sondern drei Lager gibt es sogar. Das ist mit Abstand das zahlreichste: Das wird nämlich von der schweigenden

Mehrheit gebildet. Die will nur in Frieden ihrer Arbeit nachgehen. Nichts weiter als das. Was angesichts der sozialen Ungerechtigkeiten natürlich ein Vergehen darstellt. Eine politische Sünde, die sich früher oder später rächt.«

Die Militärs! Enrique konnte nicht vergessen, wie man ihn als Rekruten geschunden hatte: Hundert Kniebeugen! Appell um vier Uhr morgens! »So lernt ihr, das Vaterland zu verteidigen, ihr Dreckskerle!« Das Kommandogebrüll der Feldwebel. Ein Jahr später schaffte Präsident Menem die Wehrpflicht ab. Für ihn, Enrique Miliani, zu spät. Aber immerhin konnte er von Glück sagen, dass er vom Irrsinn des Falkland-Malvinen-Kriegs verschont blieb, bei dem die abgewirtschafteten Militärs mehr als tausend schlecht ausgerüstete Rekruten in den Tod schickten, um in Verkennung der Machtverhältnisse einen absurden Feldzug vom Stapel zu lassen. Der – das muss gesagt sein – von der erdrückenden Mehrheit der Bevölkerung begeistert begrüßt worden war.

Endlich schaltete der Onkel den Fernseher ab, räusperte sich und ließ sich mit der ihm eigenen stockenden Redeweise über die Forschungen aus, die er als Molekulargenetiker betreibe. Angeblich. Demnächst werde man ihm an der Uni mehrere Geräte zur Verfügung stellen, unter anderem ein Elektronenmikroskop. Als gäbe er ein Geheimnis preis, ließ er sich anschließend über sein Projekt aus, einen Fliegenkäfig einzurichten, wie dies einst sein Vorbild, der Nobelpreisträger Thomas Hunt Morgan, getan hatte. Enrique war versucht, Einspruch zu erheben. Den Nobelpreis hatte Morgan vor einem halben Jahrhundert erhalten; seine bahnbrechenden Forschungen lagen noch weiter zurück.

»Meine Experimente mit den Mutationen der Taufliege *Drosophila melanogaster* sind vielversprechend für die Humanmedizin«, verriet der Onkel unbeirrt. Er und seine Mitarbeiter seien Erkenntnissen auf der Spur, die vermutlich für die Bekämpfung der Parkinson- und der Alzheimerkrankheit und sogar bei gewissen Formen der Schizophrenie einsetzbar seien. Und nach kurzem Brüten der Nachsatz: »Schade, dass mein kleiner Bruder keinen Nutzen aus meiner Forschungstätigkeit ziehen kann.«

Übergangslos kam er dann auf die ihm ans Herz gewachsene Molekularchemie zu sprechen, erwähnte Enzyme, Proteine und den Atlas der Chromosome »seiner« Fliegen, der auf dem statistisch erfassten Studium von mehr als zweihundert aufeinanderfolgenden Generationen beruhte. Und wieder eine Gesprächspause. Nachdem keiner seiner beiden Zuhörer den Mund auftat, fuhr er fort, seine konfusen Gedankengänge weiterzuentwickeln: »Noch ist die Stammzellenforschung in den meisten Staaten verboten, aber der Fortschritt lässt sich auf die Dauer nicht aufhalten. Der Tag ist nicht fern, an dem man Menschen klonen wird.« Eine neuerliche Pause und dann ein nachdenkliches: »Wir werden es fertigbringen, ein geliebtes Kind nach dessen Tod wieder auferstehen zu lassen. ›Bein von meinem Bein, Fleisch von meinem Fleisch!‹« Nach diesem Zitat aus dem Alten Testament, zählte er, zusammenhanglos, wie es schien, die durch Strahlen und Chemikalien hervorgerufenen vererbbaren Mutationen der Drosophila auf. Bis er sich jäh unterbrach und verwundert um sich sah, wodurch er den Eindruck hervorrief, er erwache aus einer Trance. Ein Zustand, der Enrique das seelische Labyrinth offenbarte, in dem der Bedauernswerte umherirrte.

Aber erst als er das verzerrte Gesicht der Tante wahrnahm, kam ihm das Unheimliche dieser Szene in seiner ganzen Bedeutung zu Bewusstsein. Die alte Frau tat ihm leid. Denn die Umstände, die den Onkel aus der Bahn geworfen hatten, waren ihm natürlich bekannt: Vor fast vier Jahrzehnten war es gewesen, dass man ihn, den international angesehenen Professor Dr. Federico Adler, in der »Nacht der langen Prügelstöcke« zusammen mit Hunderten seiner Kollegen aus den Lehrsälen geknüppelt hatte. Vor vierzig Jahren! Eine für den jungen Mann unvorstellbar lange Zeit. Der schnauzbärtige Kavalleriegeneral Onganía, der die Präsidentschaft des Landes damals durch einen Putsch erlangt hatte, war der Meinung gewesen, alle Universitäten seien Nester der Linken, deren gefährlichste Waffen unsichtbar seien, weil sie in ihren Köpfen steckten. Nester, die ausgeräuchert werden müssten, um die Belange des christlichen Abendlandes zu wahren. Im Gegensatz zu vielen seiner Kollegen war der Onkel mit seiner jungen Frau im Land geblieben. *Eine* Auswanderung im Leben genüge ihm. Nie mehr betrat er ein Forschungsinstitut. Und zwanzig Jahre später geschah das Unglück mit den Kindern, das er nicht hatte abwenden können.

Die Tante unterbrach die Gedankengänge des Neffen. Mit einer munteren Stimme, die sich gekünstelt anhörte, ließ sie ihn wissen, dass Onkel Fredy trotz seines fortgeschrittenen Alters noch immer eine Halbtagsstelle im Labor eines früheren Kollegen bekleide. Dort führe er Blut- und Urinanalysen und bakteriologische Untersuchungen durch.

»Routinetätigkeiten«, warf der Onkel verächtlich ein, »die größtenteils von Geräten erledigt werden.«

»Eine berufliche Tätigkeit, die dich fit hält«, widersprach die Tante. Es war deutlich zu sehen, dass sie sich an diese Normalität klammerte, um die Gespenster des Wahnsinns zu bannen, die sich fast sichtbar im Raum breitmachten.

»Wenn mir nur die Arthrose nicht so zusetzen würde«, beklagte sich der Onkel.

Enrique versuchte, der Tante beizustehen. Er begann, über seine Erfahrungen in den Staaten zu berichten. Auf diese Weise versuchte er, den Onkel abzulenken. Der beteiligte sich auch tatsächlich lebhaft an der Unterhaltung, stellte Fragen, gab vernünftige Ansichten von sich. Die Drosophila-Fliege, die Möglichkeiten des Klonens und das Elektronenmikroskop schien er vergessen zu haben.

Auch als er auf seine Briefmarkensammlung zu sprechen kam, konnte Enrique keinerlei Anzeichen entdecken, die die Ängste der Tante gerechtfertigt hätten. Er habe sich auf ein Gebiet spezialisiert, das zum einen den Wohltätern der Menschheit gewidmet war, zum andern den Schurken, die für die Verfolgung und den Tod Millionen unschuldiger Menschen verantwortlich waren. Schmal war das Album, das die Wertzeichen mit der Abbildung eines Albert Schweitzers, eines Henri Dunant oder eines Mahatma Gandhi enthielt. Mit den Briefmarken hingegen, auf denen die Scheusale zu sehen waren, die ganze Völker ins Unheil gestürzt hatten, habe er schon mehrere Bände gefüllt. »Ausgestattet mit dämonischen Kräften«, so der Onkel, »gelingt es diesen Ungeheuern immer wieder, die allen Menschen latent innewohnenden bösen Triebe zu aktivieren: die Hitlers, Stalins und die größenwahnsinnigen Monster, die ihre Schreckensherrschaft in Afrika und Asien ausgeübt haben oder dies noch immer tun.«

»Aber du hast doch auch Marken im Album, auf denen Pestalozzi, Einstein oder Florence Nightingale zu sehen sind«, half María Inés dem Gedächtnis ihres Mannes nach, aber der ließ keine Unterbrechung gelten.

Letzthin habe er sich genötigt gesehen, eine dritte Abteilung einzurichten, fuhr er fort, ohne den Einwand seiner Frau zu beachten: »Das Fegefeuer.« Die sei den Figuren gewidmet, die noch keine Einordnung gestatteten, da die

Geschichte noch kein endgültiges Urteil über sie gefällt habe. »Der Ché Guevara etwa, mit der Aufforderung an seine Anhänger, sie müssten sich in ›Mordmaschinen‹ verwandeln, der aber sein Leben – ziemlich fahrlässig übrigens – hingegeben hatte, um den Unterdrückten unseres Kontinents beizustehen. Die aber wollten damals gar nichts von ihm wissen. Oder die prunksüchtige, machtgierige Eva Perón, die jeden, der sich nicht ihrem Willen fügte, mit fanatischem Hass verfolgte. Die aber die bis dahin missachteten Rechte der Frauen und die der diskriminierten unehelichen Kinder durchgesetzt hatte, was ihr die Dankbarkeit aller Armen eingebracht habe, die bekanntlich die erdrückende Mehrheit des Landes bildet.

An dieser Stelle angelangt, meldete sich die Tante erneut zu Wort, sei es, um die Unverfänglichkeit der Erklärungen ihres Mannes zu bekunden, sei es, weil sie in diesem Zusammenhang etwas auf dem Herzen hatte, das sie unbedingt loswerden wollte. Dies jedenfalls war der Eindruck des Neffen. »Um Evita zu verstehen«, gab sie nämlich zu bedenken, wobei sich ein trotziger Tonfall in ihrer Stimme bemerkbar machte, »muss man wissen, dass sie selbst vater- und rechtlos aufwuchs. Eine uneheliche Tochter des reichen Estanciero Duarte, der sie nie anerkannt hat. Das erklärt gar manche dunklen Punkte ihres Charakters. Fest jedenfalls steht, dass es ein ›vor‹ und ein ›nach‹ ihres Wirkens in der Geschichte des Landes gibt. Ihr ist zu verdanken, dass erstmalig die Stimme der Besitzlosen anklingt. Und außerdem spuken bis zum heutigen Tag wohl ein gutes Dutzend unterschiedliche Evita-Figuren in den argentinischen Köpfen herum.«

Seit über fünfzig Jahren ist die schon tot, schoss es Enrique durch den Kopf, aber für die alte Tante scheint sie noch immer zu leben und die Verehrung einer Schutzheiligen der Armen zu verdienen.

Fredy ging auf den Einwand seiner Frau nicht ein, sondern blätterte geistesabwesend in seinen Alben. Als es schon aussah, als sei keine Erwiderung von ihm zu erwarten, hob er unvermittelt den Kopf und richtete das Wort an den Neffen: »Schließlich ist alles in den Genen festgeschrieben. Anstatt Briefmarken zu sammeln, sollte man die Mutationen der Drosophila melanogaster genauer registrieren. Dabei gibt es millionenfache Kombinationsmöglichkeiten. Wie beim Schachspiel.«

Nach diesen Worten erhob er sich, wünschte ins Leere hinein eine gute Nacht und ließ seine Frau und den Neffen sprachlos zurück. Als der kurz darauf den Versuch unternahm, ein unverfängliches Thema anzuschneiden, indem er sich nach Ernesto erkundigte, den Bruder der Tante, zeigte ihm deren Antwort, dass er wieder ins Fettnäpfchen getreten war. Sie hätten sich völlig auseinandergelebt, musste er sich anhören – eine ruppige Auskunft, die keine weiteren Fragen zuließ.

3

Später dann lag Enrique lange wach auf dem Bett im Kinderzimmer. Obwohl er sich erschöpft vom langen Flug fühlte, wälzte er sich hin und her, ohne die rechte Schlafposition finden zu können. Aus der Ferne drang das Rauschen des Straßenverkehrs an sein Ohr. Das Häuschen des alten Ehepaars befand sich in einem ruhigen Stadtviertel, weit ab vom Zentrum, doch das Hintergrundgeräusch, übertönt von Zeit zu Zeit vom Sirenengeheul eines Polizeiautos oder einer Ambulanz, verstummte auch zur nächtlichen Stunde nicht. Wer weiß, wie lange dieses aus den frühen Zwanzigerjahren stammende Einfamilienhaus dem Baufieber noch standhalten würde. Wie er bei seiner Ankunft zu seinem Bedauern festgestellt hatte, schossen auch in diesem Viertel bereits die Hochhäuser aus dem Boden.

Während er dem Gegurr der Tauben lauschte, die sich unter dem Dachvorsprung eingenistet hatten, öffneten sich vor seinem geistigen Auge die Schubladen seiner Erinnerungen. Der Sesam-öffne-dich-Dietrich der Tante und des Onkels hatten deren Schlösser gesprengt. Leitworte: Flora … Evita … das Elektronenmikroskop … DNA … die Briefmarkensammlung des Onkels, die – Enrique erinnerte sich – auf der Kollektion aufgebaut war, die dieser als Kind aus Deutschland mitgebracht hatte. Besonders hatte es ihm ein Block mit dem ordinären Profil Hitlers angetan, wo zu lesen war: »Wer ein Volk retten will, kann nur heroisch denken.« Schon damals war ihm unverständlich gewesen, dass dieser Onkel, dem nach seinen eigenen Worten eine Auswanderung genügt hatte, diese größenwahnsinnige Sentenz des Mörders seines Volkes in seiner Sammlung duldete … Das Foto auf der Kredenz und der einäugige Teddybär … Die Schemen seiner Vergangenheit waren erwacht und bedrängten ihn. Und nicht nur die der seinen, sondern auch die des Onkel und der Tante setzten ihm zu. Widerstrebend musste er erkennen: Auf die Dauer lassen sich die Lügen nicht aufrechthalten, derer es bedarf, um weiterleben zu können. Früher oder später kommt der Moment, an dem der das seelische Gleichgewicht bewahrende Schleier fällt.

Schon im Halbschlaf befangen, vermischten sich die Zeitebenen seiner Reminiszenzen. Verfälschte Erinnerungen zeigten nun schonungslos ihr wahres Gesicht. Die Aussicht, als promovierter Doktor der Naturwissenschaften zum Taxifahrer degradiert zu werden, hatten ihn zwar zur Auswanderung veranlasst; aber wenn er ehrlich sein wollte, musste er erkennen, dass es vordringlich das Verhalten Floras gewesen war, dem er sich durch seine Flucht ins Ausland entzog. Eine Flucht? … Noch immer quälte ihn die Erinnerung an ihre leidenschaftlichen Zungenküsse, an ihren heißen Körper, an ihr Lustgestöhn. Ihr Geständnis dann. Unerwartet, grausam. Fast acht Jahre war es her, aber noch immer erlebte er die Szene, als habe sie sich gestern ereignet.

Flora zündet sich eine Zigarette an und fordert ihn zum Sitzen auf. Sie müsse ihm etwas gestehen. »Bist eine Montonera geworden und willst mich davon überzeugen, mit dir loszuziehen, um Bomben in vollbesetzte Cafés zu werfen?«, seine nicht ernst gemeinte Vermutung. Schließlich warfen die Montoneros, diese Vertreter der lateinamerikanischen Variante des Marxismus alter Schule, längst keine Bomben mehr, sondern versuchten, die mehr oder weniger demokratischen Regierungen mit subtileren Mitteln zu unterwandern.

»Lass den Quatsch! Ich rede im Ernst. Ich bin im dritten Monat, damit du's weißt.« Sein perplexes Schweigen. Dann: »Aber wir haben uns doch immer vorgesehen.«

Sie daraufhin: »Du schon.« Sie lacht kurz auf. Ein alle Illusionen zerstörendes, schrilles Lachen. »Aber der Fernando nicht.«

Fernando Ramírez! Ein Sohn reicher Eltern, der die Uni zum Zeitvertreib besucht, ohne sich je einer Prüfung zu stellen. Der also hat sich mit ihr im Bett gewälzt und ihm, dem Naivling, die Hörner aufgesetzt. Dann macht sie alles noch schlimmer, indem sie Verständnis heuchelt. Es sei besser so für ihn, denn er sei mit seiner Karriere verheiratet, während sie – er wisse es ja – eine abgesicherte Existenz anstrebe, um Kinder zu bekommen. »Aber nicht mit mir!«, hört er sich stöhnen und verlässt den Raum, um dem abgeschmackten Satz zu entfliehen, den sie ihm nachschickt: Sie werde ihm immer ein liebevolles Andenken bewahren.

Nicht die Aussicht auf den Beruf eines Taxifahrers, sondern Floras Verrat war es gewesen, der ihn außer Landes getrieben hatte. Abgesehen davon wäre es ihm ein Leichtes gewesen, in der prosperierenden Firma seines Vaters in Chivilcoy unterzukommen, womit er dem Schicksal eines akademisch gebildeten Taxifahrer entkommen wäre.

Und was den Onkel Fredy anbelangt, so hatte der seine guten Gründe gehabt, um im Land zu bleiben. Solange sich seine Beschäftigung mit der Drosophila im üblichen Rahmen bewegte, hätte ihn vermutlich jede Universität in den Vereinigten Staaten mit Kusshand aufgenommen. Denn längst war diese Taufliege dank ihrer raschen Vermehrung und ihres übersichtlichen Erbguts zur Galionsfigur aller Genetiker aufgestiegen, auch wenn es seit einigen Jahren vornehmlich die Molekularbiologie war, ein neuer Zweig der Naturwissenschaft, dem man spektakuläre Resultate verdankte. Und da kam nun dieser Spinner daher und nimmt die Experimente mit den hereditären Mutationen eines Hermann Joseph Muller aus dem Jahre 1927 wieder auf, um dem schädlichen Einfluss der Röntgenstrahlen und gewisser in der Nahrungsmittelindustrie gebräuchlicher Zusatzstoffe auf die Spur zu kommen. Kein Wunder, dass ihm derartige Forschungen mächtige Feinde eintrugen! Die Betreiber der Atomkraftwerke etwa, die Erzeuger genetisch veränderter Lebensmittel sowie mehrere Chemiekonzerne fühlten sich von dem weltfremden Professor belästigt. Denn der lieferte den Warnern vor den Gefahren einer krebsfördernden Verstrahlung oder der Überhandnahme fragwürdiger Konservierungsmittel und Geschmacksverbesserer in den nicht selten genmanipulierten Nahrungsstoffen Waffen in ihrem Kampf für eine gesündere Umwelt. Den Machenschaften dieser Konzerne war es zuzuschreiben, dass der Onkel in einem

Lande bleiben musste, in dem ihm der Resonanzboden entzogen war. Wo er sich als Laborant über Wasser hielt und nebenbei Briefmarken sammelte. Ohne dass sich ihm die Gelegenheit geboten hätte, etwa an der DNA-Sequenzierung oder an der Entzifferung des Humangenoms teilzunehmen – Dinge, über die sich sogar aufgeklärte Laien unterhielten. Den von Zeit zu Zeit seltsame Anwandlungen überkamen. Die eines Wissenschaftlers unwürdige Hoffnung etwa, seine verschwundenen Kinder durch genetische Zaubertricks zu neuem Leben zu erwecken. In Form von Duplikaten. Anwandlungen, die seiner Frau berechtigten Anlass zur Besorgnis gaben. Weil sie ihn an einen Schwager gemahnten, den sie nie kennengelernt hatte, da ihn die Adlers bei der erzwungenen Auswanderung in einer Nerven-»heil«anstalt zurücklassen mussten. Ihr Selbsterhaltungstrieb hatte die Familie zu dieser Haltung veranlasst; wer hätte es ihnen übel nehmen können? Kein Land zeigte sich gewillt, geistig Geschädigte aufzunehmen. Die Nazis hatten ihn kurz danach »abgespritzt«, das Gewissen der Hinterbliebenden bis zum heutigen Tag belastend. Siegfried hatte der arme Junge geheißen. Der Namen des Drachentöters hatte ihn nicht geschützt.

Dass die Tante die im »Fegefeuer« ihres Mannes befindliche Evita Perón in Schutz nahm, musste Gründe haben, die Enrique verborgen waren. Er hegte den Verdacht, sie hingen mit den bösen Erfahrungen zusammen, die ihr als junges Mädchen auf einer Estancia zugestoßen waren, wo sie einen Sommer über als Serviermädchen verbracht hatte. Diese gehörten, wie er im Nachhinein verwundert feststellte, zu den wenigen Episoden, von denen sie nur andeutungsweise sprach. Was den Anschein erweckte, als wolle sie sich dieser Erinnerungen zwar gerne entledigen, ohne aber den Mut zur befreienden Beichte aufzubringen.

Der von ihm unvorsichtigerweise erwähnte Onkel Ernesto, mit dem die Tante nichts mehr zu tun haben wollte!

Jetzt erinnerte er sich dieses Bruders der Tante: Ernesto Jerónimo. Auf der Beerdigung von dessen Vater war er ihm zum ersten und letzten Mal begegnet: Ein pensionierter Angestellter der Stadtverwaltung, der seinem gerade zu Grabe getragenen Vater Cristóbal auffallend ähnlich sah, mit seinen eingefallenen Backen und den zu eng beieinanderliegenden Augen mit stechendem Blick. Dem man besser aus dem Weg ging, um nicht angepumpt zu werden und sich nicht seine Klagen über das Pech anhören zu müssen, das ihn verfolge und an dem immer die andern Schuld trügen. Der auf jener Beerdigung die herumstehenden Trauergäste mit halblaut geflüsterten Zoten unterhalten hatte. Womit er wohl unbewusst der Nähe des Todes Paroli bieten wollte. Das einzig Bemerkenswerte an ihm war, dass er dreimal entgegen der bestehenden Gesetze – also illegal – geschieden war und von den Unterhaltungsansprüchen mehrerer unversorgter Kinder verfolgt wurde. Kein erfreulicher Zeitgenosse also. Verständlich, dass Tante María Inés nichts von ihm wissen wollte!

Der Umstand, der die Tante veranlasst hatte, ausgerechnet ihn, den Nenn-Neffen, zu ihrem Vertrauten zu erwählen, besaß eine lange Vorgeschichte. Ohne weiter darüber nachzudenken, hatte er damals die seelenenthüllenden Gespräche als etwas Selbstverständliches hingenommen, wie gar manches, was ihm in ihrem Hause hätte auffallen und zu Fragen Anlass geben müssen. Allem voran das große Foto ihrer beiden eigenen Kinder auf der Kredenz, über deren Schicksal sie gelegentlich geheimnisvolle Bemerkungen fallen ließ, begleitet von vielsagenden Gesten, die denen seiner Eltern ähnelten, wenn die Rede auf das Geschwisterpaar kam. Gesten, die Verschwiegenheit forderten. Stillschweigen über Adriana: auf dem Bild ein sympathisch lachendes, etwa zwanzigjähriges Mädchen, und Facundo, einem Schulbub mit Pudelfrisur und abstehenden Ohren. Die beiden waren in seiner Vorstellung keinem Alterungsprozess unterworfen. Als er noch ein kleiner Junge war, hatte man ihm eingeredet, sie befänden sich auf einer langen Reise. Weit weg vom Elternhaus. In Spanien vielleicht, malte er sich in seiner kindlichen Fantasie aus, wo Tante María Inés zur Welt gekommen war. In Berlin, dem Geburtsort Onkel Fredys. Oder gar in China, der Heimat des Mannes vom Selbstbedienungsladen im nächsten Häuserblock, dessen Kauderwelsch kein Mensch verstand. Dass er in ihrem Unterbewusstsein die Stelle ihrer abwesenden Kinder einnahm, musste er spätestens dann empfunden haben, als man ihn im Zimmer Facundos einquartierte. Außerdem – es hatte lang gedauert, bis ihm das so richtig aufgegangen war – war es dieser Onkel gewesen, der ihn in die Laufbahn eines Genetikers gedrängt hatte, da er in ihm offenbar den Nachfolger sah, der das Ziel erreichen sollte (welches genau?), das ihm, dem Onkel Fredy, versagt geblieben war.

Die Ereignisse hatten es mit sich gebracht, dass er von der Tante wie ein Sohn behandelt wurde. Wie ein sehr frühreifer Sohn, von dem sie eigentlich hätte annehmen müssen, dass er nicht alles verstand, was sie vorbrachte. Dabei mangelte es ihr nicht an Neffen und Nichten, die auf die Bezeichnung eines solchen Verwandtschaftsgrades eher hätten Anspruch erheben können als er, Enrique, der ja nur ein Urenkel ihres verstorbenen Onkels Jerónimo war, der Sohn Teresitas, die nach Chivilcoy geheiratet hatte: ein Nebenzweig im Stammbaum der Antúnez-Hernández, so weit entfernt von dieser Nenn-Tante, dass es für ein solches Verwandtschaftsverhältnis in Wirklichkeit überhaupt keine Bezeichnung gibt.

Endlich schlief er ein. Wie er sich später vage erinnern sollte, hatte sich im Traum das leise Rauschen des Straßenverkehrs in das feindliche Gesumm eines Bienenschwarms verwandelt, der ihn bedrohte – ihn, der sich nicht gegen den elterlichen Beschluss zur Wehr hatte setzen können. Dazu verdammt, als Kind seine gewohnte Umgebung zu verlassen, um ein gutes Werk zu vollbringen ... Die Bienen ... Die vom Vater gezähmten Bienen aus Chivilcoy.

War soeben der Fachausdruck »Unterbewusstsein« aufgetaucht? Nun ja, es soll nicht verschwiegen werden, dass Enriques Tante Psychologin war, spezialisiert auf kleine Kinder. Allerdings ging sie ihrem Beruf nur noch sporadisch nach, denn: »Wer braucht schon eine so alte Schachtel als Kinderpsychologin?« Solches pflegte sie vorzubringen, wenn es so über sie kam, begleitet von einem Lächeln, mit dem sie eine Spur der Selbstkritik andeutete, vielleicht auch eine bescheidene Dosis der Resignation. Ursprünglich hatte sie als Kinderärztin im städtischen »Rivadavia«-Krankenhaus gearbeitet, bis die Überzeugung in ihr herangereift war, ihren kleinen Patienten als Seelenärztin mehr helfen zu können als in ihrem ursprünglich erlernten Fachbereich. Das erzählte sie jedem, der es hören wollte. Dass die Eltern den psychologischen Beistand meist nötiger gehabt hätten als ihre Sprösslinge, die sie ihr anschleppten, um sich ihrer Pflichten auf bequeme, das Gewissen entlastende Weise zu entledigen – das pflegte sie mit Vorliebe gerade denjenigen mitzuteilen, die es nicht hören wollten. Und dies, obwohl einer Psychologin eine solche Standpauke eigentlich gar nicht zustand.

Das Telefon schrillte Enrique aus seinen von Albträumen beschwerten Schlaf. Ohne den Sinn ihrer Sätze zu begreifen, drang die sich vor Aufregung überschlagende Stimme der Tante an sein Ohr. Als er schlaftrunken und verschwitzt aus seinem Zimmer wankte, empfing ihn diese mit der Nachricht, die »Großmütter der Plaza de Mayo« hätten sich gemeldet. Deren Vorsitzende Estela de Carlotto persönlich sei am Apparat gewesen, um ihr zu eröffnen, man habe ihren Enkel lokalisiert.

Sie atmete schwer und suchte nach den rechten Worten. Nun stehe der Kampf bevor, der auszufechten sei, um ihn in den Schoß der Familie zurückzuführen. Estela hatte sie darauf vorbereitet. Man müsse sich auf allerhand Schikanen gefasst machen. Solches sei man von vielen der bislang fast hundert Fälle gewohnt, die inzwischen ans Licht der Öffentlichkeit gedrungen waren. »An die vierhundert in der Gefangenschaft geborene Säuglinge soll es insgesamt gegeben haben, die von den Militärs mit gefälscher Identität zur Adoption freigegeben wurden. Eine Ungeheuerlichkeit sondergleichen!«, wusste die Mitarbeiterin Estelas zu berichten, die sich angeboten hatte, ihr den Enkel – inzwischen kein Kind mehr, sondern ein volljähriger junger Mann; das müsse sie sich vor Augen halten – von Weitem zu zeigen. »Von Weitem!«, wiederholte sie eindringlich. Denn man müsse behutsam vorgehen. »Ein volljähriger Mann mit falschem Familiennamen und falschen Eltern. Lozano ist deren Namen.« Pünktlich um zwölf Uhr mittags solle sie sich an der Ecke Corrientes und Florida einfinden. An dieser belebten Stelle im Zentrum der Stadt könne sie den Enkel kurz sehen. Der habe die Angewohnheit, dort in einem Lokal einzukehren, um ein paar Bissen zu sich zu nehmen. Im Vorübergehen dürfe sie ihn sehen. Unauffällig. Ohne ihn anzusprechen.

Als Enrique der Tante gegenüberstand, die, zitternd und den Tränen nah, mehrmals die Worte wiederholte »Mein geliebtes Enkelchen! Adrianas Fleisch und Blut!«, fragte er sie besorgt, ob er sie nicht besser begleiten solle zu diesem schicksalhaften Treffen, zumal sich der Onkel anscheinend bereits zu seinem Laboratorium aufgemacht habe. Doch sie lehnte sein Anerbieten ab. Diesen Gang müsse sie alleine durchstehen. »Einfach wird es nicht sein für mich ... Nur aus der Ferne darf ich ihn sehen, das hat mir Estela eingeschärft. Ohne das Wort an ihn zu richten, ohne Verdacht zu erregen ... Werde ich ihn überhaupt erkennen ...?«

Nein, nein, sie benötige keine Begleitung. Wirklich nicht. Sie habe schon mit vielen Schicksalsschlägen im Leben fertig werden müssen und werde auch diese Situation bewältigen ... »Was er wohl treibt? ... Wie wird er sich mir gegenüber verhalten? ... Ablehnend, gleichgültig? Feindlich vielleicht? Wer weiß, mit welchen Lügen man ihn gefüttert hat ...?«

Einen Moment lang erweckte die betagte Tante den Eindruck eines verwirrten kleinen Mädchens. Nach einer Weile fand sie zur Gegenwart zurück, räusperte sich und legte Enrique nahe, sich endlich aufzuraffen und loszuziehen. Nach Chivilcoy, wo seine Eltern auf ihn warteten.

II Die Botschaft aus einer anderen Welt

4

Enrique erreichte den Elf-Uhr-Omnibus mit knapper Not. Schon im Fahren begriffen, vorbei an der Notstandssiedlung, die man besser ignoriert, tauchte ein stark schwitzender, mit Paketen und Tragetaschen beladener Dickwanst auf, der sich schwer atmend neben ihm niederließ, nachdem er zuvor seine Last im Gepäcknetz verstaut hatte. Er erkannte in ihm Don Angel Granato, den Kommissionär, der ständig zwischen Chivilcoy und der Hauptstadt hin- und herpendelte, um die Aufträge seiner Kunden zu erledigen – kleine Besorgungen, bürokratische Formalitäten bei den Ämtern oder die Auslieferung von Briefen, die man nicht der unzuverlässigen Post anvertrauen wollte. Seine Stellung war zwischen der eines Vermittlers, eines Maklers und eines Botengängers angesiedelt, der seine Dienste gegen eine bescheidene Provision verrichtete.

Don Angel nahm seinen Sitznachbarn in Augenschein und sprach ihn dann an. »Ich kenn' dich doch!« Kein Wunder, denn der Gute war als das lebende Adressbuch seiner Stadt bekannt. Und als deren Tagesanzeiger obendrein. »Ein Sohn der Milianis, stimmt's?«

»Der Älteste«, bestätigte Enrique.

Mit der Erkenntnis: »Aha! Der Doktor aus den USA erweist uns die Ehre seines Besuchs« bewies der Kommissionär sein gutes Gedächtnis und bekundete gleichzeitig die Absicht, Enrique in ein längeres Gespräch zu verwickeln. »Bist wohl schon Anwärter auf den Nobelpreis«, forderte er ihn heraus. »Der wäre der siebte, den wir Argentinier erhalten.«

Enrique rechnete nach; er kam nur auf fünf Preisträger, aber vielleicht hatte er einen vergessen.

Nachdem er keine Antwort erhielt, wandte sich der Schwätzer einem näherliegenden Thema zu. »Wirst manches verändert vorfinden in unserer Stadt«, stellte er dem Ankömmling in Aussicht. »Neue Industrien, von allem in der Kunststoffbranche. Der gehört die Zukunft und wird – wenn ich eine unmaßgebliche Meinung äußern darf – unser Leben mehr umkrempeln als gar manche Revolution. Einige Firmen haben die Wirtschaftskrise leider nicht überstanden. Denn alle litten unter der sogenannten neoliberalen Wirtschaftspolitik, als das Land von Importwaren geradezu überschwemmt wurde.«

Nachdem sich Enrique des Kommentars enthielt, sah sich der Quälgeist veranlasst weiterzuquatschen. »Viele alteingeführte Firmen gingen damals pleite. Eine Schande! Hast du etwas vom Bankgehege mitbekommen, dem sogenannten ›Corralito‹, durch den der damalige Wirtschaftsminister Cavallo sämtliche Bankkonten sperren ließ, als er nicht mehr weiterwusste? Ja?« Er räusperte sich: das Räuspern eines Kettenrauchers. »Ich will ja nichts gesagt haben, aber so ist es immer, der Normalbürger muss die Dummheiten der korrupten Politiker ausbaden, für die er nichts kann. Stets bittet man den Steuerzahler zur Kasse und schickt dessen Kinder in den Krieg. Aber nun ist das Land dabei, sich vom Debakel zu erholen.« Er halte viel vom jetzigen Präsidenten Kirchner, verriet er, den man den »Pingüino« nenne und der dem Internationalen Währungsfond und den Estancieros, den reichen Großgrundbesitzern, den Kampf angesagt habe.

»Das Elendsviertel da draußend besteht aber noch immer«, erwiderte Enrique ohne Enthusiasmus. »Bankgehege hin oder her. Da haben Sie die wirkliche Schande, Señor, diese

›Villas miserias‹, in die sich noch nicht einmal die Polizei hineintraut! Ein Glück, dass diesmal keine Steine flogen, als unser Bus vorbeifuhr ...«

Wie um diesen Einwand zu unterstreichen, hielt der Omnibus vor einer Straßensperre, die eine Protestgruppe errichtet hatte. Die Delegation irgendwelcher Arbeiter, vermutete Enrique, die höhere Löhne durchsetzen wollten. Das Geschimpfe und Gehupe der aufgehaltenen Verkehrsteilnehmer zeigte keine Wirkung; eine gute Stunde verging, bis die Straße freigegeben wurde.

»Alles zu seiner Zeit«, erwiderte Don Angel unbeirrt auf die vorgebrachte Kritik, ohne dem erzwungenen Aufenthalt Beachtung zu schenken. »Was willst du? Soll Kirchner in einem Jahr gutmachen, was in einem halben Jahrhundert versäumt wurde? Zaubern kann auch der nicht, und schließlich befinden wie uns nicht in der Schweiz.«

»So, so«, ließ Enrique verlauten und unterdrückte einen Gähnanfall.

Angel Granato zeigte sich von der zur Schau gestellten Interesselosigkeit seines Sitznachbarn vor den Kopf gestoßen. Doch schnell fasste er sich wieder und rief ein »Aber wem erzähle ich das?« aus, wobei er sich mit theatralischer Geste auf die Stirn schlug. »Das weißt du natürlich alles längst von Don Antonio, deinem Papa. Der hatte ja auch allerhand auszuhalten während der Wirtschaftskrise der vergangenen Jahre mit ihrer uferlosen Inflation. Aber jetzt geht's ihm und deinen Brüdern ausgezeichnet, wie ich höre. Denn das Blatt hat sich gewendet; jetzt exportiert er ja unseren Honig bis nach England. Alle Achtung! Und seine Bienenkästen mit den herausnehmbaren, genormten Waben in den beweglichen Aufsätzen bringen ihm viel Geld ein, während er als Lehrer hätte hungern müssen, wie dein Großvater. Hab' ich recht?«

Nein. Er hatte nicht recht, dachte Enrique. Soweit er es überblicken konnte, übertrieb der Mann maßlos mit dem Vermögen, das er seinem Vater unterstellte. Er schloss die Augen, um sein Schlafbedürfnis zum Ausdruck zu bringen. Das war natürlich unhöflich gehandelt und half ihm außerdem wenig, denn Don Angel war in Schwung gekommen und sprach weiter, ohne sich darum zu kümmern, ob ihm der Heimgesuchte zuhörte oder nicht. Das geradezu zwanghafte Geplapper gehörte nun einmal zu seinem Beruf. Auf der Suche nach Publikum verwickelte er nach einer Weile die durch den Gang getrennten Fahrgäste auf seiner rechten Seite in ein Gespräch über die Wetteraussichten – mehr als ein Gespräch war es ein Monolog, den er bestritt, während sich seine Zuhörer darauf beschränkten, beifällig zu nicken. »Wir müssen uns auf eine Trockenperiode gefasst machen«, prophezeite er in einem Brustton, der keinen Widerspruch zuließ. »Die Folge des Klimawandels, an dem nicht nur die Industrien mit ihrem unverantwortlichen Ausstoß von Kohlendioxyd Schuld tragen, sondern auch der Kurswechsel des Niña-Stroms im Pazifik, die Sonnenflecken und die Verschiebung der Erdachse.« Es war geradezu ein Vergnügen, dem von sich selbst überzeugten Mann zuzuhören, der sich in der Welt auszukennen schien und nicht nur über die Machenschaften der ausländischen Gläubiger Bescheid wusste, denen die deklarierte Zahlungsunfähigkeit Argentiniens ganz recht geschehe, sondern auch über den Einfluss der Sonnenflecken und über die Verlagerung der Erdachse.

Als die Meteorologie keinen Gesprächsstoff mehr hergab und die Insolvenz des Landes gewürdigt worden war, mit der man die Inhaber der argentinischen Staatspapiere geprellt hatte, begann der Unermüdliche, sich über die Landesgeschichte auszulassen. Genauer gesagt, über die Geschichte der Stadt Chivilcoy und seiner Umgebung. Dabei erwies es sich, dass er auch in der Bevölkerungsstatistik zu Hause war. Dass die Stadt nun schon über sechzigtausend Einwohner zählte, hielt er, dem stolzen Ton nach zu schließen, mit dem er die Zahl verkündete, genauso für sein urpersönliches Verdienst wie die Anzahl der Nobelpreisträger, die das Land hervorgebracht hatte. »Allgemein bekannt ist ja«, fuhr er fort, »dass Chivilcoy eine besonders arbeitswillige Bevölkerung beherbergt. Das wusste schon Sarmiento, dem man verdankt, dass sich norditalienische und sogar ein paar Schweizer Einwanderer in der Gegend niedergelassen haben. Ohne dass ich jemandem zu nahe treten möchte: ein gutes Element!« Dann fiel ihm der berühmte Satz ein, den Sarmiento bei seiner Antrittsrede als Präsident der Nation von sich gegeben hatte. Etwas ungenau zitierte er den Satz, aber das merkte keiner seiner Zuhörer: »Mein Regierungsprogramm ist einfach: ich werde hundert Chivilcoys gründen.« Ein Programm, das er leider nicht verwirklichen konnte. Aber als Volkserzieher habe er außerordentlich viel geleistet, sogar die Gründung der Militärakademie verdanke man ihm, obwohl er ein Freidenker gewesen sei und obendrein ein Freimaurer.

Während der Bus endlich wieder in Fahrt kam, kramte Enrique in Gedanken seine Schulweisheit hervor und rechnete die historischen Fakten nach. Domingo Faustino Sarmiento hatte im Jahre 1869 die Präsidentschaft angetreten, das war also vor rund hundertvierzig Jahren gewesen. Dem Auslandsaufenthalt des jungen Manns war es zu verdanken, dass er sein Vaterland und dessen Geschichte aus einer gewissen Distanz betrachtete. Dass sich hierzulande die Leidenschaften noch immer an den geschichtlichen Ereignissen längst vergangener Zeiten entzündeten, kam ihm lächerlich vor. Als Student hatte er gemeinsam mit seiner Freundin

Flora an den Streitgesprächen teilgenommen, bei denen für oder gegen irgendeinen der Caudillos Stellung genommen wurde, der längst im Moder der Geschichte versunken war. Ein Juan Manuel Rosas, ein Pancho Ramírez, ein Facundo Quiroga. Dabei war es üblich gewesen, den wehrlosen Toten ein gegenwartsbezogenes ideologisches Mäntelchen zu verpassen. Zu jener Zeit ein natürlicher Prozess für ihn, der ihm jetzt vorkam, als unterstelle man etwa Washington oder Napoleon trotzkistisches Gedankengut. Am lautesten hatten sich, wie er sich zu erinnern glaubte, bei diesen Diskussionen jene Argentinier verhalten, deren Eltern noch in Europa zur Welt gekommen waren.

Anschließend fielen ihm die zahlreichen Verbrechen ein, die seit Jahren vergeblich ihrer Aufklärung harrten und wesentlich zeitnäher waren als die Konflikte aus der Mottenkiste des neunzehnten Jahrhunderts. Angefangen mit dem blutigen Anschlag auf das Jüdische Gemeindezentrum mit über achtzig Toten bis zur verräterischen Explosion einer staatlichen Waffenfabrik, um, wie der Verdacht umging, einen von der Regierung gedeckten Waffenschmuggel zu vertuschen. Von den straffreien Umtrieben der Drogenhändler bis zu mehreren Morden in luxuriösen Country Clubs, die für Schlagzeilen gesorgt hatten, ohne dass je die Täter oder deren Motive bekannt wurden. Oder gar die nie aufgeklärte Profanierung der Leiche Peróns, der Unbekannte im Jahre 1987 beide Hände abgehackt hatten. Alles Skandale, die eine Zeit lang die Öffentlichkeit erregt hatten und dann durch frische Nachrichten verdrängt worden waren. Ein seltsames Kollektivgedächtnis, stets zu Klitterungen bereit!

Mit geschlossenen Augen zwar, aber mit offenen Ohren musste er an die Tante María Inés denken, der zu dieser

Stunde vermutlich der Enkel gezeigt wurde, dem sie sich nicht zu erkennen geben durfte. Wie würde sie reagieren?

Er versuchte, sich in die Lage jenes Enkels zu versetzen, der etwa so alt sein musste wie er selbst. Oder sogar ein paar Jahre älter. Die ihm bevorstehende Veränderung seiner Identität würde eine radikale Umkrempelung seiner Vergangenheit bedeuten. Die davon ausgelöste Schockwirkung war nicht absehbar; selbst seinen Personennamen hatte man ja gefälscht, vom Familiennamen ganz zu schweigen. Was für eine verzwickte Situation! Die vermeintlichen Eltern zu Verbrechern degradiert, mit Verwandten konfrontiert, die Fremde für ihn waren. Feindliche Fremde womöglich. Eigentlich verdiente jener junge Mann nicht weniger Mitleid als die Tante und der Onkel. Er hing weiter diesem Gedanken an. Dabei fiel ihm die passive Haltung der einst so resoluten Tante auf, die sich an die Nachrichten des Großmütter-Verbands klammerte, ohne auch nur die geringste Anstrengung zu unternehmen, sich an deren – wie ihm schien – aggressiven Suchaktionen zu beteiligen. Es hatte den Anschein, als sehne sie sich nach diesem Enkel, scheue aber gleichzeitig davor zurück, sich dieser lebendigen Hinterlassenschaft ihrer Tochter zu stellen.

Er gab sich Mühe, den Schwätzer an seiner Seite zu überhören, der, wie sich herausstellte, den längst zu seinen Ahnen berufenen Expräsidenten Sarmiento nicht aufs Geratewohl, sondern mit List und einem Schuss von Tücke zum Thema seines Monologs gewählt hatte. Denn die Familiengeschichte der Milianis war indirekt mit jenem Mann verbunden, wenn auch über ein Jahrhundert hinweg und ganz bestimmt ohne dessen Dazutun.

Auch wenn er sich weiter schlafend stellte, blieb Enrique nichts anderes übrig, als diese alte Geschichte über sich ergehen zu lassen, ausgeschmückt mit den Varianten und Kommentaren des sich allwissend gebärenden Kommissionärs, der sich eine Zigarette angezündet hatte, was im Omnibus eigentlich verboten war. Dass er solchermaßen von den Gedanken abgelenkt wurde, die um das Treffen der Tante mit ihrem Enkel kreisten, tat ihm gut.

Sein Großvater – väterlicherseits, versteht sich – sei in den Vierzigerjahren Grundschullehrer gewesen, erzählte Don Angel seinen Zuhörern, nicht ohne einen verstohlenen Seitenblick auf dessen Enkel zu werfen, wobei ihm die Versuchung anzusehen war, ihn wach zu rütteln. »Stellt euch vor: Als der alte Miliani in Erfüllung des Lehrprogramms vor versammelter Klasse die Verdienste Sarmientos aufzählte, ließ er sich einfallen, die patriotischen Verdienste der argentinischen Staatsmänner des ausgehenden neunzehnten Jahrhunderts hervorzuheben und mit dem Gerangel der kläglichen Figuren zu vergleichen, die, egal ob sie in Uniformen steckten, oder mit Schlips und Jacke bekleidete Advokaten waren, heutzutage die Geschicke des Landes lenken. Man stelle sich vor! ›Klägliche Figuren‹, das war wortwörtlich die von ihm gewählte Bezeichnung gewesen. Diese unvorsichtig geäußerte Meinung kostete ihn seine Stellung. Ein Denunziant hinterbrachte sie haarklein dem kurz zuvor ernannten Schulinspektor. Der drehte ihm einen Strick daraus. War dem Kerl nicht schwergefallen; die damalige Militärregierung hatte gerade einen Zivilisten zum Erziehungsminister ernannt, der für seine ultrakonservative Haltung bekannt war.«

Enrique erinnerte sich: Seine politisch motivierten Freunde hatten ihn gelegentlich erwähnt, den Inbegriff des einheimischen Nazismus, der keinen Hehl aus seiner Verehrung des auf der Höhe seiner Macht stehenden deutschen »Führers« machte und unter dem Pseudonym Hugo Wast antisemitische Bestseller-Romane veröffentlichte. Als Anhänger des katholischen Dogmas alter Schule hatte er sich als Gegner der Lehren Darwins hervorgetan – man höre und staune: im Jahre des Herrn 1943! »Klägliche Figuren«, unerhört von einem Lehrer, dem der Staat die zarten Seelen der Kinder anvertraut hatte und ihn dafür zahlte! Hunderte von national gesinnten Lehrerkandidaten ständen Schlange, um den Posten eines Tullio Milianis zu übernehmen. Vielleicht war der Kerl gar ein Anarchist, das sähe ihm ähnlich, mit seinem Gefasel vom Fortschritt. »Der Herausschmiss hatte sich für den Abgestraften bekanntlich als Glücksfall erwiesen.« Darin musste der Enkel seinem aufdringlichen Nachbarn im Stillen recht geben. Denn dieser Großvater hatte sich mit Ercilio Rico zusammengetan, einem tüchtigen Schreinermeister, und eine Firma ins Leben gerufen, um Bienenkästen serienweise herzustellen – ein modernes amerikanisches Modell mit Aufsätzen, die der Imker je nach Bedarf auf den Brutkasten stellen konnte, getrennt von diesem durch ein Drahtgitter, deren Maschen die Arbeitsbienen durchließ, nicht so die ihnen an Größe überlegene Königin, sodass diese Aufsätze nur reinen, von keiner Brut kontaminierten Honig beherbergten. »Mit solchenTricks vergewaltigen wir die Natur«, sollte eines Tages Juancito, der jüngere der Brüder Enriques, von sich geben. Aber der war aus der Art geschlagen, hatte sich als lernfaul erwiesen und spielte Gitarre. Außerdem trug er einen goldenen Ring im rechten Ohrlappen und hatte sich die Arme tätowieren lassen – beides zum Ärger seiner Erzeuger. »Wir vergewaltigen gar nichts«, hatte ihm der Vater entgegnet, »sondern wir zähmen die Insekten und machen sie der hungernden Menschheit dienstbar.«

Der Vater war es dann gewesen, erinnerte sich Enrique der Familiensaga, der sich dank der Beziehungen eines cleveren Schwagers vorteilhafte Kredite verschaffte. Die Tatsache, dass er diese wenige Jahre später mit entwerteten Pesos zurückzahlte, konnte ihm niemand übel nehmen: Das war eben die angenehme Kehrseite der Inflation, die mehr als einen ruiniert hatte – eine vom Gesetz nicht vorgesehene Steuer, die die Arbeitnehmer traf, da deren Löhne stets hinter ihr herhinkten. Dem Vater hingegen verhalf sie zum Wohlstand, wenn auch nicht gerade zu dem ihm angedichteten Reichtum. Er zahlte seinen alten Teilhaber aus und erweiterte das Unternehmen, indem er weiteres Zubehör für die Imkerei vertrieb und den Honig seiner Kunden aufkaufte, um ihn zu vermarkten. Nun konnte er bereits mit der Hilfe der beiden Brüder Enriques rechnen, die – wie dieser verbittert denken musste – von den Eltern nicht in die Fremde geschickt worden waren, wie es ihm geschehen war. Um gute Werke zu verrichten, verdammt noch mal, und um einen akademischen Titel zu erwerben, der sich im Leben als ziemlich wertlos erwies. Mierda!

5

Nachdem er sich eine Zeit lang schlafend gestellt hatte, leise mit offenem Mund schnarchend sogar, um mit dieser Pantomime der Aufdringlichkeit seines stark nach Schweiß riechenden Nachbarn zu entgehen, der, endlich verstummt, seine dritte oder vierte Zigarette paffte, überkam ihn tatsächlich eine lähmende Schläfrigkeit. Diesem Zustand war es zu verdanken, dass er sich den einlullend monotonen Fahrgeräuschen des Omnibusses hingab, die sich in seinen Gedanken mit der Fahrt eines anderen Verkehrsmittels verbanden. Ein paar Jahre nach seiner Geburt hatte sie stattgefunden. Tante María Inés hatte sie ihm derartig eindringlich in allen Einzelheiten geschildert, dass ihm war, als habe er sie und den Onkel auf diese Fahrt begleitet, die nun überdeutlich vor seinen Augen stand und die Gegenwart überlappte.

Auch damals war es um die Weihnachtszeit herum gewesen; die damals herrschende Militärjunta bekämpfte gnadenlos den Terrorismus; Polizeiautos und Lastwagen mit kriegsmäßig ausgerüsteten Soldaten rasten durch die Stadt. Es war nicht ratsam, sich ohne Personalausweis auf der Straße zu zeigen. Auch wenn an der Oberfläche das normale Leben weiterging und die meisten Leute wegsahen, wenn ihre Mitbürger gewaltsam aufgegriffen wurden (später, als der Spuk vorüber war, konnten sie mit Fug und Recht behaupten, sie hätten nichts gesehen), verschwanden täglich junge Menschen auf Nimmerwiedersehen. Man befand sich in einem Bürgerkrieg, erinnerte sich die Tante. Fanatische Bombenwerfer trieben ihr Unwesen, nicht weniger als leichtgläubige Idealisten. Selbst unbeteiligte Schulbuben und -mädchen, die aus schierem Zufall in das Adressenbüchlein eines Aktivisten geraten waren, mussten an den Terror glauben, mit dem die Generäle den Terror der Attentäter in den Griff bekommen wollten. Viele Bekannte der Tante, verunsichert von den Anschlägen der sogenannten Stadtguerilla, befanden sich damals noch auf der Seite der Militärs, von deren Aktion sie sich Sicherheit erhofften.

Obwohl sich in sämtlichen Schaufenstern der Stadt Weihnachtsmänner und synthetische Tannenbäume den Blicken der Kauflustigen darboten, war es weder Dr. Federico Adler noch seiner Frau zum Feiern zumute gewesen. Beiden waren Religion und die Pflege althergebrachter Traditionen ohnehin fremd. María Inés war seit frühester Kindheit der kirchenfeindlichen Haltung ihres Vaters ausgesetzt gewesen, eines Analphabeten aus dem spanischen Galicien. Und ihr

Mann entstammte einem extrem liberalen jüdischen Heim aus Berlin, in dem zwar bis zum Aufkommen Hitlers jeweils am 24. Dezember ein geschmückter Tannenbaum die Wohnung mit seinem Duft erfüllte, unter dem die Kinder beschert wurden, doch ohne dabei an das Jesuskind in seiner Krippe zu denken. So weit war es mit dem schleichenden Prozess der Assimilation doch noch nicht. Aber selbst wenn sie eine gottgefälligere Erziehung genossen hätten, wäre bei keinem der beiden eine Feststimmung aufgekommen. Denn die Sorgen lähmten all ihre Gedanken. Sorgen, die der nachgeborene Enrique nachfühlen konnte.

Der Entschluss, sich an jenem Nachmittag in den überfüllten Omnibus zu zwängen, um einen Hellseher aufzusuchen, war den beiden Akademikern wahrlich schwer genug gefallen. Das hatte ihm die Tante gestanden. Derartig beschäftigt waren sie mit sich selbst gewesen, dass die Unterhaltung der Fahrgäste ihr Bewusstsein nicht erreichte. Dabei handelte es sich um lautstark geführte Gespräche, in denen die vaterländische Begeisterung schwang, die dem vor der Tür stehenden Krieg mit dem Nachbarland Chile galt. Den Chilenen wollten man es einmal so richtig zeigen, wenn auch nur mit dem Maul. Von diesem Geschwätz unberührt hing Dr. Adler seinen Gedanken nach. Ohnehin wussten die wenigsten, um was es eigentlich ging in diesem Konflikt. Um einen Grenzstreit in den Anden, erinnerte sich die Tante vage, um irgendwelche Inseln im Beagle-Kanal, was den Generälen die Gelegenheit bot, mit ihren Säbeln zu rasseln.

Plötzlich war der Onkel aufgeschreckt. Als er um sich sah, bemerkte er, wie ihn mehrere Augenpaare böse anstarrten; es dauerte eine ganze Weile, erzählte die Tante, bis er seine Lage erfasste. Zustimmung heischend hatte man ihn gefragt, was er vom Konflikt halte. Sein abwesendes Schweigen wurde als Ablehnung gedeutet, als die feindliche Haltung eines Spions. Schon wurden Rufe nach einem Ordnungshüter laut. Der Fahrer wurde aufgefordert, die nächste Polizeistation anzupeilen, als Dr. Adler endlich ganz zu sich kam und seiner Bereitschaft, das vom Feind bedrohte Vaterland zu verteidigen, professoralen Ausdruck verlieh. Noch immer murrend, ließ man ab von ihm, obwohl sein ausländischer Akzent weiterhin zu Misstrauen Anlass gab.

Just in diesem Moment wurde auf der Straße ein Plakat sichtbar, auf dem eine große Ohrmuschel abgebildet war: »Achtung! Der Feind hört mit!« Die Mitpassagiere hätten diese Warnung ganz richtig verstanden, gab der Onkel später seiner Frau gegenüber ironisch lächelnd zu. Denn er habe sich abseits gehalten. Habe mitgehört und inneren Stimmen gelauscht. Zudem sei ein Erinnerungsbild in ihm aufgestiegen. Als kleines Kind habe er im Nazideutschland ein ganz ähnliches Plakat gesehen. »Der Feind hört mit«; damals schien ihm die Losung weniger dem französischen Erbfeind zu gelten, als gegen ihn gerichtet zu sein. Gegen den Judenjungen, den man wegen seiner nicht-arischen Ohren aus der Schule geworfen hatte. Solches hatte er seiner Frau gestanden. Damals, als er unter der Depression litt, ausgelöst von den Gewaltmaßnahmen an der Universität. So hatte es die Tante dem Neffen erklärt, mit dem Kommentar: »Du siehst also – Onkel Fredy wurde vom Schicksal eingeholt. Er entging der sogenannten Endlösung; seine Kinder mussten ein halbes Jahrhundert später auf andere Weise daran glauben.« Enrique hatte zu dieser Bemerkung geschwiegen. Der Vergleich der hiesigen Zustände mit dem damaligen Völkermord schien ihm unstatthaft.

Als sich das Fahrzeug der Vorstadt näherte, leerte es sich nach und nach, was den Eheleuten endlich ermöglichte, zwei Sitze nebeneinander einzunehmen. Da saßen sie nun, Hand in Hand. Enrique konnte sich das Bild genau vorstellen. Sie, die Tante, steif aufgerichtet, mit einem Bündel im Schoß, das sie mit der freien Hand krampfhaft festhielt. Zu ihrem Glück wurden sie von keinem Menschen erkannt. Wer unter dem Publikum – Arbeiter und kleine Angestellte – hätte auch den ehemaligen Professor erkennen können? Einen Wissenschaftler, der an der Universität von Buenos Aires geforscht und gelehrt hatte, bis er, zusammen mit Hunderten seiner Kollegen aus den Lehrsälen geprügelt worden war. Die meisten seiner Kollegen hatten damals das Land verlassen, viele waren im Exil zu Amt und Würden gekommen, denn die argentinischen Forscher waren sehr geschätzt im Ausland. Er hingegen war hier hängen geblieben. Angeblich um der Kinder willen. Die gewaltsame Unterbrechung seiner Grundlagenforschungen im Rahmen der molekularen Genetik hatte er nie überwunden, war zurückgefallen auf den Stand der Wissenschaft der Dreißigerjahre. Damals hatten sich bei ihm die ersten Depressionserscheinungen gezeigt, erinnerte sich Tante María Inés. Der Tick mit den Briefmarken sei später hinzugekommen. Nicht, dass sie etwas gegen das Sammeln von Postwertzeichen habe, sah sie sich genötigt klarzustellen. Es gebe ja auch unter den Philatelisten ganz normale Leute, so wie es Sammler von Schmetterlingen, von Mokkatässchen oder von alten Stichen gebe. Doch im geradezu obsessiven Streben nach der Perfektion seiner Einteilung in Gut und Böse glaubte sie, pathologische Züge zu erkennen, die sie ängstigten.

So recht bei Lichte betrachtet, stellte jene Omnibusfahrt die letzte Etappe eines Pfades dar, der in den Abgrund führte. So jedenfalls musste es Dr. Frederico Adler empfunden haben, der Sohn eines angesehenen Berliner Chirurgen. Der hatte sich damals, als es den Juden an den Kragen gegangen war, in letzter Minute retten können. Mit seiner Frau und einem minderjährigen Sohn. Freilich unter Hinterlassung nicht nur seines Vermögens und seiner Praxis, sondern auch eines geistig gestörten Kindes, dem nicht zu helfen gewesen war und dessen Schicksal ihn bis an sein Lebensende in den Träumen verfolgte.

Die Landschaft, in der sie der Omnibus absetzte, war den beiden fremd. Obwohl nur wenige Kilometer von der Weltstadt Buenos Aires entfernt, hätte sie in einer abgelegenen Provinz liegen können, erinnerte sich die Tante. Anders waren die Gerüche, anders die Laute, anders die Tönung des Himmels, als sie dies aus der Stadt gewohnt waren. So beschrieb sie es dem Neffen. Vereinzelte Häuschen standen zwischen grünen Leerflächen und morastigen Tümpeln. Menschenleere, von verrotteten Drahtzäunen eingefasste Erdwege führten in die Ferne. Seltsam, was für unwichtige Details im Gedächtnis haften bleiben, meinte die Tante nachdenklich. Es fiel ihnen nicht leicht, sich zur Hütte durchzufragen, in der sich der Hellseher aufhielt, dem ihre Suche galt.

An dieser Stelle ihres so anschaulichen Berichts angelangt, schob die Tante – schließlich war sie Psychologin – eine für sie charakteristische Betrachtung ein. »Die menschliche Erinnerung setzt sich aus Tausenden von Facetten zusammen«, belehrte sie den Neffen. »Aber nur wenige werden in unserem Gedächtnis bewahrt.« Einschränkend gab sie die Unzuverlässigkeit der menschlichen Gehirntätigkeit zu bedenken, die stets bereit sei, uns durch ihre Tricks hinters Licht zu führen. Die Beispiele aus ihrem Leben, die sie bei dieser Gelegenheit vorbrachte, um ihre Theorie zu verdeutlichen, gewährten dem Neffen einen Blick in ihre Vergangenheit. Dass sich ein zukunftsentscheidender, über einem Pass schwebender Stempel der Einwanderungsbeamten auch einem sechsjährigen Kind einprägt, leuchtet genauso ein wie die Erinnerung an den Kuss, den ihr der wohlriechende Onkel kurz darauf auf die Stirn haucht, oder – viele Jahrzehnte später – des Besuchs bei einem Wahrsager, zu dem sie die Verzweiflung treibt, obwohl sie sich gegen jegliche Art des Aberglaubens immun wähnt. Aber es ist die Unmenge winziger Eindrücke, die man in sich aufsaugt, ohne ihnen Beachtung zu schenken – ein Wort des Lobes oder des Tadels eines Vorgesetzten, eine intime Erfahrung im Eheleben, die ersten Worte des Töchterchens, die keusche Liebe der Vierzehnjährigen zu einem (nicht genannten) Jungen –, die unsere Existenz färben. So allgemein drückte sich die Tante aus, bevor sie eine konkrete Szene vorbrachte, um die Kapriolen zu verdeutlichen, mit denen wir gelegentlich von unserem Gedächtnis gefoppt werden.

»Ein einziges Mal im Leben war ich nach Europa zurückgekehrt.« Sie musste lächeln: »Eine reichlich verspätete Hochzeitsreise mit Fredy, wenn man es so nennen will. Den hatte man zu einem wissenschaftlichen Kongress in Genf eingeladen; das bewilligte Geld reichte für meine Begleitung. Weißt du: Ich wollte noch einmal das Dorf in Galicien sehen, in dem ich die ersten sechs Jahre meiner Kindheit verbracht hatte. Fredy hingegen weigerte sich mit aller Entschiedenheit, deutschen Boden zu betreten, um seine Geburtsstadt Berlin zu besuchen, auch wenn er zugeben musste, dass die neu herangewachsene Generation nicht für die Untaten ihrer Eltern und Großeltern verantwortlich gemacht werden könne, der die Welt noch immer fassungslos gegenüberstände. Aber den Mord an seinem kleinen Bruder konnte er nie verwinden. Für mich galten derartige Bedenken natürlich nicht. Obwohl man ja auch in Spanien viel unschuldiges Blut vergossen hat. Der Bürgerkrieg, du weißt ...«

»Guernica!«, entfuhr es Enrique.

Die Tante nickte. »Damals waren die Flugreisen noch nicht so an der Tagesordnung gewesen wie heutzutage. Wir fuhren mit dem Schiff. Drei Wochen der Ruhe, um mir die

Stätten meiner Kindheit ins Gedächtnis zu rufen.« Erneut breitete sich das Lächeln in ihrem Gesicht aus. Ein Lächeln, das der Erinnerung an eine goldene, umhegte Kindheit galt, umgeben von freundlichen Nachbarn in einer heilen Welt. »Du kannst dir meine Enttäuschung nicht vorstellen, als ich im dreckigen Kuhdorf mit seinen niedrigen, halb verfallenen Häusern ankam, vor denen mürrische, dunkel gekleidete Mannsbilder hockten. Nach wenigen Stunden des Aufenthalts fuhr ich weiter, den Onkel Fredy im Schlepptau. Wir hatten ein Auto gemietet, doch ich suchte noch nicht einmal den Kirchhof auf. Aber« – und dieses erstaunliche Zeugnis der Selbsterkenntnis bildete den Kern ihrer Erzählung – »trotz der Ernüchterung, die mir die Begegnung mit der Realität bereitete, dauerte es nicht lange, bis die Phantomerinnerungen an eine glückliche Kindheit in einem glücklichen Dorf meine tatsächlich gemachten Erfahrungen verdrängten und den altgewohnten Platz in meinen Gedächtnis wieder einnahmen. Trotz der Wirklichkeit, der ich begegnet war. Schade, dass ich damals keine Fotos knipste. Als Beleg der sich mir verweigernden Wirklichkeit.«

Indem sie zu ihrem eigentlichen Thema zurückfand – zum Besuch bei einem Vorstadt-Hellseher –, räumte sie ein, dass auch der zu den einschneidenden Erinnerungen ihres Lebens gehöre: »Weißt du: Dieser Moment, an dem wir klopfenden Herzens vor dem Mann mit seinem unbewegten Indiogesicht standen, ohne recht zu wissen, wie wir unser Anliegen vorbringen sollten …« Sie unterbrach sich, und es war zu sehen, wie die Erinnerung in ihr hochstieg. »Er sah uns eine Zeit lang prüfend an. Ohne den Mund aufzutun. Nach einer ganzen Weile forderte er uns endlich auf, näher zu treten. ›Ihr wollt wissen, wo sich eure Kinder befinden‹, so oder so ähnlich drückte er sich aus. Dann forderte er mit einer Handbewegung das Bündel, das ich noch immer in der

Hand hielt. Mit einer Unterhose Facundos und einem Schlüpfer von Adriana. Ich sehe den Mann vor mir, wie er mit zusammengekniffenen Augen und konzentriertem Gesichtsausdruck an diesen Wäschestücken schnupperte. Endlich machte er die Augen auf und gestand, ohne uns anzusehen: ›Mit dem Jungen kann ich keinen Kontakt aufnehmen. Das Mädchen aber …‹ Er schüttelte den Kopf und verkündete dann im kehligen Dialekt, den er dem Guarani verdankte, seiner Muttersprache: ›Das Mädchen lebt nicht mehr. Doch ein Stück von ihr lebt weiter.‹ Als ich in ihn drang, um Genaueres zu erfahren, wies er mich unwirsch ab. Was er hatte ausfindig machen können, habe er verraten. Mehr wisse er nicht. Er gab mir das Wäschebündel zurück. Die Frage Onkel Fredys, was wir ihm schuldig seien, beantwortete er übel gelaunt: Das sei uns überlassen. Mit gekränktem Gesichtsausdruck nahm er unsere Geldscheine in Empfang, ohne sie nachzuzählen. Die Hand zum Abschied gab er uns nicht, sondern begnügte sich mit einem trockenen Adiós. Ja: wir hatten ihn offenbar beleidigt; bis zum heutigen Tag weiß ich nicht, wieso.«

Im Geist begleitete Enrique die beiden auf der Rückfahrt und wunderte sich, dass sich der akademisch gebildete Onkel eines wissenschaftlichen Denkmodells bediente, um die erhaltenen Informationen zu analysieren, obwohl doch der Ausgangspunkt seiner Gedankenkette nicht mehr war als das inkohärente Gewäsch eines primitiven Indios. Dass er zum Schluss gelangt sei, die Hoffnung auf ein glückliches Ende ihrer Leiden sei durchaus berechtigt, entsprang, wie der Neffe annahm, lediglich seiner Verzweiflung, mit der er sich gegen die Gewissheit des Tods seiner Kinder auflehnte. Der Mann, so die Argumentation des Onkels, habe keinen Kontakt zu Facundo aufnehmen können. Eine solche Aussage lasse verschiedene Möglichkeiten offen; keine von ihnen müsse notgedrungen das Ende bedeuten. Mehr noch; wäre der Junge nicht mehr am Leben, so hätte sich die Botschaft eindeutiger angehört. Um den rätselhaften Spruch zu interpretieren, der ihrer Tochter galt, bedurfte es keines besonderen Scharfsinns. Erst vor Kurzem hatten sie nämlich erfahren, dass Adriana mit einem ihrer Gefährten zusammengelebt und sich bei der Gefangennahme im fünften oder sechsten Monat ihrer Schwangerschaft befunden habe. Dass »ein Teil von ihr« am Leben sei, urteilte María Inés, die sich lebenslang Vorwürfe machte, weil ihr die Tochter ein weitgehend unbekanntes Wesen geblieben war, könne eigentlich nur bedeuten, dass sie ein Kind zur Welt gebracht hatte: ihrer beider Enkel. Der also sei am Leben. Ohne auf den vom Scharlatan nahegelegten Tod der Tochter einzugehen, erklärte sie ihrem Mann, sie werde nicht eher ruhen, als bis sie es fertiggebracht habe, diesen Enkel »in den Schoß der Familie zurückzuführen«. Die Möglichkeit, es handle sich um eine Enkelin – immerhin fünfzig Prozent der Chancen – schien ihr nicht in den Sinn zu kommen.

Die Verwunderung, die der zur Zeit der Schilderung dieser Episode etwa achtzehnjährige Enrique zum Ausdruck brachte, weil seine aufgeklärten Verwandten auf einen Curandero hereingefallen waren, hatte die Tante zu einem der Lehrvorträge veranlasst, wie sie sie so gerne vom Stapel ließ, sobald sich die Gelegenheit dazu bot. Es gebe keinen Grund zur Verwunderung und noch viel weniger zur Kritik, wies sie den Neffen zurecht und streichelte zärtlich seinen rechten Arm, wie es ihre Gepflogenheit war. »Im Laufe deines Daseins wirst du mehr als einmal mit den dunklen Seelenschichten in Berührung kommen, die aus der fernsten Urgeschichte des Menschengeschlechts stammen und unser Dasein beeinflussen.« Wie um ihr Abenteuer und das ihres Mannes zu rechtfertigen, beorderte sie die Weltgeschichte in den Zeugenstand; mit weniger tat sie's nicht: «Wird der aus den Einzelnen oder auch auf ein ganzes Volk ausgeübte Druck zu mächtig, so durchbricht die Irrationalität die Schutzmauern der Zivilisation. Die Erfahrung lehrt uns, lieber Neffe, dass wir dann unerwartete Reaktionen zu gewärtigen haben, die eher einem vorgeschichtlichen Höhlenmenschen anstehen als einem gesitteten Zeitgenossen.« So drückte sich María Inés aus und blickte angestrengt in die Ferne, was aussah, als wolle sie eine nur ihr sichtbare Gestalt vor den Machenschaften der soeben evozierten dunklen Mächte warnen. Dann fiel ihr noch ein, die bis in die Neuzeit hinein veranstalteten Hexenverbrennungen zu erwähnen, die Autodafés der Inquisition, den Glauben an die Astrologie, dem noch heute Millionen anhingen, die Pogrome in Russland und die von Kriegen oder Epidemien ausgelösten Erscheinungen der ganze Volksstämme erfassenden Massenhysterie. »Du weißt gar nicht, wie viele Kinder man uns während der Kinderlähmungsepidemie damals ins Krankenhaus brachte, mit einem Säckchen Kampferpulver um den Hals oder einem roten Bändchen ums Handgelenk, zum Schutz vor den bösen Geistern. Eltern mit Abiturabschluss, ja, mit Universitätsdiplom nahmen Zuflucht zu solchen Mitteln. Im Zeitalter der Antibiotika und der Operationen am offenen Herzen.«

6

Er entdeckte sie, noch bevor er dem Bus entstiegen war. Wie von der Mutter angekündigt, bildeten die Eltern mit Juancito und Emilio, die beiden Brüder, ein regelrechtes Empfangskomitee. Sie ließen nicht zu, dass er sein Gepäck schleppe, sondern rissen sich um die Ehre, seine beiden Koffer zum

Auto tragen zu dürfen. Die Begrüßung war herzlich; keine Klage wurde über die einstündige Verspätung laut. Solches war man gewohnt. Man zeigte sich stolz auf ihn, den Studierten, der aus dem Ausland kam. Die Mutter verdrückte sogar ein paar Tränen der Rührung. Es kam ihm vor, als haftete sowohl dem Vater wie auch seinen beiden Brüdern ein leichter Geruch nach Honig und Bienenwachs an. Aber das beruhte vermutlich auf Einbildung.

»Oh! Ein neues Auto! Ich gratuliere, Papa!«, staunte der Ankömmling.

»Tja. War auch höchste Zeit« erklärte der Vater. »Die alte Kiste war fast fünf Jahre alt gewesen und stand vor größeren Reparaturen.«

Enrique machte es sich auf dem Sitz bequem. Früher, erinnerte er sich, musste ein Wagen mindestens zehn Jahre halten. Mindestens.

»Hoffentlich hast du einen ordentlichen Hunger mitgebracht«, meinte der Vater, während er den Motor anließ. »Der Weihnachtsabend wird bei uns noch immer mit einem Asado begangen. Das lassen wir uns nicht nehmen. Unsere Bratwürste, Innereien, Filet- und Rippenstücke sind doch was anderes als das barbecue oder die gefüllte Pute der Yankees. Was? Und bei der Gelegegenheit kannst du dann gleich die ganze Familie begrüßen.«

»Fantastisch!«, murmelte Enrique zerstreut. Der traditionelle Truthahn war ihm während seines Aufenthalts in den Staaten noch nicht begegnet. Offensichtlich verkehrte er nicht in den dafür zuständigen Kreisen.

Die Mutter hielt eine Überraschung für ihn bereit. Eigentlich wolle sie ja nicht gleich mit der Tür ins Haus fallen, aber sie halte es einfach nicht aus. »Sonst platzt sie uns noch«, befürchtete der Vater lachend und versetzte ihr einen Klaps auf den Hintern. »Onkel Rodolfo hat seine Beziehungen mobilisiert und dir einen Posten verschafft!« Dass dies über seinen Kopf geschehen war, ausgehend von der unbestätigten Annahme, er gedenke im Land zu bleiben, schien niemanden zu stören.

Das sei gut gemeint, antwortete er zurückhaltend, und ob er wissen dürfe, um was für eine Arbeit es sich handle. Weder die Mutter noch der Vater konnten eine genaue Auskunft erteilen. Jedenfalls, meinte der Vater, schlage die Tätigkeit in sein Fach. Soviel er wisse, gehe es nämlich um einen Posten am Laboratorium für forensische Genetik. Sozusagen ein Lügendetektor, um die DNA oder DNS eines Menschen festzustellen, »die Nukleinsäure der Zellkerne – der genetische Fingerabdruck, wie man sagt, wenn du weißt, was damit gemeint ist.« Enrique wusste und musste wieder an den Enkel seiner Tante denken, dem – egal, ob er es nun wirklich war oder nicht – vermutlich eine solche Probe bevorstand. Ob er sich ihr wohl freiwillig stellen werde? Schließlich ist er volljährig. »Eine verantwortungsvolle Tätigkeit, hat Rodolfo betont«, ergänzte die Mutter die Information. Auch wenn sie, wie sie einräumen musste, nichts mit Phytogenetik zu tun habe und die Bezahlung dürftig sei.

Anscheinend erwarteten die Eltern einen Begeisterungsausbruch ihres Sohnes und zeigten sich enttäuscht, als dieser ausblieb. Die eingetretene Redepause benutzte Juancito, die Suche nach dem genetischen Code als einen Eingriff in die Privatsphäre der Mitmenschen anzuprangern. Er unterließ es, seine Behauptung zu begründen, und Enrique erinnerte sich, dass ihm dieser etwas lernfaule Kleine einst seine Eifersucht gestanden hatte, weil er, der große Bruder, dem Elternhaus frühzeitig den Rücken wenden und nach Buenos Aires ziehen durfte, während man ihn dazu verdonnert hatte, weiter im öden Chivilcoy auszuhalten. Unter der Fuchtel der Eltern.

Einen kurzen Moment lang durchzuckte ihn die Erinnerung an das Angstgefühl, das ihn heimgesucht hatte, als er, ein kleiner Schulbub, sein Elternhaus verlassen musste, um bei den für ihn fremden Adlers mit ihren seltsamen Gewohnheiten in der Großstadt zu wohnen – ein Gefühl der Hilflosigkeit, das plötzlich zur Gegenwart drängte. Doch schnell gelang es ihm, dieser Urangst Herr zu werden, hinter der sich, ihm selbst nicht so recht bewusst, der Groll gegen die in seinen Augen allmächtigen Eltern regte, die über sein Schicksal verfügten. Dass es in den Seelenschichten, in die er diese Anwandlung zurückdrängte, keinen Zeitbegriff gibt, weil dort Vergangenheit immer auch Gegenwart bedeutet, war dem jungen Mann damals noch unbekannt.

Noch bevor er Gelegenheit gefunden hatte, sich Gesicht und Hände zu waschen, läutete das Telefon. Tante María Inés war am Apparat: Guten Tag und sie wünsche Enrique zu sprechen. Man habe ihr den Enkel kurz gezeigt, sprudelte sie dann hervor. »Er ist's! Da brauche ich keine genetischen Untersuchungen; er ist unserer Adriana wie aus dem Gesicht geschnitten.« Trotz aller Tragik musste Enrique lächeln. Denn er war davon überzeugt: selbst wenn der junge Mann die Züge eines Chinesen aufgewiesen hätte oder die eines Negers aus dem Herzen Afrikas – die Tante hätte auf jeden Fall die Familienähnlichkeit festgestellt.

Er, der Neffe, sei der Erste, dem sie davon erzähle. Kurze Pause. Dann: »Dem Onkel hab' ich's noch nicht erzählt; wer weiß, wie er die Nachricht aufnimmt … Unser ganzes Leben wird sich verändern. Erhält einen Inhalt und Sinn. Schlagartig. Ein Enkel, stell' dir vor!«

Am späten Nachmittag begannen am Rost in einer Ecke des Gartens die Vorbereitungen zum vom Vater angekündigten

Asado. Papa Antonio ließ es sich nicht nehmen, diese Zeremonie (denn eine solche stellte es dar) fachmännisch zu leiten.

Es war nach dem zweiten Glas Wein und den ersten Bratwürsten, als es Enrique einfiel, sich im Beisein seiner Brüder und des Vetters Norberto, eines Notars – auch er ein Miliani –, bei seinen Eltern nach ihrem Verhältnis zur Tante zu erkundigen. Ihm sei die Zurückhaltung aufgefallen, die man sich auf beiden Seiten auferlegt habe, und er hätte gerne die Ursache dieses Verhaltens erfahren. Die Mutter wollte nicht so recht mit der Sprache heraus, nach einer Weile aber gab sie zu verstehen, dass es politische Differenzen gewesen seien, die zur Entfremdung, wie sie es nannte, geführt hätten.

Die Entfremdung!
Als sie sich der Szene erinnerte, die sie damals hervorgerufen hatte, kurz nachdem der Sohn des damaligen Präsidenten Carlos Menem mit seinem Hubschrauber tödlich verunglückt war, überkam sie ein reichlich verspätetes Gefühl der Zerknirschtheit. Im Jahre 1995 war es gewesen; sie befand sich gerade zu Besuch bei ihrer Familie in Buenos Aires, als dort diese Nachricht kommentiert wurde. Wobei Opa Jerónimo den Verdacht äußerte, es sei kein Unfall gewesen, sondern ein gegen dessen Vater gerichteter Racheakt: Ein von diesem uneingelöstes Versprechen an seine syrische Verwandtschaft, deren finanzielle Wahlunterstützung er in Anspruch genommen habe. Der geheimnisvolle Tod gleich dreier Augenzeugen jenes angeblichen Unfalls weise in die gleiche Richtung. Wer weiß, was für Verbrechen man von dieser blutrünstigen Bande noch erwarten könne.

Der zufällig anwesenden Cousine María Inés – »Großcousine«, verbesserte sie sich in Gedanken – war daraufhin nichts

Schlaueres eingefallen, als den mysteriösen Tod des Präsidentensohns zum Anlass zu nehmen, um das Schicksal ihrer verschollenen Kinder zur Sprache zu bringen. Wäre es dabei geblieben, so hätten alle den Mund gehalten und den Schmerz der Mutter respektiert. Doch als Teresita mit der Theorie konfrontiert wurde, die diese anschließend von sich gab – nicht zum ersten Mal übrigens, es schien eine ihrer fixen Ideen zu sein –, fühlte sie sich regelrecht herausgefordert. Vermutlich war es der dozierende Tonfall der Ärztin gewesen (sie selbst hatte es nur bis zum Abitur geschafft), der sie so gereizt hatte – ungerechtfertigt, wie sie jetzt, gute zehn Jahre danach, vor sich selbst zugeben musste. »Da zeigt sich wieder einmal der im Menschen schlummernde Hang zum Mord an seinem Nachwuchs«, musste sie sich anhören. »Ob im alten Mesopotamien, bei den Azteken in Mexiko, bei den Kinderkreuzzügen, bei den an Zwillingen durchgeführten Experimenten im Nazideutschland oder im unseligen Malvinenkrieg – immer wieder vergreift man sich an den Unschuldigsten aller Unschuldigen, die diesem unheimlichen Hang des Menschen zum Opfer fallen. Da bilden meine Adriana und mein Facundo keine Ausnahme.« Gott weiß, wo sie derartige Theorien aufgeschnappt hatte.

»Hör endlich auf damit!«, kreischte da Teresita los. »Ein mythologischer Opfertod, ich bitte sehr! Hättest halt besser auf deine Kinder aufpassen sollen, verdammt noch mal! Menschenskind, wach doch endlich auf!« Erst als sie das missbilligende Erstaunen aller Anwesenden bemerkte, die einen derartigen Wutausbruch bei der als umgänglich bekannten Frau nicht erwartet hätten, bemühte sie sich halben Herzens um ein paar entschuldigende Worte, um gutzumachen, was nicht mehr gutzumachen war. Bis zum heutigen Tag konnte sie sich nicht erklären, warum sie sich derartig aggressiv benommen hatte.

Die Entfremdung!

»Du weißt ja«, wandte sich Antonio an seinen Sohn, »seit eh und je hält man's in unserer Familie mit der Radikalen Partei. Mit den Liberalen. Damit kommt unsereins sozusagen auf die Welt.« Mit diesen Worten entfernte er sich, um das Asado zu überwachen. »Genau wie mit der Religion«, rief ihm Norberto grinsend nach und bekräftigte diese Behauptung, indem er seinem ihn um einen Kopf überragenden Vetter kameradschaftlich auf die Schulter schlug. Dass er damit dessen Weinglas zum Überschwappen brachte, bemerkte er nicht. »Sind die Eltern römisch-katholisch, so werden es die Kinder auch«, ergänzte er seine Bemerkung. »Oder meinetwegen wie mit den Fußballclubs«, ein Vergleich, der Juancito zum Widerspruch herausforderte. Der nämlich war, wie alle wussten, aus der Art geschlagen. Nicht nur, weil er einen Ohrring trug, sondern auch weil er als Einziger der Familie dem Club Boca Juniors anhing, während sich alle anderen als Fans von dessen Erzrivalen River Plate bezeichneten.

»Doch von der Religion reden wir lieber nicht«, fuhr Juancito augenzwinkernd fort, womit er einen wunden Punkt berührte. Denn nicht nur, dass María Inés keinen Hehl aus ihrem Atheismus machte, den sie – so seine Deutung – für einen Beweis ihrer geistigen Unabhängigkeit hielt, sondern Fredy, ihr Mann, war sogar jüdischer Abstammung. »Nicht, dass wir etwas gegen die Israeliten hätten«, fiel die Mama ihrem Sohn rasch ins Wort, während sie sich intensiv der Behandlung der Rotweinflecken im Hemd ihres Erstgeborenen widmete. (»Salz musst du draufstreuen!«, empfahl Haydee, die inzwischen zur Gruppe gestoßene Frau Norbertos.)

»Und die Nazis mit ihrem Rassenwahn und ihrem idiotischen Herrenmenschentum kann ich nicht riechen«, versicherte Teresita, ohne dem nützlichen Rat der Notarsgattin Folge zu leisten. »Aber auch wenn ich nur selten zur Kirche gehe, als Schwiegertöchter wünsche ich mir halt doch lieber gute Christenmädchen mit einem Kreuz am Hals.« Eine Eröffnung, die Enrique an eine ähnliche Bemerkung erinnerte, die vor vielen Jahren die mit nicht allzu ausgeprägtem Taktgefühl gesegnete Schwiegermutter María Inésens von sich gegeben haben soll. Auch die hätte sich eine Schwiegertochter mit einem goldenen Emblem um den Hals gewünscht, wusste er von der Tante. Nur dass es kein Kreuz war, auf das sie reflektiert hatte, sondern ein Davidstern.

Nach dieser Abschweifung rief die Mutter den Anwesenden die peinliche Tatsache in Erinnerung, dass diese Cousine – »bitte, nur Großcousine!« – schon als junge Praktikantin dem Charisma Peróns verfallen gewesen war, mit seinem Lächeln, das er dem Tangosänger Carlos Gardel abgeguckt hatte. Obwohl dieser autoritäre, sämtliche demokratischen Spielregeln missachtende Demagoge (so die Worte Teresitas) den wirtschaftlichen Ruin des Landes auf dem Gewissen und seine Gegner unerbittlich verfolgt habe. »Wie jedermann weiß, verdanken wir seinem Populismus die Inflation, die seitdem niemand in den Griff bekommt. Unbegreiflich, dass ihm noch heute, dreißig Jahre nach seinem Tod, über die Hälfte der Bevölkerung begeistert anhängt, als wär's Napoleon, der Kaiser der Franzosen, in Person.«

Mit der Bemerkung »*panem et circenses*, ein bewährtes Rezept« stellte der Notar seine Bildung zur Schau. Und mit dem Nachsatz »Schließlich verhalf er den bis dahin rechtlosen Arbeitern zur Macht« bewies er sein Verständnis historischer Zusammenhänge.

Damals habe man der Maria Inés ihren naiven Glauben an den Diktator nachgesehen, erklärte Teresita. Auch ihre anfangs der Siebzigerjahre an den Tag gelegte Begeisterung für den Drittweltpriester Carlos Mugica sei verzeihlich. Der war ein reiner Idealist gewesen, ein Idol für die Kinder der Cousine, und sei bei der Verteidigung der Armen in den Elendsvierteln ums Leben gekommen.

»Doch jetzt, ein halbes Jahrhundert später, müsste sie's eigentlich besser wissen. Aber nein: Nun verteidigt sie den jetzigen Präsidenten, diesen Néstor Kirchner. Der hat sich vorgenommen, die Vormachtstellung der Estancieros zu brechen, in denen er die Ausbeuter der arbeitenden Klasse sieht, und die von den Militärs verjagten Intellektuellen aus dem Ausland zurückzuholen. Wie dich zum Beispiel. Was, Negrito? Dabei ist er von lauter Extremisten umgeben, die unser Land damals durch ihre Attentate verunsicherten, was die Militärs zum Eingreifen veranlasst hatte. Um ehrlich zu sein: Zur Erleichterung der meisten von uns. Im Übrigen: Alle Linke benutzen Perón als Aushängeschild und erklären ihn zu einem der Ihren, obwohl sie ihn in Wirklichkeit verachten, weil sie in ihm einen verbürgerlichten Konservativen sehen.« Sie hielt kurz an, um Atem zu schöpfen. Nachdem niemand Anstalten machte, das Wort zu ergreifen, fuhr sie fort: »Jetzt zerren die Kirchner-Anhänger die Militärs vor Gericht, eine regelrechte Hexenjagd veranstalten sie, wie sich Rodolfo ausdrückt; schließlich sind doch nicht alle Militärs Sadisten, auch wenn sich eine Anzahl von ihnen zu Exzessen hinreißen ließ, die ich natürlich weder billige noch rechtfertige. Aber hätten sie nicht eingegriffen, so wäre das Land im Chaos versunken, damals, als Perón als letzte Niedertracht seinem Volk gegenüber die frühere Animierdame Isabelita mit ihrem Spatzengehirn zu seiner Nachfolgerin bestimmt hatte. Die von diesem Rasputin im Westentaschenformat, diesem geschassten Polizeisergeanten – wie hieß er noch? – gegängelt wurde.«

»López Rega hieß der üble Bursche, alias der Hexenmeister wegen seines esoterischen Getues«, half der Notar dem Gedächtnis Teresitas nach, »vor den Kugeln seiner Todesschwadronen war niemand sicher.«

»Die Bomben der Subversiven hingegen«, behauptete diese in einem Ton, als habe sie die Erläuterung Norbertos überhört, »werden von Kirchner und Konsorten unter den Teppich gekehrt.« Sie schaltete eine kurze Denkpause ein; offenbar war ihr bei der von ihr gewählten Metapher nicht so recht wohl. Doch dann fasste sie sich wieder: »Bomben unterm Teppich, Zeitbomben womöglich. Schwupp! Alles verfolgte Unschuldsengel!«

»Vielleicht«, gab die Frau des Notars zu bedenken, »darf man es María Inés nicht übel nehmen, dass sie Partei für den Kirchner ergreift, auch wenn sie damit die liberale Gesinnung der Familie verrät.« Nach kurzem Nachdenken folgte die in diesem Zusammenhang nicht ganz logische Feststellung: »Sie ist ja noch nicht einmal eine gebürtige Argentinierin und außerdem nur angeheiratet.«

»Ihr werdet doch nicht glauben, dass sie sich auf ihre alten Tage in eine Terroristin verwandelt hat?«, kam die rhetorische Frage Enriques, der sich endlich dazu aufraffte, seine Nenn-Tante in Schutz zu nehmen. Das Gespräch glich einer Unterhaltung zwischen lauter Tauben und ging ihm langsam auf die Nerven.

»Nein, natürlich nicht«, erklärte seine Mutter versöhnlich. Der Cousine gehe es vermutlich um anderes. Kirchner mit seinen ihn lautstark unterstützenden »Müttern« und »Großmüttern der Plaza de Mayo« kümmere sich nämlich um den Verbleib der von den Militärs verschleppten Kinder. Da müsse man der armen Frau gar manches nachsehen.

»Nicht alle wurden von den Militärs verschleppt; manche fielen auch ihren eigenen Genossen zum Opfer und andere setzten sich ins Ausland ab«, stellte die Notarsgattin richtig, indem sie sich darum bemühte, Gerechtigkeit walten zu lassen. »Zudem werden jetzt diese menschlichen Tragödien missbraucht, um sie in ein Politikum zu verwandeln. Wie es bei den Adoptivkindern der Nobles geschieht, einzig und allein, weil unserer Regierung die kritische Haltung ihrer Zeitung ›Clarin‹ nicht passt.« Enrique schien der einzige der Gesellschaft zu sein, der nicht wusste, von was die Rede war – er werde es schon noch früh genug erfahren; die ganze Stadt rede von nichts anderem, bedeutete man ihm –, doch Haydee bot ihm noch keine Gelegenheit, um sich zu informieren, sondern fuhr mit ihren Ausführungen fort. »Jetzt heißt es«, verkündete sie, »der Kirchner organisiere insgeheim eine ihm ergebene Stoßtruppe, zusammengesetzt aus den wiederentdeckten Kindern, die damals von den Militärs geraubt worden waren. Wie mein Analytiker meint, sei es für diesen Provinz-Machiavelli ein Leichtes, sich ihnen als Vaterfigur aufzudrängen, nachdem der Kern ihrer Persönlichkeit tiefen Erschütterungen ausgesetzt war. Es ist vorauszusehen: Diese ihm ergebenen Kader wird er früher oder später in seine Regierung einschleusen, um mit ihnen Schlüsselpositionen zu besetzen. Ein raffinierter Plan, den sich ein George Orwell nicht besser hätte ausdenken können! Der Mann benimmt sich, als sei er von seiner Unsterblichkeit überzeugt.«

»›Mein Analytiker‹«, äffte eine Stimme aus dem Hintergrund die Offenbarung Haydees nach. Dabei war es allgemein bekannt, warum sie seit Jahren periodisch nach Buenos Aires fuhr, um sich auf das Sofa eines Seelenzergliederers zu begeben. Es war nämlich kein Geheimnis: Noch immer steckte ihr das Attentat in den Gliedern, dem die damals Sechzehnjährige nur durch Zufall entkommen war. Im Jahre 1976 musste es gewesen sein. Die mit ihr befreundete Tochter eines Oberst hatte sie zu einer Wochenend-Kreuzfahrt im Tigre-Delta eingeladen. Eine Grippe fesselte sie ans Bett und verhinderte somit ihre Teilnahme. Zum Glück für sie, denn die Jacht wurde von den Montoneros in die Luft gesprengt, wobei die Freundin mitsamt ihren Eltern, einem weiteren Ehepaar und einem der drei Mitglieder der Besatzung umkam. In ihrem kurz darauf veröffentlichten Kommuniqué rechtfertigten die Mörder ihr Verbrechen. Dem Offizier kreideten sie seine Beteiligung am »schmutzigen Krieg« an, den man ihren Verbänden aufgezwungen habe. Der umgekommene Zivilist sei der Direktor einer der internationalen Getreide-Exportfirmen gewesen, die sich mit ihren Machenschaften des Volksvermögens bemächtigt hätten. Die Frauen und Kinder gehörten zu den Opfern, die man in diesem Befreiungskrieg wohl oder übel in Kauf nehmen müsse. Bedauerlich, aber leider nicht vermeidbar. Gewalt erzeuge nun einmal Gegengewalt.

Vielleicht das Abscheulichste an diesem Attentat sickerte erst Monate später durch. Es war nämlich eine der besten Freundinnen der beiden Mädchen gewesen, die – was niemand geahnt hatte – nach vorausgegangener Gehirnwäsche der Guerilla angehörte und deren logistische Vorarbeit zum Erfolg des Anschlags beigetragen hatte. Grund genug also, um sich den Händen eines Psychoanalytikers auszuliefern, auch wenn eine solche Therapie in der Gesellschaft Chivilcoys damals noch nicht allgemein akzeptiert wurde, sondern von vielen für geradezu frivol gehalten wurde. Derartige Seelenverletzungen oder Traumata, wie es seit Kurzem gelegentlich zu hören war, könne man ja auch mit einer gründlichen Beichte heilen, wie dies seit alters üblich war. Besonders bei den Frauen. Das beanspruche weniger Zeit und sei obendrein gratis. Derartige Gedanken wurden im versammelten Kreis zwar nicht laut, beschäftigten aber mehr als einen der an ihrem Wein nippenden Asado-Gäste, wie ihr Schweigen zu beweisen schien.

Nach einer Weile bereitete der Notar dem ungemütlichen Schweigen ein Ende, indem er das vorausgegangene Gespräch wieder aufnahm, nicht ohne zuvor sein Glas auszutrinken. »Wie gesagt, Kirchner und seine Anhänger berufen sich noch immer auf Perón, auch wenn sie den Verstorbenen nur als Tarnung ihrer wahren Absichten benutzen. Klar: das ist weiter keine Kunst, da der schlaue Fuchs zu seinen Lebzeiten sowohl nach links wie nach rechts schielte, während er in Wirklichkeit nur einer einzigen Ideologie anhing: der seiner eigenen Machtstellung nämlich.« Im Bestreben, von der in der Luft liegenden Missbilligung der Lehren Freuds und seiner Nachfolger abzulenken, denen seine Frau verfallen war, holte er Atem und tischte einen alten Witz auf: »Perón gelangt in seinem Auto an eine Weggabelung. Sein Chauffeur dreht sich herum und fragt: ›General, welchen Weg nehmen wir?‹ Und der befiehlt: ›Gib das Zeichen nach links und fahr' nach rechts!‹«

Niemand lachte über diesen abgegriffenen Kalauer, worauf der Notar resigniert meinte: »Bah! Von wegen ›peronistische Ideologie‹! Dass er die linksdralligen Montoneros, die er im spanischen Exil als seine Soldaten bezeichnet hatte, als die ›wunderbare Jugend‹, bei einem seiner letzten Auftritte vor seinem Tod beschimpft und vom Platz verwiesen hatte, auf dem sie mit ihren Spruchbändern erschienen waren, scheint in Vergessenheit geraten zu sein. Wie so manches in der Politik.« Und als hätte er nicht bereits genug zur Unterhaltung beigetragen, fiel ihm noch eine Anekdote ein, von der er behauptete, ihre Wahrheit sei verbürgt. »Als man Perón in seinem konfortablen Exil über die Wahlabsichten der Argeninier befragte, schätzte er, ein Drittel seien Liberale, ein zweites Drittel Konservative und das letzte Drittel Sozialisten. ›Und wo bleiben dann die Peronisten?‹, staunte der Interviewer. ›Ah‹, lachte da der General schallend. ›Peronisten sind sie natürlich alle‹«. Zufrieden konnte der Witzbold jetzt einen Lacherfolg verbuchen, der sich allerdings in Grenzen hielt.

»Und was sagt eigentlich Onkel Fredy zur Einstellung seiner Frau?«, wollte Enrique wissen.

»Ach, der«, meinte Teresita achselzuckend, indem sie endlich von ihren vergeblichen Bemühungen um die Flecken im Hemd ihres Sohnes abließ. »In seinen lichten Momenten äußert er sich noch immer abfällig über den ›faschistoiden General‹, wie er ihn nennt. Böse Erinnerungen rufe er in ihm wach, sagt er, weil er damals, nach 1945, so viele Kriegsverbrecher ins Land ließ.« Aber ihr Negrito müsse es ja bemerkt haben: Viel sei nicht mehr los mit diesem guten Onkel, der über seiner Briefmarkensammlung hocke und seinen komischen Fliegen nachtraure, die, wie sie in Erfahrung gebracht haben wollte, längst von neueren Erkenntnissen überholt seien und der Geschichte angehörten.

Juancito konnte sich nicht enthalten, ein gutes Wort für Kirchner einzulegen. Schließlich gehe er gegen die Ungleichheit in der Gesellschaft vor, indem er eine Umverteilung des Volksvermögens anstrebe.

»Indem er und die ihn umgebenden Kumpane klauen, was das Zeug hält, ohne dass sie von der Justiz zur Rechenschaft gezogen werden. Mit der eigenartigen Interpretation der Immunität für straffällige Politiker, die sich unter den peronistischen Regierungen eingebürgert hat. Wobei eine Hand die andere wäscht und sich die Krähen davor hüten, ihren Mitvögeln die Augen auszuhacken. Eine schöne Umverteilung des Volksvermögens ist mir das!«, ergänzte seine Mutter diese Behauptung und forderte ihren vorlauten

Jüngsten auf, sich gefälligst an der Zubereitung des Asados zu beteiligen. Nach dieser Zurechtweisung entfernte sie sich, um einige neu eingetroffene Gäste zu begrüßen. Unter denen befand sich der Hersteller der Kunststoffflaschen, der, wie sich Enrique der »unmaßgeblichen Meinung« des Kommissionärs erinnerte, dazu berufen war, das Leben radikaler umzukrempeln als gar manche Revolution.

Norberto machte Anstalten, seinem aus dem Ausland zurückgekehrten Vetter die Hintergründe des lateinamerikanischen Kriegsnebenschauplatzes der Siebzigerjahre zu erklären. Im Schatten des Kalten Krieges, den die Sowjetunion gegen die Vereinigten Staaten damals führte, hätten diese sämtliche putschlüsternen Generäle des Kontinents unterstützt. Den Pinochet, den Videla, den Stroessner und wie sie sonst alle hießen. Nicht gerade demokratisch, aber in den Augen der unbedarften Yankees, denen die Verhältnisse Lateinamerikas bis zum heutigen Tag fremd sind, als Bollwerk gegen den Kommunismus gerechtfertigt, dem Leute wie Fidel Castro in Cuba und Salvador Allende in Chile huldigten. Im Gegenzug bediente sich Russland der linken Guerilleros als »nützliche Idioten«.

An dieser Stelle angelangt, wurden seine Ausführungen unterbrochen. Der auf dem Rost schmorende Asado verlange die Präsenz der Gäste, verkündete Don Antonio. Schnell erwies es sich, dass die kulinarischen Aussichten eine wesentlich größere Anziehungskraft ausübten als die politischen Erörterungen, mitsamt dem Ché Guevara und den paramilitärischen Verbänden der ERP. Die gehorchten angeblich den Postulaten Trotzkis, der bis zu seinem gewaltsamen Tod in Mexiko den Dauerzustand einer permanenten Revolution gepredigt hatte. Das argentinische Heer konnte seinerzeit dieses »revolutionäre Volksheer« nur mit knapper Not daran hindern, in den unzugänglichen Wäldern der

Provinz Tucumán eine eigenständige Sowjetrepublik auszurufen. Norberto gelang es gerade noch, diese Information anzubringen, bevor er sich ein saftiges Rippenstück vom Rost angelte. Die Frage Enriques nach dem Schicksal der verfolgten Kinder der Eigentümerin jener der Regierung nicht genehmen Zeitung, diesem Stadtgespräch, blieb daher unbeantwortet. Er werde es schon noch früh genug erfahren, vertröstete ihn der Notar. Schließlich gehe der Fall auch jene Tante María Inés an, an der er so hänge. »Und von der sich deine Mama entfremdet hat«, der ironische Kommentar, den er, bereits kauend, seinen Worten schnell noch angehängte.

Nicht lange nach der Abfütterung krachten die ersten Knallfrösche und Leuchtraketen. Die beiden Brüder Enriques beteiligten sich hingebungsvoll an diesem Spektakel, mit dem sie vielleicht keine bösen Geister vertrieben, wie es die Chinesen bezweckt haben sollen, die einst dieses Feuerwerk erfunden hatten, das aber vor allem sämtliche Hunde der Gegend zum Aufheulen brachte und die Nachbarn erschreckte, die sich auf die Mitternachtsmesse vorbereiteten.

7

Zwei Wochen lang hielt es Enrique in seiner Heimatstadt aus. Bis zum Tag der Heiligen Drei Könige. Prostete zu Silvester der Familie mit Cider zu, verspeiste spanisches Nussbrot und argentinische geröstete Mandeln, wie es die Tradition gebietet, nahm Kontakt zu seinen Freunden auf und musste feststellen, wie sehr er sich innerlich von ihnen entfernt hatte. Erstaunlich war die Anzahl der Ehescheidungen in diesem einst so sittsamen Städtchen, nicht weniger wie die der Paare, die ohne Heiratsbuch und ohne dem Segen der Kirche zusammenlebten. »Wilde Ehen«, wie es einst abfällig hieß; heute fand niemand mehr etwas dabei. Vicky und Gloria – der Familienname dieser Geschwister lag ihm auf der Zunge, doch musste er sich seinem Gedächtnis nachhelfen lassen: »Quiroga«, grinsten die Freunde verständnisvoll – diese beiden also, von denen er es am wenigsten erwartet hätte, waren in den Stand der Ehe getreten, pflegten ihre Kinder, gingen sonntags zur Kirche und taten alles in ihrer Macht Befindliche, um ihre bewegte Vergangenheit hinter einer Fassade gutbürgerlicher Anständigkeit zu verbergen. Enrique und viele seiner Freunde verdankten dem freigebigen Geschwisterpaar die ersten sexuellen Erfahrungen; so etwas vergisst man nicht, auch wenn von diesen Damen nun nichts mehr zu holen war. Bei den zum Teil leidenschaftlich geführten Gesprächen über die letztjährigen Fußballwettspiele konnte er nicht mitreden. Und die Anzüglichkeiten, die auf die Korruptionsaffären der einheimischen Politiker fast aller Couleurs abzielten, verstand er nur halb. Samt und sonders Dinge, über die er sich ein wenig erhaben fühlte. Wer las hier noch ein anregendes Buch, über das man sich unterhalten konnte? Bestenfalls blätterte man den »Readers Digest« durch und lieh sich die Kassetten von Filmen aus, die man sich bequem zu Hause auf dem Fernsehschirm ansah. Schlechte Zeiten für die beiden Kinos der Stadt!

Seine Erkundigungen nach dem Schicksal der Jugendlichen, die während der Militärdiktatur spurlos verschwunden waren, erwiderten seine Bekannten mit distanzierendem Achselzucken. Ein düsteres Kapitel der Geschichte, das sich, grob gerechnet, vor oder kurz nach ihrer Geburt abgespielt habe.

»Aber im Ausland spricht und schreibt man noch immer darüber«, fasste Enrique nach.

»Unter Alfonsin, der damals die Generäle in der Präsidentschaft ablöste, wurden deren Verbrechen aufgearbeitet«, erklärte ihm Salas, ein ehemaliger Schulkamerad seines Bruders Emilio – der waghalsigste Abschreiber seines Jahrgangs, der sich dank seiner Redegewandtheit durch alle Prüfungen gemogelt hatte. Enrique fiel ein, dass dieser Salas, der nie einen Beruf erlernt hatte, unlängst zum jüngsten Abgeordneten des Provinzparlaments aufgestiegen war. Ein Status, den er den Wahlzetteln mit kleingedruckten Listen weitgehend unbekannter Kandidaten verdankte, die, gekoppelt an einen populären Amtsanwärter, nahezu automatisch mit diesem ins Parlament einzogen. Dort betätigten sie sich als Jasager der Exekutive.

»Nachdem Alfonsín sein Amt vorzeitig aufgeben musste, weil er der angespannten Lage nicht mehr gewachsen war, mit der galoppierenden Inflation und dem Sturm der Armen auf die Supermärkte, wurde er von Carlos Menem abgelöst«, fuhr Salas mit seinem Geschichts-Nachhilfekurs fort. »Ein gerissener Halunke, der es fertigbrachte, die Militärs auszuschalten. Und nun kommt dieser Kirchner daher und zerrt die damaligen Folterer erneut vor Gericht. An und für sich ist's ja okay. Nur, dass er's auf die allein abgesehen hat. Als wären die Subversiven alle Unschuldslämmer.« Damit war das Thema für ihn erledigt und verleitete ihn nur noch zur Bemerkung: »Im Übrigen waren alle drei Präsidenten von Haus aus Advokaten«, was sich nicht gerade wie ein Lob anhörte. Mit wem es Salas eigentlich hielt, ließ sich nicht ohne Weiteres feststellen. Enrique kam es vor, als habe er ihm nach dem Mund geredet. Was wohl die Angewohnheit dieses bauernschlauen Volksvertreters war, der überall potenzielle Wähler sah. »Melde dich, wenn ich was für dich tun kann!« Mit dieser gönnerhaften Aufforderung verabschiedete er sich und tippte ihm vertraulich auf die rechte Schulter.

Enrique betrachtete diese dem Kreis des gehobenen Mittelstands einer argentinischen Kleinstadt angehörenden

Männer mit den kritischen Augen eines Fremden. Denn der Aufenthalt in den Vereinigten Staaten war nicht spurlos an ihm vorübergegangen. Mehr als einmal während der letzten Tage hatte er die Kluft verspürt, die ihn von seinen früheren Vertrauten trennte. Bestimmt ließen sie sich bei der Abgabe ihres Wahlzettels nicht von der Stimme ihres Herzens leiten, sondern vom Stand ihres Bankkontos.

Ein junger Apotheker gehörte diesem Kreis an, der Besitzer einer Hühnerfarm (einer ›Eierfabrik‹, wie man seinen Betrieb spöttisch nannte, weil die Hennen in Legebatterien untergebracht waren, als seien sie kleine Maschinen, die täglich jeweils ein Ei pro Huhn produzierten), der Buchhalter der Provinzbankfiliale und ein Besenfabrikant, der gerade dabei war, das bisher benutzte in der Gegend angebaute Besenstroh durch Kunststofffibern zu ersetzen. Enrique hatte den Eindruck, dass mehrere von ihnen die Kirchner-Regierung befürworteten, auch wenn sie nicht wagten, dies offen zuzugeben.

Niemand von ihnen wollte etwas mit den damals Verschwundenen oder gar mit deren geraubten Kindern zu tun haben. Allerdings – das gab man zu – erregte nun eine neue Affäre die Gemüter der Stadt: ein Nachspiel jener schrecklichen Dinge.

Aldo und Mary Rico gehörten der Gruppe von Ehepaaren an, deren Kinder der Militärdiktatur zum Opfer gefallen waren und die sich nun der Hoffnung hingaben, der vom Gericht angeordnete Vergleich des Erbguts der Noble-Kinder mit dem ihrigen würde wenigstens eines der beiden in den ersehnten Enkel verwandeln. Eigentlich müsse Enrique den alten Rico kennen, dessen kleiner Selbstbedienungsladen einen guten Ruf genoss. Er sei ein Bruder des Schreinermeisters Ercilio, des einstigen Teilhabers seines Vaters. Dessen in anderen Umständen befindliche Tochter Mariela sei von den Militärs verschleppt worden. »Die Ricos waren allerdings schon immer als Linke bekannt gewesen. Und so ganz unschuldig war das Töchterlein bestimmt auch nicht. Aus irgendeinem Grund wird man sie schon eingesteckt haben. Du musst's ja wissen, wo du eine Zeit lang mit ihrer Cousine gingst, mit der Nélida.« Viele der Bekannten, mit denen er über den Fall sprach, zeigten Anteilnahme am Schicksal aller Beteiligten. An denen des Ehepaars Rico mit der vermutlich ermordeten Tochter nicht weniger als an den Ziehkindern der Frau Noble, die von der Justiz verfolgt würden, als handle er sich um seelenlose *Corpora Delicti*. Und mit dieser selbst, die man an ihrer empfindlichsten Stelle treffe, indem man ihre adoptierten Kinder drangsaliere. Einzig und allein, um das regierungskritische Blatt mundtot zu machen. »Alles Weitere kannst du in der Zeitung lesen«, versuchte man schließlich, den aufdringlichen Frager abzuwimmeln.

Doch Enrique gab nicht auf. Die Sorgen der Tante ließen ihm keine Ruhe. Es sei ihm um die Wahrheit zu tun, versuchte er zu erklären. Da er immer weiter insistierte, kam einer der von ihm Belästigten auf die Idee, ihn zu Doña Carmen zu schicken, einer pensionierten Lehrerin. Sie sei obendrein eine weitläufige Verwandte der Frau seines Vetters, des Notars, und war die Lehrerin Marielas gewesen. Die könne, falls sie dazu aufgelegt war, Auskunft über jene Geschehnisse erteilen, die sie damals aus allernächster Nähe erlebt habe.

»Die Wahrheit willst du erfahren?«, wunderte sich die alte Dame auf seine Frage hin. «Als gäbe es nur eine Wahrheit. Eine einzige allein. Die Montoneros glaubten unerschütterlich an die ihrige.« Oft genug habe sie zu hören bekommen, sie würden sich mit ihren Attentaten für eine gerechtere Welt einsetzen und der »schmutzige Krieg« sei ihnen aufgezwungen worden. Sie stand ungelenk auf, um sich einer Kommode zu nähern, in deren Schubladen sie kramte. »Schade!«, meinte sie dann. »Jetzt kann ich die Zeitschrift nicht finden. Mit dem Foto einer ganzen Gruppe der Montoneros. Waren meine Schüler gewesen, alles noch halbe Kinder. Aus den besten Kreisen. Nette Jungen und Mädchen. Gute Schüler. Und eines Tages wurden sie von der Subversion angesteckt. Wie sie nur wenige Jahre zuvor den Keuchhusten, die Mumps oder die Masern erwischt hatten. Genau so. Eine ansteckende Kinderkrankheit, die da um sich griff. Nicht weniger gefährlich wie Polio. Kaum war die besiegt, als sich an deren Stelle diese Epidemie ausbreitete, die den Geist der Kinder erfasste. Die besprühten Wände mit ihren Parolen, hantierten mit Waffen und vollführten Attentate auf die Bevölkerung. Und die jungen Soldaten und ihre Offiziere waren ihrerseits natürlich genauso unerschütterlich von der Wahrheit überzeugt gewesen, die man ihnen eingetrichtert hatte. Beide Seiten mordeten, ließen sich für ihre ›Wahrheiten‹ umbringen und glaubten sich berechtigt, die Anhänger der anderen ›Wahrheit‹ zu massakrieren. Die Guerilleros nicht selten mitsamt ihren kleinen Kindern, wenn die sich in der Nähe aufhielten oder als Geisel und Schutzschilder herhalten mussten.« Nach einer kurzen Pause der Stoßseufzer: Jesus und María, heilige Mutter Gottes, bewahre uns vor solchen Idealisten! Niemand respektiert die Heiligkeit des Lebens seines Nächsten. Noch immer geht ein Riss durch unsere Gesellschaft; geht durch viele Familien und manchmal sogar durch das Herz des Einzelnen. Wie du, junger Mann, vermutlich an deiner eigenen Tante feststellen kannst.«

So äußerte sich Doña Carmen. Dass sie Lehrerin gewesen war, war ihr noch immer anzumerken. Ihre Erfahrungen hatte sie in La Plata gesammelt, in der Hauptstadt der Provinz Buenos Aires, wo die Guerilla besonders aktiv gewesen war. »Mehrere Jahre lang war ich Nachbarin einer Untergrundzelle, Haus an Haus hab' ich neben den Leuten gewohnt, ohne zu ahnen, dass dort subversive Flugblätter gedruckt wurden und sogar eine Zeitung. ›Evita Montonera‹ hieß das Blatt. Unverfroren, wenn man's recht bedenkt! Die prunksüchtige Frau Peróns ließ sich in Spanien einen Orden vom Generalísimo Francisco Franco umhängen. Die war gewiss alles andere gewesen als eine Montonera. Leitete eine Stiftung, die ihren Namen trug und sich damit befasste, Geschenke unters Wahlvolk zu verteilen. Alle möglichen Dinge kamen unters Volk, angefangen von Küchenherden, Nähmaschinen und Fahrrädern über Schulkittel bis zu Süßigkeiten, erpresst von Firmen, die, waren sie nicht gefügig, mit der Schließung rechnen mussten. Zu Weihnachten gab's Cider und Stollen. Kein Wunder, dass die solchermaßen Beschenkten diese hübsche Blondine liebten, die bei ihren Ansprachen ihr schauspielerisches Talent unter Beweis stellte und mit der sie sich identifizierten.«

Als subversiv bezeichnete Doña Carmen die Flugblätter, indem sie sich der Terminologie der Militärs bediente, offenbar ohne sich der Ideologie bewusst zu sein, die sich hinter diesem Ausdruck verbarg. Denn andererseits verurteilte sie die Verbrechen an der Menschlichkeit, wie sie es nannte, die sie den Streitkräften anlastete und deren unfreiwillige Zeugin sie Ende der Siebziger- und Anfang der Achtzigerjahre gewesen war. »Es ist eben nicht einfach, sich ein unabhängiges Urteil zu bilden und sich von beiden ›Wahrheiten‹ gleichermaßen fernzuhalten.«

Gerade deshalb habe er sie aufgesucht, versicherte Enrique. Um die Tante María Inés besser verstehen zu können.

Ob er nicht ein Glas kalte Coca-Cola zu sich nehmen wolle, ihre Frage, die sich wie eine Ausflucht anhörte. Oder zumindest wie das Bemühen, Zeit zu gewinnen. Einen Aufschub von der von ihr erwarteten Zeugenaussage.

»Es dauerte eine ganze Weile, bis ich mit jenen seltsamen Nachbarn ins Gespräch kam. Na ja, eigentlich kam ich's nie. Zwei junge Paare waren's gewesen. Und ein kleines Schulmädchen. Laura. Sieben oder acht Jahre alt. Nur mit dem plauderte ich ab und zu. Heimlich, denn man hatte dem Kind untersagt, mit Fremden zu sprechen. Eines Tages plapperte es aus, dass es demnächst mit seiner Mama weit weg fahren dürfe, in ein ganz anderes Land. Ein Glück für die beiden; die meisten dieser Montoneros, so erfuhr man später, wurden nämlich von ihren Kommandanten im Stich gelassen, sobald es brenzlig wurde. Im Ausland spielten diese dann weiter Krieg. Ungefährdet. Während ihre Anhänger in Argentinien abgeschlachtet oder in einem Folterzentrum zu Tode geschunden wurde. An die zehntausend sollen's gewesen sein; andere sprechen sogar von dreißigtausend, aber das ist vermutlich übertrieben. Stell dir vor: Da fuhren diese Herren Kommandanten im Ausland im Omnibus spazieren. In Mexiko, Rom oder Paris, aber natürlich nie im Arbeiterparadies der Sowjetunion. Die Uniformen säuberlich verpackt auf den Knien« – hier musste die alte Dame kichern – »die sie sich anzogen, bevor sie ihre Sitzungen abhielten. Dort ließen sie dann ihre Durchhalteparolen vom Stapel. Angetan mit ihren Uniformen, die sie wieder ablegten, bevor sie sich auf der Straße der Öffentlichkeit zeigten. Schöne Helden sind mir das, mein Gott! Dumme Kindereien!«

Laura und ihrer Mutter war es gerade noch rechtzeitig geglückt wegzukommen. Nur wenige Wochen später wurde das Anwesen unter großem Aufwand von Heer und Polizei gemeinsam gestürmt. »Sogar einen Mörser hatte man eingesetzt, um die Hausfassade zu zertrümmern. Vor Schreck fiel ich fast in Ohnmacht. Später hieß es, einer aus ihren eigenen

Reihen habe die Zelle unter der Folter verpfiffen. Hätte eigentlich nicht passieren dürfen, die hielten doch Zyankali-Kapseln parat, auf die sie beißen sollten, um sich umzubringen, wenn sie in Gefangenschaft gerieten. Damit sie nichts aussagen unter der Folter. Aber das bringt wohl auch nicht jeder fertig.« Sie schüttelte den Kopf, was vieles bedeuten konnte. »Sechs Leichen hat man in diesem ›Nest der Subversiven‹ gefunden, drei von ihnen ganz verkohlt. Und einen weinenden Säugling. Diana hat seine Mutter geheißen, das Kindchen war dort zur Welt gekommen, kannst dir vorstellen, unter welchen Umständen. Das laute Weinen des Babys verfolgte mich jahrelang in meinen Träumen. Es hörte sich nicht wie das normale Wimmern eines hungrigen Säuglings an, sondern wie das kreatürliche Geschrei des Entsetzens, wenn ich mich so ausdrücken darf … Unverantwortlich, die Kinder solchen Gefahren auszusetzen! Was aus dem Baby wurde, hab ich nie in Erfahrung bringen können. Die einen behaupteten, die Polizei hätte es den Großeltern übergeben; andere wollten wissen, die Militärs hätten es einem regierungstreuen Ehepaar geschenkt. Erscheint mir wesentlich glaubhafter. Denn die wollten doch vermeiden, dass solche Guerilla-Kinder im Heim der in ihren Augen kommunistisch verseuchten Familien zur nächsten Generation der Subversion herangezüchtet würden. Verständlich, nicht wahr?«

Enrique war sich nicht im Klaren, wie ernst es Doña Carmen mit ihren Worten meinte. Von Perón und Evita hatte sie offenbar keine gute Meinung. Die von ihr erwähnten beiden Wahrheiten waren den Kindern seiner Tante damals zum Verhängnis geworden. Was hatte sie und was der Onkel unternommen, um sie vor dem tödlichen Sog zu bewahren, dem sie ausgesetzt waren? Er beschloss, sich nach seiner Rückkunft danach zu erkundigen, auf die Gefahr hin, an alten Wunden zu rühren. »Der Kampf um die Seelen der Kinder«, entfuhr es ihm. Ein etwas pathetischer Satz, gewiss. Ein besserer fiel ihm nicht ein.

»Und nun führen die sogenannten ›Großmütter der Plaza de Mayo‹ diesen Kampf fort, indem sie Himmel und Hölle in Bewegung setzen, damit die geraubten Enkel ihre wahre Identität zurückbekommen«, erklärte die alte Lehrerin, die nie geheiratet hatte, mit leiser, kaum verständlicher Stimme. »Oftmals gegen deren eigenen Willen. Wer weiß, wem sie damit einen Gefallen erweisen. Ja: ein Kampf um ihre Seelen.«

Nach diesen Worten verfiel sie wie erschöpft in Schweigen, was ihren Besucher veranlasste, sich zu verabschieden.

Es dauerte mehrere Tage, bis sich Teresita dazu entschloss, Enrique beiseitezunehmen, um ihn zu warnen.

»Zu warnen, Mama?«.

»Zu warnen vor vorschnellen Urteilen, Negrito. Denn leider leider wird mit diesen geraubten Kindern oft auch Schindluder getrieben. Jeder, der Verdacht an seinem wahren Ursprung hege, solle sich melden, fordern die ›Großmütter‹ die in Betracht kommenden Jahrgänge auf. Wie unsere Cousine Haydee meint, durchlaufen viele Kinder eine Etappe, in der sie mit der Fantasie umgehen, man habe sie bei ihrer Geburt vertauscht. Und Haydee muss es ja wissen, wo sie doch seit Jahren ständig zum Psychoanalytiker rennt. Na ja, du kannst dir vorstellen, was für Gestalten sich da manchmal bei den ›Großmüttern‹ melden, nicht wahr? Ich bestreite keineswegs, dass es Hunderte von Fällen gibt, bei denen sich tatsächlich der Menschenraub und die Beihilfe zum Mord der leiblichen Eltern nachweisen lässt, ein Skandal! Aber manchmal ist's besser, wenn man nicht an der Vergangenheit rührt.«

Und als Enrique gegen die, wie ihm schien, sträfliche Gleichgültigkeit seiner Mutter protestierte, ließ sich die über die beiden Begebenheiten aus, die seit Kurzem das ganze Land beschäftigten. Zum einen die Tragödie einer jungen Frau, deren vorgebliche Eltern ins Gefängnis gekommen waren, weil ihnen nachgewiesen werden konnte, dass sie sich des Mädchens als Säugling bemächtigt und als ihr legitimes Kind registriert hatten. Vergeblich setzte sich diese Pseudo-Tochter für das Ehepaar ein, das für sie ihr Leben lang Vater und Mutter bedeutet hatte. Eltern, die sie aufgezogen hatten. An denen sie mit Liebe hing. Sie wollte und konnte nicht akzeptieren, dass sich die eines Verbrechens schuldig gemacht hatten, will nichts von den sich ihr aufdrängenden Blutsverwandten wissen, die einer ihr fremden Welt entstammen, und besucht Papa und Mama im Gefängnis, so oft sie nur kann.

»Sag: Was muss in so einem Mädchen vorgehen?« Nach kurzer Pause:

»Noch viel schlimmer steht es um die beiden Adoptivkinder – ein Sohn und eine Tochter – von Frau Noble, der Besitzerin der auflagenstärksten Tageszeitung des Landes. ›Clarín‹. Darüber hast du bestimmt schon etwas mitbekommen; ist ja momentan Stadtgespräch und sorgt für Empörung. Denn eines muss man unseren Landsleuten lassen: Sie besitzen fast alle ein goldenes Herz und nehmen immer Partei für die unschuldig Verfolgten. Dieses regierungskritische Blatt wird vom Präsidenten und seinen Schranzen wütend bekämpft, wobei ihnen alle Mittel recht sind, selbst die schmutzigsten. Jetzt gerieten die angenommenen Kinder der Ziehmutter ins Visier der Justiz. Als die Dame erklären sollte, wie sie zu den angeblichen Findelkindern gekommen war, verwickelte sie sich bedauerlicherweise in Widersprüche. Was die Behörden zum Vorwand nahmen, um eine regelrechte Treibjagd auf die jungen Leute zu veranstalten. Stell dir vor, Negro, man hält sie auf offener Straße an, um ihnen die Unterwäsche vom Leib zu reißen, um ihre DNS festzustellen.«

Als Enrique eine derartige Gewaltmaßnahme in Zweifel zog, musste die Mutter zugeben, dass man ihnen Unterhose und Schlüpfer wohl nicht in aller Öffentlichkeit ausgezogen habe, sondern unter Polizeiaufsicht in der Wohnung. »Aber jedenfalls hat man sich dieser Wäschestücke bemächtigt und sogar die Zahnbürsten und Kämme der beiden beschlagnahmt, um das daran haftende genetische Material zu analysieren.«

Einen Augenblick lang erinnerte sich Enrique der Szene mit dem Hellseher, wie der die Wäsche der Kinder Tante María Inés' beschnüffelt hatte. So eindringlich hatte ihm die Tante diesen Vorgang geschildert, dass ihm das Bild, von dem er mehrmals geträumt hatte, in diesem Moment erneut deutlich vor Augen stand.

Doch dann verblasste es wieder und Enrique kehrte in die Gegenwart zurück: »Und hat man die Abstammung der Geschwister entdeckt?«

»Nein. Ihre ›genetischen Fingerabdrücke‹ stimmten mit keiner der Familien überein, die sich als mutmaßliche Verwandte gemeldet hatten. Auch mit den Ricos nicht, die man dazu verleitet hatte, sich an der Treibjagd zu beteiligen. Was die ›Großmütter‹, die sich für diesen Rachefeldzug hergeben, nicht daran hindert weiterzubohren. Jetzt hat man das genetische Material zur Analyse nach den Vereinigten Staaten geschickt. Zu den dortigen Instituten hat man mehr Vertrauen als zu unseren Leuten.«

»Und was kam dabei heraus?«

»Es kann noch Wochen dauern, bis das Resultat bekannt wird.«

Als sie das betroffene Gesicht ihres Sprösslings bemerkte, räumte Teresita ein, dass es sich hier um Ausnahmen handle. In den meisten Fällen gehe es zivilisierter zu. »Auch wenn es gelegentlich zu Tragödien kommt, die den Betroffenen ein zweites Mal seelische Verletzungen zufügen.«

Beide – Mutter und Sohn – mussten an den Enkel María Inés' denken, dessen Verhalten nicht abzusehen war. »Arme Tante!« – »Armer Enkel!«

»Infam, wie man sich derartig intimer Tragödien als Werkzeug bedient, um Andersdenkende zu bekämpfen«, der Sohn.

»Auch das ist Argentinien«, die Mutter, mit dem korrigierenden Nachsatz: »Nein, nicht Argentinien ist's. Sondern die Kaste unserer Politiker ist es, um genau zu sein.«

Enrique setzte seine ganzen Überredungskünste ein, um den Eltern klarzumachen, dass er sich langsam um den in Aussicht gestellten Posten kümmern müsse. Doch die wollten ihren lang entbehrten Ältesten noch nicht ziehen lassen – den Doktor rer. nat., der das erreicht hatte, was dem Vater versagt geblieben war: den akademischen Titel. Im Januar und Februar sei in der Hauptstadt ohnehin nicht viel los; erst Mitte März erwache das Land aus dem Sommerschlaf.

Er zweifelte nicht daran, dass seine Eltern den wahren Grund erahnten, der ihn zum Aufbruch drängte. Doch dieser Enkel der Adlers fand keine Erwähnung. Er machte sich Sorgen um diese alte Tante, von der seine Mutter nichts wissen wollte. Wer weiß, wie die Tante die seelische Belastung ertrug, die inneren und äußeren Zwänge, denen sie sich momentan ausgesetzt sah. Erst jetzt kamen ihm ihre Alterserscheinungen so recht zu Bewusstsein, die er bei seinem Besuch übersehen hatte: ihre Vergesslichkeit, das Verweilen im Schacht der Vergangenheit, die ihr Gegenwart zu bedeuten schien. Auch wenn sich dies bei ihr auf andere Weise äußerte, weniger augenfällig, als bei Onkel Fredy, ihrem Mann, setzten sie ihr zu.

Die Eltern und seine beiden Brüder begleiteten ihn zur Busstation, wo sie ihn umarmten, als sei's ein Abschied für immer. Und tatsächlich: Als sich das Fahrzeug in Bewegung setzte, war ihm, als ließe er erst jetzt die Welt seiner Kindheit endgültig hinter sich. Diese Welt, die er selbst während seines langen Aufenthalts in den Vereinigten Staaten nie ganz verlassen hatte, obwohl sie sich, wie er nun hatte feststellen müssen, im Laufe der Jahre seiner Abwesenheit verändert hatte. Gewiss: Während der letzten Tage war er auf winzige Stolpersteine gestoßen, die ihn insgeheim mit seiner Kindheit verbanden. Der sechs Jahre lang täglich zurückgelegte Schulweg etwa, mit den Schadstellen des Gehsteigs, die noch immer der Ausbesserung harrten. Der Geruch nach frischem Brot aus der Bäckerei, das Gehämmer aus der Schmiede und die Erinnerung an die einst von einem Heuschreckenschwarm kahl gefressenen Bäume am Wegrand. Ein unbebautes Grundstück (ein endloser Erbstreit verhinderte seine Nutzung), auf dem er mit seinen Kameraden Fußball gespielt hatte. Oder ein Kiosk, wo es Kaugummi und Nestlé-Schokoladetäfelchen zu kaufen gab. Hatte man Glück, fand man in deren Verpackung den Gutschein für einen Lederball oder gar für ein Fahrrad. So jedenfalls ging das Gerücht; seines Wissens war dieses Glück keinem Kind Chivilcoys je zuteil geworden. Doch diese kaum wahrnehmbaren Verbindungskanäle zur Vergangenheit konnten nicht über die Veränderungen hinwegtäuschen, die hier inzwischen stattgefunden hatten, im Gegensatz zum Universum der Tante, in dem die Zeit eingefroren zu sein schien. Sollte es die explosiv erfolgte Verbreitung der Elektronik gewesen sein, von der sich die ganze Bevölkerung ergriffen zeigte? Oder stellten Internet und Mobiltelefon die Symptome einer viel tiefer gehenden Umwälzung dar, die sich in seiner Geburtsstadt, ja, die sich im ganzen Land anbahnte, ungeachtet der kleinlichen Rangeleien der von sich eingenommenen Politiker, von denen die Zeitungen voll waren, so, als handle es sich um welterschütternde Ereignisse?

Die nostalgische Verklärung des Vaterlands kam ihm in den Sinn, von der er in New York befangen gewesen war, wo er anfänglich zu jedem Wochenende, später seltener, einen Club argentinischer Exilanten aufgesucht hatte, um sich die Platten des »unsterblichen« Tangosängers Carlos Gardel (gestorben 1932) anzuhören, »Truco« zu spielen, dieses Kartenspiel, bei dem es aufs Bluffen ankommt; Matetee zu schlürfen und Alfajores zu essen, die mit Dulce de Leche gefüllt sind, dieser aus karamellisierter Milch hergestellten süßen Paste. Jetzt endlich wusste er es: Das in seinem Kopf existierende Argentinien gab es genauso wenig – hatte es genauso wenig gegeben – wie das verklärte galicinische Dorf, das die Tante im ihrigen mit sich herumtrug.

III Ein Halskettchen

8

Immer wenn in ihrem Kreis die Rede auf die nahezu unbeschränkten Möglichkeiten kam, die Argentinien dem Tüchtigen bot, wurde María Inés Antúnez als lebendes Exempel erwähnt. Sowohl für die ihr gebotenen und genutzten unbegrenzten Möglichkeiten wie für die Folgen der politischen Ungereimtheiten, als deren potenzielles Opfer sie sich ansah. Nicht ganz zu Unrecht. Denn in Spanien, wo sie das Licht der Welt erblickt hatte, wäre es ihr, der Tochter eines Hauswarts, der noch nicht einmal lesen und schreiben konnte, kaum gelungen, den Status einer Ärztin zu erreichen. Die politischen Wirren des zwanzigsten Jahrhunderts hingegen wären – wollte man die Spekulationen und Hypothesen weiter verfolgen – auch im vom Bürgerkrieg heimgesuchten Land ihrer Geburt nicht spurlos an ihr vorübergegangen.

Unbegrenzte Möglichkeiten also, wahrgenommen von dem Emigrantenkind aus einer der rückständigsten Regionen Spaniens. Keine Ursache für Neidgefühle. Als habe man ihr je etwas geschenkt im Leben! Als wären ihr die gebratenen Tauben ins Maul geflogen! Noch nicht einmal ihr eigener Mann wusste, wie viele Erniedrigungen sie hatte einstecken müssen, bis ihr ein wenig Anerkennung zuteil wurde. Aber Fredy lebte, auch als er noch voll zurechnungsfähig gewesen war, in seiner eigenen Welt, in der die Drosophila-Fliegen flatterten, um die in ihren Chromosomen verborgenen Geheimnisse preiszugeben. Das Geheimnis ihrer schlimmsten seelischen Verletzung hingegen, deren schmerzende Folgen sie bis zu ihrem Lebensende verfolgten, blieb nicht nur ihm, sondern sogar dem ihr so nahestehenden Neffen Enrique weitgehend verschlossen.

Das genaue Datum ihrer Ankunft in der sogenannten neuen Welt sollte María Inés ihr Leben lang im Gedächtnis bewahren. Das war nicht schwer. Nach fast vierwöchiger Schiffsreise landete sie mit ihren Eltern nämlich genau an ihrem sechsten Geburtstag – am 6. September 1930 – in Buenos Aires. Wo sie und ihre Familie, wollte man den Beteuerungen ihres Onkels Jerónimo Glauben schenken, goldene Berge erwarteten. Die Ankunft war eines der einschneidenden Erlebnisse, das sie mehr als einmal ihren Kindern und später dem Neffen Enrique gegenüber in allen Einzelheiten schilderte. Wobei es passieren konnte, dass sie von ihren jungen Zuhörern korrigiert wurde, sei es, weil sie sich in irgendeinem Datum geirrt hatte oder weil sie eine Begebenheit zum Besten gab, die von einer früheren Version abwich.

Der Onkel, ein Bruder ihrer Mutter, hatte es tatsächlich weit gebracht in seiner Wahlheimat. Seit dem Tod ihrer Eltern hatte er sich darum bemüht, die in seiner Erinnerung noch immer kleine Schwester und den in seiner Ignoranz misstrauischen Schwager zu bewegen, ihr Nest in Galicien endlich zu verlassen. Dort halte sie nichts mehr zurück. »schon der Kinder willen« (im Plural, obwohl es damals nur ein einziges Kind gegeben hatte, aber der Bruder war eben voraussehend) sollten sie ihr Glück in Argentinien versuchen, im Land der Zukunft, mit seinen – nun ja, mit seinen goldenen Bergen.

Dass ausgerechnet am Tag ihrer Ankunft eine Revolution in Buenos Aires stattfand, bekam die Kleine natürlich noch weniger mit als die Erwachsenen, die sich in kopfloser Aufregung auf die Landung vorbereiteten. Wie inzwischen in den Geschichtsbüchern nachzulesen ist, war es damals gewesen, dass die von einem General namens Félix Evaristo Uriburu angeführte Revolte die demokratisch gewählte, aber schwache und in ihrer Hilflosigkeit zur Demagogie Zuflucht nehmende Regierung der Radikalen Partei hinwegfegte. In allen Zeitungen war der General hoch zu Ross abgebildet. Die Bevölkerung befand sich in festlicher Stimmung, warf den vorüberziehenden Soldaten Blumen zu und vergaß die arbeiterfeindliche Tradition des Heeres, deren Offiziere nicht davor zurückschreckten, die Streiks wehrloser Peone mit dem Kugelregen ihrer Scharfschützen zu brechen. Angeblich spiegle die hochmütige Visage des Generals das ihn beherrschende faschistische Gedankengut wider – solches entdeckten seine Gegner, wenn auch bedauerlicherweise zu spät. Auch dass an diesem Tag ein halbes Jahrhundert friedlicher Entwicklung einer verfassungstreuen, wenn auch nicht immer durch saubere Wahlen legimitierter Demokratie ihr Ende gefunden hatte, stellte die Bevölkerung erst fest, als daran nichts mehr zu ändern war: diese Bevölkerung, die von den konspirierenden Generälen genauso wenig um ihre Meinung gefragt worden war wie von den mit ihren paktierenden Politikern. Betrachtungen übrigens, die María Inés nicht in ihre Erzählungen einzuflechten pflegte, sondern die dem Gedankengut der ihr folgenden Generation entstammten, die sich besser in der Landesgeschichte auskannte als die alte Tante.

Deren Eltern, dem Ehepaar Antúnez, war damals ohnehin nicht nach Geschichtsbetrachtungen zumute gewesen. Die hatten sich mit naheliegenderen Problemen herumzuschlagen. Denn die Einwanderungsbehörden bereiteten dem Paar Schwierigkeiten. Mit dem Töchterchen an der Hand und, wie unschwer festzustellen war, einem weiteren Kind im Bauch der Frau, standen sie recht hilflos vor den von ihrer

Mission durchdrungenen Staatsdienern. Der Vater, in seinem Pass als Cristóbal Antúnez ausgewiesen, hinkte nämlich leicht. Ein kaum erkennbares Nachziehen des rechten Beins, die Folge eines Unfalls auf der Baustelle, wo er als Hilfskraft gearbeitet hatte, veranlassten die beiden Bürokraten, die bereits zum Stempeln der Papiere erhobene Rechte in der Schwebe zu halten. Das Land benötige arbeitswillige Männer und Frauen, gewiss. Aber keine Krüppel. Solches mussten sich die beiden unverblümt in einem für sie schwer verständlichen Idiom sagen lassen. Obendrein stellte es sich heraus, dass der vor ihnen stehende Mann des Lesens und Schreibens unkundig war. Das allerdings fiel weniger ins Gewicht; auch gestandene Analphabeten, die anstelle einer richtigen Unterschrift den Abdruck ihres rechten Daumens unter die ihnen vorgelegten Dokumente setzten, konnten bei der Ernte in der Provinz, als Maurer in der Stadt oder einfach als Knechte und Mägde von Nutzen sein. Aber der körperliche Defekt eines Emigranten rief bei den pflichtbewussten Beamten Bedenken hervor. Deren Bild mit erhobenem, in der Schwebe gehaltenem Stempel ging in den Erinnerungsschatz ein, den María Inés den Kindern weitergab. Den eigenen Kindern zuerst, später dem Nenn-Neffen Enrique.

Unschlüssig überlegten sich die Staatsdiener, ob man im Hinblick auf die junge, kräftig gebaute Frau und ihrem Nachwuchs Gnade vor Recht ergehen lassen solle. Für Landeskenner war es offensichtlich: Sie erwarteten ein paar Banknoten unter der Hand oder unter dem Tisch, um ihre Skrupel auszuräumen. Doch die biederen Spanier waren keine Landeskenner und folglich war ihnen dieses Wunder wirkende Schmiermittel des bürokratischen Räderwerks fremd. Abgesehen davon waren sie bitterarm.

In ihrer Not wünschte sich die schwangere Frau – so jedenfalls legte es sich die fantasiebegabte Tochter in ihren

Erinnerungen rückwirkend zurecht – ihren großen Bruder herbei. Wo blieb er nur? Er hatte ihr doch hoch und heilig seine Hilfe bei der Erledigung des Papierkrams vor der Einwanderungsbehörde zugesagt. Endlich ging der verzweifelte Wunsch Jacintas in Erfüllung, denn Jerónimo tauchte auf. Nach der langjährigen Trennung erkannte sie ihn kaum wieder, wie er unversehens vor ihr stand, diskret nach Toilettenwasser duftend, ein schwarzes Schnurrbärtchen im strahlenden Gesicht, angetan mit dunkler Jacke und dem landesüblichen tellerförmigen Sommerhut aus gepresstem Stroh. Dem genügte ein Blick, um die Situation zu erfassen. Schnell entschlossen umarmte er zunächst Schwester und Schwager. Nachdem auch die Kleine ihr Küsschen abbekommen hatte, überrumpelte er die Amtsinhaber, indem er ihnen mit herzerquickend breitem Lachen beide Hände schüttelte, ganz als seien sie alte Bekannte. Er sei gekommen, um seine Familie abzuholen. Etwas verspätet, leider. Er bitte um Verständnis. Aber er habe zufällig einen Oberst auf der Straße getroffen, einen intimen Freund, der ihn aufgehalten habe. Tja, es lebe die Revolution! Da sind gute Beziehungen nützlich, nicht wahr? ... Irgendwelche Probleme, die Herren?

Die angesprochenen Herren wechselten Blicke miteinander. Der Freund eines Oberst unseres siegreichen Heers, bestimmt ein hohes Tier – das sah man ihm an –, der es fertiggebracht hatte, das vor Anker liegende Schiff zu betreten, obwohl das dem Publikum untersagt war? Man konnte ja nie wissen, mit wem man es zu tun hatte. »No, señor, keinerlei Probleme.« Die Stempel wurden in die Pässe geknallt. »Willkommen in der neuen Heimat!« Aber ganz wollten sie doch nicht auf die Ausübung ihrer kleinen Macht verzichten. Sie bestanden daher auf einer dreitägigen Quarantäne im sogenannten Immigrantenhotel, bevor sie das Verlassen des Hafengebiets guten Gewissens gestatten könnten. Mit einem Blick auf die ausgemergelte Figur Cristóbals und auf das Töchterlein mit den spindeldünnen Beinen stellten sie ihnen dort eine anständige Verpflegung in Aussicht, Nudeln und vor allem viel Rindfleisch, was sie offensichtlich bitter nötig hätten.

Mit einer großmütigen Geste, wie sie einem einflussreichen Caballero zustand, akzeptierte Don Jerónimo Hernández diese Bedingung, strich sich den Schnurrbart glatt und befahl einem in Erwartung eines Trinkgelds herumlungernden Burschen, die paar Bündel seiner Familie einzusammeln.

Ohne dass er es bewusst darauf angelegt hätte, war es ihm gelungen, das Herz der kleinen Nichte zu erobern. Unsterblich hatte sich die in den Onkel vergafft. Wäre sie etwas erwachsener gewesen, so hätte sie diesem die Enttäuschung angesehen, die ihm der bislang unbekannte Schwager Cristóbal bereitete. Das Schwesterlein war ja immer eine Helle gewesen. Aber den unbedeutenden, wesentlich älteren Kerl mit seinen schlecht rasierten eingefallenen Wangen und den zu eng beieinanderliegenden Äugelchen, den sie sich da geangelt hatte, war ihm von ersten Moment an unsympathisch. Er hätte sich ihn weniger tumb gewünscht. Weniger primitiv.

»Wer etwas im Leben erreichen will«, hatte er ihm damals auseinandergesetzt, »der muss sich überlegen, wie er den Mann, auf den es ankommt, für sich gewinnen kann. Bestechung? Pfui! Ist kein schönes Wort! Aber jeder hat seine schwache Stelle. Manchmal genügt schon ein freundliches Wort und ein offenes Lachen.« Das möge sich der Schwager gesagt sein lassen. »In anderen Fällen tut's die Visitenkarte mit der Empfehlung eines Einflussreichen. Eine importierte Zigarette. Eine Flasche Wein. Ein halbes Versprechen. Oder eine versteckte Drohung, lächelnd vorgebracht, um ihr den

Stachel zu nehmen. Oder, im Extremfall – aber wirklich nur dann! – bares Geld, diskret zugesteckt.«

Natürlich hatte dieser nahezu philosophische Lehrvortrag praktischer Lebenshaltung, auf den der Vater übrigens kaum reagiert haben soll, in Wirklichkeit überhaupt nicht stattgefunden, sondern war das später als Erinnerung widergegebene Produkt der Einbildungskraft von María Inés. Aber das spielt in diesem Kontext keine Rolle. Auch wenn es sich um eine glatte Lüge handeln sollte, so hätte das geschilderte Gespräch durchaus so ablaufen können. Und darauf kommt es schließlich an.

Zumindest ein Kern der Wahrheit muss hingegen der folgenden Geschichte innewohnen, die María Inés für die Nachwelt parat hielt. Verzweifelt von der Einsilbigkeit des Schwagers habe der Onkel das Thema gewechselt und ihm eröffnet, dass ihn die Stelle eines Kellners erwarte. Im Restaurant eines seiner Freunde. Eine leichte Arbeit in einem erstklassigen Lokal, die er trotz seines kleinen Beinproblems mühelos werde schaffen können, vorausgesetzt, er könne sich die Bestellungen der Gäste merken und ordnungsgemäß weitergeben. Was Übungssache sei. Wäre nicht der erzwungene Aufenthalt im Immigrantenhotel dazwischengekommen, hätte er schon morgen mit der Arbeit beginnen können; heute seien alle Esslokale wegen der Revolution geschlossen. Das Gehalt sei gering, aber die zu erwartenden Trinkgelder ergiebig. Ob ihm das recht sei?

Die Schwester antwortete anstelle ihres Mannes. Schon recht, jedenfalls für den Anfang. Nur müsse man sich zuvor um anständige Kleidung kümmern.

Der Bruder: Dafür werde man umgehend sorgen.

Die Schwester: Und wie es um die Unterkunft bestellt sei.

»Richtig, die Unterkunft!« Er habe eine provisorische Lösung gefunden: die preiswerte Zweizimmerwohnung in einem vierstöckigen Mietsgebäude, nicht weit von der Arbeitsstelle entfernt. Dass diese mit Gasherd und einem Klosett mit Wasserspülung ausgestattete Wohnung ihrer bisherigen Behausung in Galicien sicherlich bei Weitem überlegen war – diesen von María Inés kolportierten Kommentar dürfte er in Wirklichkeit, sollte es ihm durch den Kopf gegangen sein, für sich behalten haben. Denn – das war nachprüfbar – Jerónimo hing an seiner Schwester. Die drei altersmäßig zwischen dieser und ihm liegenden Geschwister ruhten auf dem Friedhof; eine Epidemie hatte sie als Kleinkinder dahingerafft. Weitere Geschwister gab es keine. Jacinta zu kränken lag ihm bestimmt fern.

Ob die Wohnung einen Hof mit freiem Auslauf habe, verlangte der Schwager nach längerem Grübeln zu wissen. Darauf habe er nicht geachtet, gestand Jerónimo etwas verwundert. »'s ist wegen der Kanarienvögel«, meinte Cristóbal, ohne sich um eine verständlichere Erklärung zu bemühen. Eine solche allerdings verlangte auch niemand von ihm.

Steht das bislang Vorgebrachte auf dem unsicheren Fundament der kindlichen Einbildung und – wenn man einmal den Sigmund Freud bemühen darf – der Erinnerung an die Erinnerungen von María Inés, so ist der im Folgenden geschilderte Vorgang durch das Zeugnis ihres Onkels verbürgt. Zu aller Überraschung meldete sich die Kleine plötzlich zu Wort. Ob sie nun bald zur Schule gehen dürfe, erkundigte sie sich mit piepsiger Stimme. Diese Frage forderte ihren Vater heraus. Knurrend und schlecht gelaunt verlieh er seiner Meinung Ausdruck: »Mädchen wie du haben keine Schule nötig. Das ist was für die reichen Leute. Genau wie die Messe in der Kirche, wo man nur den Reichen die geweihte Hostie auf die Zunge legt. Und außerdem bringt das viele Lernen die Mädels nur auf dumme Gedanken und stürzt sie ins Verderben.«

Mit diesem Vater stand sie – auch das ist eine von Zeugen erhärtete Tatsache – auf gespanntem Fuß. Nie konnte sie es ihm recht machen, ständig hatte er etwas zu nörgeln. Aber bis vor wenigen Monaten hatte sie, gewissermaßen zum Ausgleich, ein inniges Verhältnis mit der Mutter verbunden. Das war seit einiger Zeit gestört; die verunsicherte Kleine konnte sich nicht erklären, warum. Vielleicht war dies der eigentliche Grund, warum sie auf der langen Überfahrt mit den anderen Kindern an Bord den lieben Tag lang herumtollen musste, soweit dies der enge Platz auf dem Schiff zuließ. Sogar wesentlich ältere Kinder hatten ihr gehorcht. Nur wenn der Gong zu Tisch rief, verließ sie schlagartig ihre Piratenbande. Ihr Appetit erwies sich als nahezu unersättlich.

Sie wollte Einspruch gegen das Diktum des Vaters erheben, doch der Onkel kam ihr zuvor. Ohne auf die kirchenfeindliche Bemerkung des Schwagers einzugehen, erklärte er diesem, dass hierzulande die allgemeine Schulpflicht herrsche. Argentinien weise daher die geringste Analphabetenquote ganz Lateinamerikas auf. Bei Weitem! Sie sei sogar wesentlich geringer als in vielen Ländern Europas, Spanien inbegriffen. Es war ihm anzumerken, dass er sich schon als echter Argentinier empfand, der stolz auf diese Statistik war. Und außerdem schien ihm dran gelegen zu sein, dem Schwager dessen aufreizende Ignoranz unter die Nase zu reiben.

Der, noch immer nicht zufriedengestellt, murrte weiter, bis Jerónimo der Geduldsfaden riss, was eigentlich recht selten bei diesem diplomatisch veranlagten Mann vorkam. Er stopfte ihm den Mund, indem er ihm nahelegte, er könne ja mit dem nächsten Schiff nach Spanien zurückfahren, ins Elend und in die dortigen politischen Wirren, die früher oder später in einen Bürgerkrieg münden würden, wie es erst kürzlich seine Zeitung prophezeit habe.

Um die entstandene Peinlichkeit zu überwinden, fiel es Jacinta ein, sich nach der Frau und den Kindern ihres Bruders zu erkundigen. Gut gehe es allen und sie seien ganz erpicht darauf, die Verwandten endlich kennenzulernen. Vor allem Rodolfo, sein Ältester, könne es schon gar nicht mehr erwarten, sein Cousinchen in die Arme schließen und abküssen zu dürfen. Eine spaßige Bemerkung, die der Kleinen die Schamesröte ins Gesicht trieb und ihren Vater zu einem neuerlichen Ausdruck des Widerspruchs herausforderte.

Dagegen half auch die Ankündigung Jerónimos nichts, er halte noch eine angenehme Überraschung für sie parat. Eine Mitteilung, die er allerdings, wie er geheimnistuerisch von sich gab, noch nicht verraten dürfe.

»Hoffentlich nichts Verbotenes« verwahrte sich die Schwester; davon wolle sie nichts wissen.

»Aber nein«, erwiderte der Bruder entrüstet. Wie sie bloß auf einen so abwegigen Gedanken komme.

»Ich dachte nur so«, meinte sie, »wo doch so viel Schlechtes über Argentinien im Umlauf ist. Mädchenhandel, Schmuggel. Solche Sachen.«

Jerónimo zündete sich eine Zigarette an und bot auch dem Schwager eine solche an. Erst nach mehreren Zügen ließ er sich zu einer Erwiderung herab: Für was ihn die Schwester eigentlich halte.

Tja, und in drei Tagen würde er sie abholen. Dann sehe man weiter.

»Und dann verrätst du uns auch das Geheimnis, das wir noch nicht wissen dürfen, nicht wahr, Onkel?« ließ sich María Inés vernehmen. Der Onkel schenkte dem vorlauten Nichtchen sein gewinnendes Lachen und drückte ihm einen Kuss auf die Stirn.

9

Jerónimo hielt sein Versprechen. Pünklich um zehn Uhr am Tag der Entlassung der Antúnez aus dem Immigrantenhotel kam er zu deren Überraschung in einem Auto vorgefahren: in einem schwarz lackierten Ford, Modell A, welches er kurz zuvor aus zweiter Hand erworben hatte. Noch nie hatten die Ankömmlinge in einem Auto gesessen. Reglos hockten die Erwachsenen auf ihren Sitzen, jederzeit eines Zusammenstoßes gewärtig. Nur die Kleine rutschte unruhig hin und her und bewunderte laut den regen Großstadtverkehr, mit den quietschenden und bimmelnden Straßenbahnen, den Kleinomnibussen, die sich unter ständigem Gehupe Platz zu verschaffen suchten, den Polizisten, die diesen Verkehr von ihren Kanzeln aus steuerten, dem Gewoge der Passanten auf den Gehsteigen, den reich dekorierten Schaufenstern und den Reklameschildern. Cristóbal und seine Frau schwiegen überwältigt.

Sogar als Jerónimo einen Umweg machte, um seinen Gästen den Rio-de-la-Plata-Strom zu zeigen, der so breit war, dass man das gegenüberliegende uruguayische Ufer nicht sehen konnte, brachten sie den Mund nicht auf. Auch dies war einer der Eindrücke, die sich der Kleinen, wie sie später gestand, tief einprägte. Anderes reimte sie sich mit der Zeit zusammen, indem sie die ihr verbliebenen Erinnerungsfetzen zusammenfasste.

»Ihr seht, in Buenos Aires muss man motorisiert sein, um Zeit zu sparen. Denn alle befinden wir uns hier stets in großer Eile.« Eine wichtigtuerische Behauptung, die Jerónimo da von sich gab, denn was fängt so einer mit der gesparten Zeit an?

Schwester und Schwager hielten den Mund, denn es kostete sie Mühe, die auf sie einströmenden Bilder zu verarbeiten; das aufgeregte Gegilpse der Kleinen hingegen überhörte der Fahrer. Da er sich aber seiner Pflichten als Gastgeber bewusst war, bemühte er sich, schon auf dem Weg zu den Außenvierteln der Stadt, dieses Schweigen durch seinen Monolog zu überbrücken. Das bevölkerungsarme Land mit seinen knapp dreizehn Millionen Einwohnern und seinem fruchtbaren Boden, wo aus jedem auf die Erde gefallenen Weizenkorn eine Pflanze mit voller Ähre sprieße, wo man auf dem Markt eine ganze Bananenstaude aus Brasilien für zehn und ein Kilo erstklassiges Rindfleisch für nur zwanzig Centavos kaufen könne – ein solches Land sei dem verarmten Mutterland allemal vorzuziehen.

Das beharrliche Schweigen im Wagen fasste er als stummen Widerspruch auf – fälschlich, denn in Wirklichkeit fiel es dem Ehepaar schwer, den Ausführungen zu folgen, einfach weil es zu benommen war und weil Jerónimo die Sprachgewohnheiten der Einwohner der Stadt angenommen hatte, die alle zu schnell redeten. Zudem wäre es dem Schwager und seiner Frau lieber gewesen, ihr Fremdenführer würde sich auf den Straßenverkehr konzentrieren, um einen Unfall zu vermeiden, der, wie sie befürchteten, an jeder Straßenecke auf sie lauerte.

Nur um zu reden, fühlte sich der veranlasst, die wirtschaftliche und politische Krise herunterzuspielen, in die das Land geraten sei und von der die Ankömmlinge noch nichts gemerkt hatten; wie sollten sie auch? »Vorübergehend, eine vom Ausland eingeschleppte Krise«, versicherte er seinen Zuhörern, die nicht so recht verstanden, von was die Rede war. Denn die ans Ruder gelangten Offiziere würden jetzt reinen Tisch machen. Die Abgeordneten der beiden Kammern habe man bereits nach Hause geschickt. Wie zur Bekräftigung seiner Worte schlug er mit der Faust auf das Lenkrad. Die hätten ohnehin nur leeres Stroh gedroschen.

So seine feste Überzeugung, die er aus den Zeitungen bezog, die er an seinem Stand feilhielt.

»Bruder, du redest daher wie ein Orakel«, stellte Jacinta fest. Und nach kurzem Nachdenken folgte ein: »Ja, wirklich – du bist unser Familienorakel.«

Der Bruder schwieg zu diesem Titel, doch war ihm anzusehen, dass er ihn willig akzeptierte.

10

Endlich erreichten sie ihr Ziel: das Einfamilienhaus, das die Familie Hernández bewohnte. Dorthin hatte er seine Gäste gefahren, ohne dass er sie um ihre Einwilligung gefragt hätte. Bereits im Vorgärtchen erwartete sie der lärmende Empfang Antonias, die sich im Laufen schnell noch die Hände an der Schürze abwischte und ihre Kinder zur Ordnung rief. Ihr rötlich gefärbtes, in Dauerwellen gelegtes Haar, dessen Farbton nicht so recht zu ihren dunkelbraunen Augen passen wollte, rief Jacintas Befremden hervor. Eine solche Frisur hatte sie noch nie gesehen. Von ihrer guten Figur, die Jerónimo stets bewundernd hervorgehoben hatte, war nichts mehr zu merken. Wie die Schwägerin mit kritischem Blick erkannte, neigte sie zur Fülle.

Die Wohnung bestand aus mehreren hintereinander aufgereihten Zimmern. Eine diesen vorgelagerte Seitengalerie sorgte für etwas Licht und Luft. Hinter dem Haus war ein Garten zu erkennen, in dessen Beeten etwas Kopfsalat, Mohrrüben und Petersilie wucherten. Ein verkrüppelter Zitronenbaum trug schwer an der Last seiner Früchte. In einer Ecke, getrennt durch einen Maschendraht, waren ein paar zwischen dem Unkraut scharrende Hühner damit beschäftigt, Insekten aufzupicken.

Die Ankömmlinge wurden ins Wohnzimmer geführt, in den »living room«, wie sich Antonia ausdrückte. Dort durften sie die Einrichtung bestaunen, die den Geschmack der Bewohner verriet: klobige Möbel, ein Plüschsofa mit dicken Polstern, der leise summende elektrische Kühlschrank, der Öldruck einer Schweizer Schneelandschaft vereinsamt an der ansonsten kahlen, mit Kalkfarbe bläulich gestrichenen Wand. An der Decke ein sechsarmiger Lüster aus böhmischem Kristallglas. Das Telefon und ein mächtiger Radioapparat riefen die scheue Bewunderung Jacintas hervor, die nur mühsam das abergläubische Misstrauen überwand, das ihr diese modernen Apparate einflößten. »Ein Sechs-Röhren-Apparat«, protzte Jerónimo unnötigerweise, denn was verstanden seine Gäste schon von Radios? Antonia schwieg mit zusammengepressten Lippen zu der Übertreibung ihres Mannes. Zufällig war ihr bekannt, dass der Apparat mit nur vier Röhren bestückt war. Immer noch genug, um laut die Nationalhymne von sich zu geben, die der Staatssender übertrug, just als Rodolfo das Gerät einschaltete: Die Übertragung irgendeines patriotischen Akts, wie sie die Militärs so gerne veranstalten.

Unter den überraschten Blicken ihrer Gäste erhoben sich Jerónimo und die Seinen, um der Hymne ihren Respekt zu erweisen. »Höret, ihr Sterblichen, den heiligen Ruf: Freiheit! Freiheit! Freiheit!« Am lautesten sang Rodolfo, der dabei María Inés fixierte, womit er den Eindruck erweckte, es handle sich um ein Ständchen, das er mit plärrender Kinderstimme ihr zu Ehren darbrachte.

Als man wieder Platz genommen hatte, gab sich Antonia Mühe, das Gespräch in Gang zu halten, während sie zerstreut die getigerte Katze streichelte, die ihre Beine umstrich. »Die schleppt uns alle Mäuse der Nachbarschaft an, nicht wahr, Muschi?« Sie erkundigte sich nach der Überfahrt, die wenig

Stoff für eine Unterhaltung hergab, denn die Fahrt war ereignislos verlaufen. Anschließend pries sie ihr angenehmes Stadtviertel, ihren Freundeskreis (»lauter bessere Leute«) und die Vorzüge ihrer drei Kinder. Erst bei deren Erwähnung stellte sie fest, dass sich Rodolfo mit seiner Cousine in ein Nebenzimmer verdrückt hatte. »Die beiden scheinen sich gut zu verstehen«, meinte sie.

»Liebe auf den ersten Blick!«, erwiderte Jacinta mit dem gönnerhaften Lächeln, wie es die Erwachsenen so gerne aufsetzen, wenn von ihren unmündigen Kindern die Rede ist.

Wenig später warf die Hausfrau einen Blick auf die Uhr, erhob sich und verschwand in der Küche, der ein appetitanregender Geruch entströmte. Kurz darauf bat sie zu Tisch; hoffentlich schmecke es ihren Gästen, es gebe keine Suppe, aber zwei Gänge – erst Cannelloni und dann den Braten. »Die Krone ihrer Kochkünste«, wie ihr Mann einwarf, während er die Weinflasche entkorkte. Nach diesem der Hausfrau gespendeten Lob schenkte er sich einen Tropfen ein, den er mit der Miene eines Kenners auf der Zunge vergehen ließ, bevor er die Gläser der Erwachsenen mit dem begutachteten Nass füllte.

Mit diesen feinen Tischsitten, die er sich vor den Augen seiner bäuerischen Gäste wirklich hätte sparen können, stellte er unter Beweis, dass er gelernt hatte, die Gepflogenheiten der von ihm bewunderten guten Gesellschaft zu imitieren. Wie lange war es nun schon her, dass er als junger Schnösel ins Land gekommen war! Damals hatte noch niemand an die Möglichkeit einer Wirtschaftskrise im reichen Argentinien gedacht, diesem Lieferanten von Weizen und Rindfleisch für das heruntergewirtschaftete Europa. Der argentinische Peso war eine auf der ganzen Welt geachtete Währung gewesen.

Mit seinem einnehmenden Wesen war es ihm damals leichtgefallen, als erfolgreicher Verkäufer in einem der teuersten Läden von Damenschuhen zu brillieren – »der Verführertyp, wie er im Buche steht«, so der Kommentar des zufriedenen Ladenbesitzers –, eine Anstellung, die er allerdings nur als Sprungbrett für seine Karriere betrachtete. Erstaunlich schnell hatte er seinen iberischen Akzent abgelegt und sprach wie ein gebürtiger Argentinier, dem sogar die lokalen Redewendungen und Wortspiele geläufig waren.

Kaum fühlte er festen Boden unter sich, als er sich zur Heirat eines resoluten Mädchens mit guter Figur entschloss. Er hatte Antonia – Chola für ihre Freundinnen – in einer Tanzdiele kennengelernt, wo er sich beim Tango hervortat, als sei er damit zur Welt gekommen. Sie war als Verkäuferin in einem Modesalon angestellt. Eigentlich sei sie ein professionelles Modell, behauptete sie mit verführerischem Augenaufschlag, wenn sich die Gelegenheit für eine solche Eröffnung ergab. Wollte man ihr glauben, war sie die Enkelin eines Italieners, der, vor gut sechzig Jahren aus Kalabrien eingewandert, auf einer Estancia in der Nähe von Bahía Blanca gearbeitet und mit einer India zusammengelebt hatte, der Tochter eines berühmten Kaziken. Einschränkend muss hier allerdings eingeräumt werden, dass die Gute für ihre blühende Fantasie bekannt war; Indioblut war ihr jedenfalls keines anzusehen. Eher ein paar Tropfen Sarazenenblut – ein Tribut an die Geschichte Süditaliens.

Ein derartig autochthones Erbteil hin oder her – vif genug jedenfalls war sie gewesen, um ihren feschen Kavalier zur Hochzeit zu bewegen, wobei sie in der Kirche sage und schreibe in einem blütenweißen Brautkleid und unter einem ebenso weißen Schleier erschien. Bereits sieben Monate später schenkte sie einem gesunden Stammhalter das Leben. Rodolfo: Der Name des Helden eines Rührstücks, das sie in den letzten Monaten ihrer Schwangerschaft täglich im Radio verfolgt hatte. Dem mit vier Röhren.

Ihr Ehemann pflegte sein Leben lang zu beteuern, nur der Tüchtigkeit und Erfahrung seiner Frau sei es zuzuschreiben, dass er so rasch zu einem gemachten Mann aufgestiegen war. Denn dank ihrer Verbindungen – angeblich hatten sich diese durch ihre Tätigkeit als Modell ergeben; mit Einzelheiten hielt sie sich zurück und Jerónimo war klug genug, sie nicht mit inquisitorischen Fragen zu bedrängen – war er zu einem Zeitungsstand an einer verkehrsreichen Kreuzung zweier Hauptstraßen gekommen. Diesen hatte er kurz nach seiner Heirat gegen das »Sprungbrett« im Schuhgeschäft eingetauscht. Zum Leidwesen seines Patrons und mehrerer seiner Kundinnen. Dass er seine bewunderte Frau nach Strich und Faden betrog, tat seiner Liebe keinen Abbruch und belastete sein Gewissen nicht im Geringsten.

Ein gemachter Mann mithilfe eines gewöhnlichen Zeitungsstands? Nun ja, so gewöhnlich war dieser Stand, den er während der Stoßzeiten noch immer persönlich bediente, nun auch wieder nicht. Denn neben den Morgen- und Abendblättern, die er den Abonnenten der Umgegend ins Haus und den vorübergehenden Passanten in die Hand lieferte, verdiente er gut am Verkauf pornografischer Zeitschiften und an Broschüren politisch anrüchigen Inhalts. Außerdem vermittelte er die Liebesdienste williger Damen, deren Aktfotos er für einen ausgewählten Kundenstamm parat hielt, und vertrieb Lottoscheine, was eigentlich verboten war, weil diese der staatlichen Lotterie unlautere Konkurrenz machten. Eigentlich.

Derartige und andere, noch dunklere Geschäfte bildeten die Grundlage seines kleinen Vermögens. Es war ihm gelungen, dieses an den Blicken der Steuerbehörden vorbeizuschleusen und auf ebenso kreative wie fragwürdige Weise über die noch berichtet werden muss, in eine notleidende Brillenfabrik einzubringen, als deren Teilhaber er sich seitdem bezeichnen durfte: eine solide Existenz also, die kein Licht zu scheuen hatte. Dass er trotzdem am Zeitungsstand festhielt, diesen sogar vergrößerte, war mehr als eine eigenwillige Marotte. Denn sie hing mit seinen anderen Geschäften zusammen, auf die er nicht verzichten wollte, sei es aus simpler Habsucht oder aus seinem Hang zum Anrüchigen.

An diesen einer okkulten Parallelwelt zugehörigen Betätigungen waren allerhand zwielichtige Gestalten beteiligt. Für die war er als Vermittler tätig, indem er die Verhandlungen mit deren Kunden führte, die im Allgemeinen einer gehobenen Gesellschaftsschicht entstammten. Die von ihm vertretenen Hehler, Urkundenfälscher und Beziehungsschacherer waren keine finsteren Halunken, wie man hätte meinen können, sondern samt und sonders liebenswürdige Gestalten, die ihre Tätigkeit als einen normalen, für die Gesellschaft nützlichen Beruf auffassten.

Zur ungestörten Ausübung derartiger, für Außenstehene eben doch fragwürdiger Aktivitäten bedurfte es selbstverständlich einer mächtigen Protektion. Die genoss er, indem er nicht nur die jeweiligen Polizeikommissare seines Distrikts mitverdienen ließ, sondern gelegentlich auch Lokalpolitiker, soweit sich diese für derartige Dinge hergaben. Diese Verbindungen bewiesen, dass die von der Schwester zum Ausdruck gebrachte sich gegen Gesetzwidriges sträubende Intuition im Grunde genommen durchaus berechtigt war. Der entrüstete Einspruch des Bruders hingegen zeugte von einer moralischen Einstellung, die sich wesentlich von der unterschied, die Jacinta aus ihrer Heimat mitgebracht hatte.

Nach einem Tässchen schwarzen Kaffees für alle Erwachsenen und einer Zigarette – importierte Chesterfield – für jeden der beiden Herren mahnte Jerónimo zum Aufbruch.

Es sei höchste Zeit, die Schwester und deren Familie zu ihrer neuen Behausung zu bringen.

»Und das Geheimnis, Onkel?«, rief sich María Inés in Erinnerung.

»Immer mit der Geduld!«, wurde sie von diesem vertröstet, während Cristóbal die Gelegenheit wahrnahm, um das vorlaute Benehmen seiner Tochter zu rügen.

11

In der Wohnung angelangt, erwies es sich, dass sich der Schwager bei der Einrichtung großzügig gezeigt hatte. Es gab einen Esstisch, vier Stühle mit strohgeflochtenen Sitzflächen, ein Bett für das Ehepaar und ein kleines für die Tochter. Dass diese Möbel aus zweiter Hand stammten, war ihnen nicht anzusehen. Sogar für eine Deckenbeleuchtung hatte Jerónimo gesorgt. Nur an der Weißwäsche haperte es, daran hatte er nicht gedacht. Darum müsse sich seine Schwester nun selber kümmern, genau wie um die Kellnerkluft für ihren Mann. Vielleicht könne ihr Antonia beistehen; die habe ein gutes Herz und sei sehr hilfsbereit, doch halten sie die drei Kinderchen in Atem.

»Ach ja!«, erinnerte er sich plötzlich, langte in die Hosentasche und zog ein Bündel Geldscheine hervor, den er seiner verlegenen Schwester zusteckte. »Für den Anfang!«

Und nun müsse er sie schleunigst verlassen, um sich um seine eigenen Geschäfte zu kümmern. Er übergab Jacinta seine Visitenkarte, die er einem versilberten Etui mit eingraviertem Monogramm entnahm. Auf dieser Karte finde sie auch seine Telefonnummer. Was sie denn mit der anfangen solle? Nun, an der gegenüberliegenden Straßenecke gebe es einen Gemischtwarenladen, dessen Telefon den Kunden zur

Verfügung stehe. Sie habe noch nie einen solchen Apparat benutzt? Man werde es ihr schon beibringen, das sei keine Kunst. Und am nächsten Morgen werde er vorbeikommen, um den Schwager zu seiner Arbeitsstelle zu begleiten.

Mit diesem Versprechen rauschte er ab. Von einer geheimnisvollen Überraschung war nicht mehr die Rede.

Es war ein Kleinbürgerviertel, etwas abseits vom lärmenden Großstadtverkehr gelegen. Freundliche, wenn auch topfguckerische Nachbarinnen zeigten sich stets bereit, den Neuankömmlingen mit einer Tasse Mehl, einem Glas Öl oder ein paar Eiern auszuhelfen, wenn sich dies als erforderlich erwies. Und die sie mit guten Ratschlägen versorgten. Das Abführmittel aus der Apotheke: eine warm zu trinkende Limonade, die man zu Beginn des Frühlings einnehmen müsse, um »die Gedärme zu reinigen«, allerhand Hausmittel und Rezepte der einheimischen Küche, allen voran der Puchero, dieses aus Suppenfleisch und diversen Gemüsen bestehende Eintopfgericht, und die Art, wie man mit bockigen Kindern und mit zu Seitensprüngen aufgelegten Ehemännern umzugehen habe.

Auf der Straße zog frühmorgens ein Viehtreiber mit seiner Kuh und dem dahinter hertrottenden Kälbchen vorbei, um den Hausfrauen garantiert unverpantschte Milch in den Topf zu melken. Dass sie unpasteurisiert aus dem Euter kam, störte nur die paar hier wohnhaften Deutschen und Engländer; die bezogen lieber die Flaschenmilch eines bekannten Molkereibetriebs. Ein Scherenschleifer machte mit dem schrillen Geflöte einer Schalmei auf seine Dienste aufmerksam, ein Lieferwagen rumpelte vorbei, um Stangeneis unter den schlangebildenden Kundinnen zu verteilen. Ein mit einem selbst gebastelten Wägelchen ausgerüsteter Lumpensammler forderte die Einwohnerschaft mit rauer Stimme auf, ihm leere Flaschen und gebrauchte Säcke zu überlassen. Und ein Greis mit einem Papagei auf der rechten Schulter zog die größeren Kinder und die kleinen Dienstmädels an. Gegen Entrichtung von fünf Centavos zeigte sich der bunte Vogel bereit, mit seinem Schnabel ein zusammengerolltes Zettelchen aus einem ihm von seinem Herrn vorgehaltenen Gestell zu picken. Auf dem war die Zukunft der Kunden zu entnehmen: Glück in der Liebe, das große Los oder eine nicht näher bezeichnete freudige Überraschung. Oder aber auch: Achtung vor dem Unheil bringenden bösen Blick! Abwendbar, indem man den Zettel hinter einem Spiegel versteckt. Natürlich schenkte niemand diesen Prophezeihungen Glauben, aber »man kann ja nie wissen … nicht wahr?«.

Im Großen und Ganzen fühlten sich die Antúnez wohl in der Gegend, die Jerónimo für sie ausgesucht hatte. Nur die Trinkgelder, die Cristóbal im an der Luxusstraße Florida gelegenen Restaurant einnahm, flossen nicht ganz so üppig, wie es der Schwager vorausgesagt hatte. Dabei gab er sich wirklich alle Mühe, die Bestellungen der Gäste richtig weiterzugeben, obwohl ihm die Fähigkeit abging, sie zu notieren.

Das »Familienorakel«, sorgte auch für die Bildung der kleinen María Inés. Ungeachtet des Gemauls ihres Vaters wurde sie in die Klasse eingeschult, in der sich Marta Teresa, die jüngere der beiden Schwestern Rodolfos, befand. Angetan mit dem weißen Staubkittel, wie ihn alle Schulkinder des Landes trugen, und dem kleinen Ranzen auf dem Rücken, sah man ihr nicht an, dass sie erst vor Kurzem ins Land gekommen war. Nur wenn sie den Mund auftat, dann wusste man, wie man daran war mit der Kleinen. Die Lehrerin, die Wert auf die gute Aussprache der ihr anvertrauten Kinder legte, hatte ihre Last, ihr die Lispellaute abzugewöhnen, die sie aus ihrer Heimat mitgebracht hatte.

Natürlich war die argentinische Aussprache nicht das Einzige, was man ihr beibrachte in der Schule. Sie lernte schreiben und rechnen und erfuhr, dass der General José de San Martín mit seinem Heer an der Spitze seiner Truppen Anfang des neunzehnten Jahrhunderts die Kordilleren überquert hatte, um Chile und Peru vom spanischen Joch zu befreien. Man brachte ihr bei, wer Belgrano, wer Moreno, Rivadavia, Alberdi und Sarmiento gewesen waren und was das Land diesen Männern zu verdanken hatte. Und dass die vor hundert Jahren von den Engländern widerrechtlich okkupierten Malvinen-Inseln im Südatlantik Argentinien gehörten, schon alleine weil sie sich auf dem amerikanischen Kontinentalsockel befanden

Schon nach verhältnismäßig kurzer Zeit war sie in der Lage, dem begriffsstutzigen Vater ein wenig Lesen und Schreiben beizubringen.

12

Als die Zeit der Entbindung Jacintas nahte, kam es zu einem erregten Wortwechsel zwischen dem fortschrittlich gesinnten Jerónimo und den hinterwäldlerischen Antúnez. Mit Händen und Füßen sträubten sie sich gegen eine Internierung im öffentlichen Krankenhaus, wo der Tausendsassa von Jerónimo einen Arzt kannte – einen seiner vielen guten Freunde, wie er so gerne behauptete –, der wesentlich vertrauenswürdiger sei als eine dahergelaufene Hebamme, die nicht den Schimmer einer Ahnung von Asepsis habe. Oder ob sie wolle, dass es ihrem Kinde so gehe wie ihren in Spanien begrabenen Geschwistern, die, wenn er sich nicht irre, noch nicht einmal die Nottaufe empfangen hatten. Er setzte sich gegen den Widerstand seiner Schwester durch – zu deren Glück, wie sich herausstellte, denn die verquere Lage des Fötus erforderte die Anwendung der Geburtszange. Ein Eingriff, dem keine Hebamme gewachsen gewesen wäre.

Ernesto wurde das Brüderchen getauft, Ernesto Jerónimo, um genau zu sein. Der Onkel gab sich bereitwillig zur Rolle des Taufpaten her – »der erste gebürtige Argentinier in eurer Familie«, wie er erklärte, »worauf ihr stolz sein könnt« – und zeigte sich dieser Auszeichnung durch mehrere großzügige Geschenke würdig. Die komplette Babyausstattung stammte von ihm und ein zusammenklappbarer Wickeltisch, der sich in eine kleine Badewanne verwandeln ließ.

María Inés, die von diesem Brüderchen ohnehin nichts wissen wollte, hatte man während dieser Zeit im Hause des Onkels untergebracht. Dort spielte sie mit dem Vetter Rodolfo und dessen beiden Schwestern Alba und Marta Teresa, was sie den quengelnden Nebenbuhler zu Hause vergessen ließ.

Doch diese Einquartierung dauerte natürlich nicht ewig. Als sie wieder nach Hause zurückkehrte, erwartete sie nicht nur ein neues Lebewesen – eben das Brüderchen, das ihr den Platz streitig machte –, sondern zu ihrer Überraschung gleich deren fünfe. Denn an einer Mauer im zu ihrer Wohnung gehörigen winzigen Hof hatte der Vater vier Käfige aufgehängt. In jedem derselben hüpfte ein Kanarienvogel von Stange zu Stange. Zwei von ihnen gaben ab und zu einen Triller von sich, mit dem sie den Vater erfreuten. Der bewies, dass er die Aufgewecktheit seiner Tochter bei Weitem unterschätzte, denn er erklärte ihr allen Ernstes, der Bruder sei es gewesen, der ihr die Vögelchen mitgebracht habe. Er wolle nun eine ganze Zucht anlegen; schon immer sei dies sein Traum gewesen. Der Tochter obliege es, die Tierchen regelmäßig zu füttern. Mit Salatblättern, Kanarienkörnern und vor allem mit Mohrrüben, »damit ihr Gefieder eine satte

Farbe annimmt«. Außerdem solle sie ihnen das Singen beibringen und die Käfige sauber halten. Sie gelobte, diese Pflichten getreulich zu erfüllen. Doch bald musste sie feststellen, dass der Vater ihr einen Teil dieser Arbeit wegnahm, da er selber viel Zeit damit verbrachte, »seinen gefiederten Freunden« (so nannte er sie; wer weiß, wo er diese gehobene Bezeichnung aufgeschnappt hatte) durch Vorpfeifen das Singen beizubringen.

Die Kanarienvögel und die Besuche bei dem eine halbe Stunde Fußgang entfernten Haus des Onkels waren es, die María Inés das Dasein mit dem Brüderchen im engen Raum ertragen ließ. Obwohl sie es eigentlich gar nicht nötig gehabt hätte, gestattete sie dem Cousin, ihr bei den Hausaufgaben zu helfen. Zum Dank schenkte sie ihm zu seinem Geburtstag ein Kanarienvögelchen eigener Zucht. Tagelang hatte sie ihren Vater betteln müssen, bis er mit dem Geld für den Bauer herausrückte. »Sauer verdientes Geld, Kind!«

Rodolfo, der die weltmännischen Allüren seines Vaters geerbt hatte, kam kurz darauf mit einem Gegengeschenk an. Er hatte es von seinem Taschengeld gekauft: ein winziges Muttergottes-Medaillon an goldenem Kettchen. Das legte er ihr zärtlich um den Hals und verlangte einen Kuss dafür, den sie ihm nach kurzem Zögern auf die rechte Wange drückte.

Das Amulett möge Böses von ihr abhalten, wünschte er ihr dann: ein Zauber, der bis zu ihrem vierzehnten Lebensjahr vorhielt. Dann wurde das Kettchen von grober Hand zerissen und nie mehr geflickt. Doch das ist eine der Geschichten, die María Inés dem Neffen jahrzehntelang vorenthielt.

IV Radiografie der »Feinen Gesellschaft«

13

Es sollte nahezu zwei Jahre dauern, bis Jerónimo endlich mit der Überraschung herausrückte, die er einst so voreilig in Aussicht gestellt hatte. Sie hatte wirklich nichts Anrüchiges an sich. Eher im Gegenteil: Die Stelle eines livrierten Hausmeisters in einem sechsstöckigen Gebäude, gelegen in der vornehmsten Gegend der Stadt, in der Nähe vom Palast des Nuntius und dem der französischen Botschaft. Auf dieser Avenida ließ sich keine Milchkuh blicken; kein Scherenschleifer mit pedalbetriebenem Schleifstein blies hier auf seiner Schalmei und kein Lieferwagen fand sich ein, um Stangeneis zu verkaufen. Was hätte der auch in einem Viertel verloren, in dem die meisten Bewohner elektrische, aus Nordamerika importierte Kühlschränke besaßen?

In einem solchen Gebäude als Hausmeister bei anständigem Gehalt und freier Wohnung arbeiten zu dürfen sei ein nicht hoch genug zu schätzendes Privileg, betonte der Schwager. Der musste wirklich über sehr gute Beziehungen verfügen, um seinem erst vor Kurzem ins Land gekommenen Schwager einen solchen Posten verschaffen zu können. Einem Mann, der obendrein ein Bein leicht nachzog. Lesen und Schreiben, wenn auch nur notdürftig, hatte ihm seine Tochter inzwischen beigebracht. Für eine auf eine Quittung oder unter eine Empfangsbestätigung gekritzelte Unterschrift reichte es. Und ehrlich war er auch; der Schwager bürgte für ihn.

Es war die Creme der Gesellschaft, die sich in den weitläufigen Appartements des Hauses niedergelassen hatte –

Damen und Herren, deren doppelte Familiennamen ständig in der Zeitung auftauchten, die zu den tonangebenden Mitgliedern des Jockey Clubs gehörten und, angetan in Frack und Abendkleid, den großen Opernabenden im weltberühmten Teatro Colón beiwohnten, in dem sogar ein Toscanini gelegentlich gastierte. Ein früherer Außenminister wohnte dort; ein Mitglied des Obersten Gerichtshofs und ein enger Mitarbeiter des Professors Bernardo Houssey, der in eingeweihten Kreisen als künftiger Nobelpreisträger für Physiologie und Medizin gehandelt wurde.

Weiterhin gab es einen Estanciero, den Eigentümer Tausender von Hektar Land in der fruchtbarsten Gegend der Provinz Buenos Aires, wo ein Städtchen mit knapp viertausend Einwohnern den Namen seiner Familie trug. Sein Großvater war eine Zeit lang Landwirtschaftsminister gewesen. Noch immer erzählte man sich von der Reise, die der Rinderbaron mit seiner Familie und einem Tross dienstbarer Geister in den Zwanzigerjahren nach Frankreich unternommen hatte, begleitet von zwei Milchkühen samt ihrem Pfleger, damit es seinen Kindern während der Überfahrt nicht an frischer Milch fehle. Der Enkel, Don Leonardo, verbrachte mit seiner Familie die Sommermonate auf der Estancia. Dort residierte er und hielt Hof, nachdem momentan der vor der Tür stehende Krieg einen Skiaufenthalt in Sankt Moritz nicht ratsam erscheinen ließ.

Allerdings hatte sich im ersten Stock des Gebäudes der Verwalter eines englischen Schlachthofs breitgemacht, ein gewisser Mister Thompson. Der kühle Gruß, den die Mitbewohner für ihn übrighatten, gab kund, dass man sich gegen das Eindringen derartiger Fremdkörper sperrte, die nicht dem römisch-katholisch-apostolischen Glauben anhingen und zudem keine Argentinier mindestens in dritter Generation waren. Nur Don Leandro grüßte etwas freundlicher und wechselte gelegentlich im Vorübergehen ein paar Worte mit ihm. Er stand schließlich in geschäftlicher Verbindung mit dem Anglikaner.

Beste Gesellschaft also, so nicht nur Onkel Jerónimo, sondern auch seine Frau Antonia, genannt Chola, die ihr liebend gerne angehört hätte. Tauchte dieser Menschenschlag Jahrzehnte später in den Gesprächen mit Tante María Inés auf, so wusste der nachgeborene Enrique nie, wo ihre sarkastische Kritik begann. Denn eines zeigte sich immer wieder: Hinter der von jener Oberschicht gebildeten glänzenden Fassade glaubte sie im Nachhinein die sich darunter regenden Spannungen zu erkennen. Ausgehend von den benachteiligten Schichten der Bevölkerung, deren Stimme damals noch nicht deutlich artikuliert war, sollten diese Kräfte, geschürt und geleitet von geschickten Demagogen, die Gesellschaft Argentiniens wenige Jahre später bis in ihre Fundamente erschüttern. Ein Phänomen, das damals noch niemand voraussehen konnte, schon gar nicht ein kleines Schulmädchen.

14

Dass die strebsame María Inés nach Absolvierung der Grundschule ins Lyzeum übersiedeln wollte, war vorauszusehen. Dazu waren keine prophetischen Gaben vonnöten, derer es auch nicht bedurfte, um auf die ablehnende Haltung ihres Vaters gefasst zu sein. Von einer »höheren Tochter« wollte er nichts wissen. Daher verkündete er wieder einmal seine bereits mehrfach zum Ausdruck gebrachte Meinung, das Studium sei nur Zeitverschwendung; das Mädel solle endlich Geld nach Haus bringen, anstatt ihm weiter auf der Tasche zu liegen. Der Unterricht sei hierzulande gratis? Na, und wenn schon? Allein die Schulbücher und das Lehrmaterial kosteten eine Stange Geld. Nach diesen Worten wandte er sich ostentativ seinen Kanarienvögeln zu, um ihnen Zuckerwasser zu verabreichen. Für ihn war die Diskussion abgeschlossen.

Weder der Schlichtungsversuch der Mutter noch die Intervention des Onkels konnten die Opposition des Vaters brechen. Der verschanzte sich hinter dem Argument, noch kein weibliches Wesen seiner Familie habe je eine Schule besucht, geschweige denn eine höhere, und trotzdem hätten sie sich alle als gute Mütter und Hausfrauen bewährt. Dagegen habe er mehr als einmal von jungen Weibern gehört, die durch den Schulbesuch auf Abwege geraten seien. »Abwege« sagte er, was sich in seinem Mund ungewöhnlich anhörte. Vermutlich hatte er ledige Mütter und deren uneheliche Kinder im Sinn oder zumindest Frauen, die öffentlich rauchten.

Als sich die Fronten solchermaßen verhärtet hatten, tauchte die Rettung von einer Seite auf, die niemand erwartet hätte. Die Frau des Estanciero aus dem zweiten Stock, Doña Lucrecia Ana María Belén Pereyra Aguaribay de Etchebarren Romero – »la Lucre« für ihre Freunde und die zahlreichen Familienmitglieder, Doña Lucrecia für die übrigen Bekannten –, trat nämlich mit dem Vorschlag an Jacinta heran, sie mitsamt ihren Kindern den Sommer über als »Angestellte« (wie sie den Status eines Dienstmädchens taktvoll umschrieb) auf die Estancia zu begleiten. Die Tochter – »María Carmen, nicht wahr?« – könne sich als Serviermädchen ein paar Pesos verdienen und der kleine Knabe (dessen Namen sie nicht erwähnenswert fand) dürfe unter der Aufsicht der Gouvernante mit der Kinderschar herumtollen, mit der ihre große Familie gesegnet sei. So bekäme der Knirps Farbe ins Gesicht. Derartig demokratisch drückte sich die Gattin des Estancieros aus, der Tausende von Rindern auf seinen Ländereien herumlaufen hatte, in der Nähe des Städtchens, das nach seiner Familie benannt war: die Ortschaft Etchebarren. Auch wenn sie sich des korrekten Namens der Hausmeisterstochter nicht richtig erinnerte, war Doña Lucrecia ansonsten eine sich leutselig gebende Dame, die Präsidentin des Wohltätigkeitsvereins der katholischen Damen, der ein Waisenhaus und ein Asyl für ledige Mütter unterhielt.

Jacinta, die solchermaßen Ausgezeichnete, bat sich vierundzwanzig Stunden Bedenkzeit aus, um sich mit ihrem Mann zu beraten. Mindestens genauso wichtig war ihr das mit ihrem Bruder geführte Gespräch. Der riet ihr, vor einer Zusage unbedingt ein festes Gehalt sowohl für sich wie auch für María Inés auszuhandeln. Denn auf die Großzügigkeit dieser Leute sei kein Verlass.

Doña Lucrecia zeigte sich zunächst etwas pikiert über eine derartige Zumutung. Als wenn die gute Landluft und die gesunde Ernährung der drei nicht schon eine Entlohnung darstelle. Zu guter Letzt aber ließ sie sich doch zur Nennung eines bescheidenen Betrags herab, mit dem sich Jacinta einverstanden erklärte.

Der Aussicht auf etwas eigenes Geld und vor allem auf eine – wenn auch nur sehr untergeordnete – Stellung in der Hierarchie der feinen Gesellschaft war es zu verdanken, dass mit der Hilfestellung des Onkels ein Kompromiss zustande kam, der es María Inés gestattete, die Mittelschule zu besuchen. Nach den langen Sommerferien solle sie zunächst tagsüber als Telefonistin und Mädchen für alles in der Brillenfabrik arbeiten, an der der Onkel beteiligt war. Außerdem müsse sie einen (von ihrem selbst verdienten Geld finanzierten) Abendkurs für Stenografie und Maschinenschreiben besuchen, um später als Tippmädchen ein besseres Gehalt beanspruchen zu können. Nach Erfüllung dieser Bedingungen dürfe sie im Jahr darauf die höhere Schule besuchen.

Wohlgemerkt: den Nachmittagsunterricht, um halbtags weiter in der Firma zu arbeiten, wo ein tüchtiges Mädchen fehle. Somit war sie in der Lage, ihrem Vater zu versprechen, sie werde ihm bald nicht mehr »auf der Tasche liegen«.

Die sie erwartende wenn auch nur bescheidene Unabhängigkeit rief ein ungekanntes Gefühl des Triumphes in ihr hervor, das sie zurückblickend dem Neffen zu schildern versuchte. Um einschränkend hinzuzufügen, dass sie damals allerdings nicht hatte ahnen können, mit welch bitteren Erfahrungen dieser Triumph verbunden war.

Bevor sich der Onkel verabschiedete, befriedigt vom Erfolg seiner Vermittlertätigkeit, nahm er seine Nichte zur Seite und sah ihr tief in die Augen, so, als wolle er ihre Gedanken lesen. Daran sollte sie sich ihr Leben lang erinnern, wie an so vieles, was mit diesem ihr so wohl gesinnten Onkel Jerónimo zusammenhing. Dem durfte es nicht schwergefallen sein, vermutete sie später, die Gedanken zu erraten, die ihr, dem vierzehnjährigen Backfisch, durch den Kopf gegangen waren. Ehrgeizige Pläne, die darauf abzielten, ihrem kleinlichen Milieu zu entrinnen. Ärztin wollte sie werden, am liebsten Kinderärztin. Aber das behielt sie für sich, um nicht ausgelacht zu werden. Sie war unter den Blicken des Onkels errötet, so als habe sie der ertappt.

15

Ein Blick in die Zukunft, durch den der chronologische Ablauf dieser Aufzeichnungen wieder einmal unterbrochen wird:

Als Jerónimo Hernández zu Geld gekommen war, erwarb er Mitte des Jahrhunderts eine Villa im besten Viertel des Badeorts Mar del Plata. Während er die Woche über meist seinen

Geschäften und seinen heimlichen Liebschaften in der sechs Autostunden entfernten Hauptstadt nachging und nur zu den verlängerten Wochenenden bei der Familie erschien, verbrachte diese den ganzen Sommer über in der am Ufer des Atlantiks gelegenen Stadt, wo sich Antonia ihren Kindern und den von ihr als gesellschaftliche Pflichten bezeichneten Tätigkeiten widmete. Die bestanden aus ein oder zwei Wohltätigkeits-Tees in der Saison, hauptsächlich aber im Tratsch, den die Damen in ihren Strandzelten untereinander austauschten. Gelegentlich lud Jerónimo seine Nichte María Inés und deren beide Kinder für vierzehn Tage ein, um seiner Gattin Gesellschaft zu leisten. Denn er wolle seine Chola nicht vernachlässigen, wie er allen Ernstes behauptete, bevor er ihr in aller Öffentlichkeit ein Küsschen auf den Mund verpasste. Obwohl mit der Nichte, dieser mittellosen Ärztin eines öffentlichen Krankenhauses, kein Staat zu machen sei, solle die arme Verwandte etwas Seeluft genießen, wie sich Frau Antonia Hernández – ›Chola‹ für ihre Freundinnen – auszudrücken beliebte.

Diese Freundinnen waren es, die Jahr für Jahr dieselben Badezelte belegten und somit zu Zeugen der Familiengeschichte der Hernández und der Adlers wurden. Sie verfolgten den wirtschaftlichen und gesellschaftlichen Aufstieg der Hernández und das Unglück der Adler-Kinder, das viele, wie sie später mit bedeutsamer Miene behaupteten, vorausgesehen hatten. Dabei konnte es geschehen, dass die eine oder die andere der Damen ihrer Freundin Chola den Verdacht zuflüsterten, diese verschwundenen Kinder des komischen Doktors seien vermutlich keine Unschuldsengel. »Irgendetwas werden sie schon ausgefressen haben«.

Antonia hielt zwar den Mund, nickte aber zustimmend. Dies war übrigens auch die Ansicht der Männer dieser Damen, die sich der Zeitungslektüre hingaben und ihre

Kommentare zu den politischen Ereignissen des Landes abgaben, in dem ständig Präsidenten ein- und abgesetzt wurden. Und dessen Wohl und Wehe von den Militärs und den Gewerkschaften auf lokaler Ebene und vom strippenziehenden General Perón aus der Ferne seines Madrider Exils abhing. Im Allgemeinen hielten es die Zeltbewohner mit den Militärs, diesen Garanten der Ordnung. Die Anhänger Peróns befanden sich an diesem Strand in der Minderheit. Beim Truco-Kartenspiel jedoch vergaß man ohnehin die politischen Gegensätze. Zwei der Herren hatten sich Bücher mitgebracht. Aus dem Amerikanischen übersetzte Bestseller. Die waren es auch, die ab und zu mit dem zerstreuten Professor Dr. Adler Schach spielten. Wobei es sich immer wieder ergab, dass dessen Eröffnungen einfallsreich waren, sein Mittelspiel geradezu brillant, bis dann seine Konzentrationsfähigkeit rapide nachließ, sodass er beim Endspiel meist durch grobe Schnitzer schachmatt gesetzt wurde.

Ab den Achtzigerjahren zog Jerónimo Hernández die inzwischen in Mode gekommenen Strände von Punta del Este in Uruguay für seine Ferien vor. Dort hielt er sich die ganze Saison über auf, denn das fortgeschrittene Alter hatte sein einst so reges Liebesleben zum Erlahmen gebracht, und was seine Geschäfte anbelangte, so wurden die jetzt meist von Rodolfo wahrgenommen. Die Villa in Mar del Plata vermietete er sommers an die Urlauber, die sich von einer Gesellschaftsschicht nicht stören ließen, die sie verächtlich als den Pöbel bezeichneten. Deren Vertreter hatten inzwischen begonnen, sich in der Stadt breitzumachen. Gewerkschafter, kleine Angestellte, die sich den Luxus einiger Urlaubstage leisten konnten, was noch vor wenigen Jahren undenkbar gewesen war.

In der Vorsaison überließ er sein Anwesen und das dazugehörige Badezelt am Strand gelegentlich der armen Nichte

María Inés, die sich anderenfalls solche Ferien nicht hätte erlauben können. So kam es, dass sie sich gemeinsam mit ihrem Mann auch Mitte Dezember 1983 im Strandzelt befand, in dem sie die im Radio übertragene Zeremonie der Präsidentschaftsübergabe an Dr. Raúl Alfonsín verfolgte. »Die erste demokratisch gewählte Zivilregierung nach vielen Jahren«, wie der Ansager hervorhob. Die beiden letzten Male waren es Frondizi im Jahre 1958 und Illia 1963 gewesen. Beide Nicht-Peronisten, beide von den Militärs aus ihrem Amt geputscht, beide, ohne auch nur einen einzigen Centavo veruntreut zu haben. was der Berichterstatter anerkennend hervorhob. Der gleiche Radioansager kündigte an, dass Alfonsín sowohl die terroristischen Verbände wie auch die Mitglieder der vergangenen Militärjuntas, die sich vor ihrem Abgang vorsorglich »selbst amnestisiert« hätten, vor Gericht stellen und das Land in die Moderne führen werde. Fortschrittliche Maßnahmen seien zu erwarten: eine Förderung des vernachlässigten Erziehungswesens. Die Agrarreform. Die Konsolidierung der Demokratie im Lande und nicht zuletzt die des Gewerkschaftswesens. Die von der Kirche immer wieder verhinderte Ehescheidung mit der Möglichkeit, eine neue Verbindung einzugehen, um die angeblich drei Millionen in der Illegalität lebenden De-facto-Geschiedenen von ihrem Stigma zu befreien. »Darunter auch Ernesto«, entfuhr es der Tante, die diesen missratenen Bruder nur selten erwähnte.

»Schöne Worte«, ließ sich eine quäkende Stimme aus einem der Nachbarzelte vernehmen, »als wenn der Mann nicht nur die Kirche, sondern auch die peronistischen Gewerkschaften und die aufsässigen Militärs gegen sich hätte. Von der Wirtschaft scheint er auch nicht viel zu verstehen. Sonst würde er kapieren, dass sich die Gefahr der Hyperinflation und die der angesammelten Auslandsschulden nicht mit schönen Reden und politischen Mitteln allein bekämpfen lassen. Schade, dass man die Politiker keinen Eignungstests unterziehen kann, bevor man sie an die Schalthebel der Macht lässt. Wie es schließlich jedes Unternehmen mit den normalen Sterblichen hält, die sich um einen Posten bewerben, und sei's auch nur den eines Bürodieners. Die Welt sähe anders aus, wenn man's täte. Mit weniger festgefahrener Ideologie und dafür mit mehr gesundem Menschenverstand.«

Es stellte sich heraus, dass die Stimme einem Soziologen gehörte, dessen Kommentare den jeweils Regierenden auf die Nerven gingen. Unter Perón hatte man ihn wegen seiner Artikel verfolgt, die in »La Prensa« veröffentlicht wurden, bevor der autoritäre General dieser weltweit angesehenen Zeitung endgültig den Garaus machte. Später hatten ihn seine an den diversen Militärdiktaturen geübten Kritiken mehrmals gezwungen, sich fluchtartig nach Uruguay abzusetzen. María Inés kannte ihn als einen der Schachgegner ihres Mannes. Ab und zu ließ sie ihm eines ihrer belegten Brote zukommen, denn niemand sorgte für ihn, dem die Frau davongelaufen war. Den Aufenthalt am Strand – wohlgemerkt: in der Vorsaison – hatten ihm einige Bewunderer seiner unter allen Regierungen bewiesenen mutigen Haltung spendiert.

Es war bei Gelegenheit dieses Strandaufenthalts gewesen, dass sich María Inés zum ersten Mal ihrem zufällig anwesenden Neffen gegenüber über den Besuch auf der Estancia ausließ, der ihr als Vierzehnjähriger »die Augen geöffnet hatte«, wie sie sich ihm gegenüber ausdrückte. Es lässt sich nicht feststellen, ob es die damals immer noch, im wahren Sinn des Wortes, feudale Gesellschaft der Badestadt gewesen war, die Ankündigung einer Agrarreform oder die Aussicht auf die Demokratisierung der Institutionen, die den Anstoß zu ihren Eröffnungen gebildet hatte. Die blieben übrigens lückenhaft, weil sie die schmerzhafteste der ihr zugestoßenen Erfahrungen schamhaft verschwieg. Das allerdings sollte Enrique erst viel später feststellen. Auch die freizügig zur Schau gebotene Anatomie des weiblichen Teils der Badegäste hätte gewisse, dem jungen Neffen nicht offenbarte Seelenwunden berühren können. Dies zu erkunden ist vorderhand unwichtig. Wichtig dagegen ist der zögerlich vorgetragene Bericht der Tante, der zurück in die letzten Jahre der Vorkriegszeit führt. In die Jahre 1938 und 1939, als ihr Schicksal und das der Ihren noch in ungewisser Zukunft lag. Ungewiss, was sonst? Solches gehört nun einmal zu deren oft als lästig empfundenen Grundeigenschaften.

16

Damals, als die Mutter mit ihren beiden Kindern nach einer staubigen Zugreise im kleinen Bahnhof von Etchebarren eintraf, erwartete sie ein sympathisch grinsender Gaucho, angetan mit Bombachas, diesen landesüblichen Pumphosen, und schwarzen Stiefeln mit Ziehharmonikaschaft. Er nahm ihnen ihr spärliches Gepäck ab und führte sie zu einem mit einem Stapel von Säcken beladenen Lastwagen. Sie sollten neben ihm in der Führerkabine Platz nehmen.

»Und Doña Lucrecia?«, die enttäuschte Frage von María Inés.

Der Gaucho sah sie fragend an. Dann verstand er: »Ja, glaubst du etwa, die würde ihre Dienstboten persönlich empfangen?«

Ja, das hatte sie eigentlich erwartet, die kleinlaute Antwort, die der Gaucho mit einem breiten Lachen quittierte, das sein schadhaftes Gebiss entblößte. »Glaub' mir, wirst sie schon noch früh genug zu Gesicht bekommen, deine Doña Lucrecia!«

Das Fahrzeug setzte sich in Bewegung. Es war das erste Mal seit ihrer Ankunft in Argentinien, dass Jacinta und ihre Kinder Buenos Aires verließen; alles war neu für sie: Der schnurgerade Erdweg in der sich bis zum niedrigen Horizont erstreckenden flachen Landschaft, begrenzt auf beiden Seiten von kilometerlangen Drahtzäunen. Gelegentlich sah man kleine Bauminseln, das Skelett einer in die Luft ragenden Windpumpe, deren daran angeschlossene Tränke von Vieh umlagert war. Rostbraune Rinder, »Shorthorn-Rasse«, wie der Fahrer seinen Gästen erklärte, die allerdings nicht mitbekamen, von was die Rede war. In der Ferne flimmerten Luftspiegelungen auf dem Weg und eine Brise trieb Staubwölkchen vor sich her. »Sicheres Anzeichen, dass die Dürre anhalten wird«, gab der Gaucho von sich. »›Epidemia‹ nennen wir solche Trockenperioden.« Er wies auf den wolkenlosen, strahlend metallisch blauen Himmel. »Seit über zwei Monaten ist kein Tropfen gefallen«, fuhr er fort. »Die Weizenernte ist futsch und schaut euch bloß die Weiden an; das Gras ist schon ganz braun, als wär's verbrannt.«

Gehorsam sahen Jacinta und ihre Tochter aus dem Fenster, konnten aber nichts Ungewöhnliches an der Tönung der Felder feststellen. Dazu war ihr Auge nicht genügend geschult

Unverhofft tauchte ein richtiggehendes Schloss vor ihren Augen auf. Keine Luftspiegelung, sondern ein prachtvolles Gebäude, überragt von zwei kleinen Türmen. Es lag inmitten einer Parkanlage. Eine von mächtigen Bäumen beschattete Allee führte zum Eingang. María Inés klatschte in die Hände und stieß einen kurzen Schrei der Überraschung aus. »Da staunst du, was, Kleine?«, ließ sich der Gaucho vernehmen.

»Das Haus wurde von einem Architekten gebaut, den sich der Vater des Patróns aus Frankreich geholt hatte. Auch die Nebengebäude – das Gesindehaus und die Ställe für die Zuchtbullen (Shorthorn, ich sagte es schon) – hat der ›Franchute‹ damals entworfen. Und den ganzen Park gleich dazu. Und sogar unsere große Kapelle dort hinten – eine richtiggehende Kirche, in der ein Pfarrer den Patróns die Beichte abnimmt und in der ihre Kinder heiraten.« Man sah es ihm an: Er war richtiggehend stolz auf das Anwesen seiner Herrschaft.

Am Eingang des Gesindehauses wurde Jacinta mit ihren beiden Kindern von einer stämmigen Frau in Empfang genommen. Sie stellte sich als Ramona vor. Ihr unterstehe das weibliche Hauspersonal, erklärte sie, während sie die Ankömmlinge zu ihrer Wohnkammer führte. Sie könnten sich frisch machen; die sämtlichen Mitbewohnern zugänglichen sanitären Einrichtungen seien momentan unbesetzt, da sich alle Leute bei ihrer Arbeit befänden. In einer halben Stunde kehre sie zurück, um Mutter und Tochter in ihre Pflichten einzuweihen. Den Kleinen würde sie bei dieser Gelegenheit zu Yvonne bringen, der Gouvernante. Dort sei er gut aufgehoben und würde schnell lernen, auf einem der den Kindern vorbehaltenen Ponys zu reiten.

Nach einer guten halben Stunde erschien sie wieder, um ihre Anweisungen zu erteilen. Jacinta werde als Zimmermädchen gebraucht, María Inés wurde der Bedienung der Hausfrau zugeteilt. Die Leiterin des Personals unternahm es, sie in deren Gemächer zu bringen. Solcherart kam es zwar zu keiner Schlossbesichtigung, doch gelang es dem von so viel Luxus geblendeten Mädchen, im Vorübergehen einen flüchtigen Blick auf die Wohnräume, das Billardzimmer, den Speisesaal und auf die Bibliothek zu werfen. In einem der Räume entdeckte sie die Ahnengalerie der Etchebarren Romero.

Da hingen sie, in Öl verewigt, die finster blickenden Patrizier, die ersten der Generationenreihe, mit roten Ponchos und Koteletten, Kennzeichen – was María Inés natürlich nicht wissen konnte – einer nationalistisch-konservativen Gesinnung. Der Vater Don Leandros hingegen war im Gehrock und schwarzem Knebelbart abgebildet. Die Gattinnen jener Männer, ohne rote Ponchos zwar und natürlich ohne Backenbart, aber ausnahmslos mit ähnlich strengen Gesichtszügen wie ihre Männer, blickten aus ihren vergoldeten Rahmen, als wollten sie ihre Betrachter zur Selbstentsagung und Buße ermahnen.

In einem anderen der Räume entdeckte sie, wie zum Ausgleich der unerfreulichen Porträts, drei große Gemälde, die ihr vorkamen wie die Fenster zu einer anderen Welt. Als ihre Begleiterin den Eindruck bemerkte, den diese Bilder bei dem Mädchen hervorriefen, erklärte sie ihm, Don Eustacio, der Vater des jetzigen Patróns, habe sie einst von einer seiner Europareisen mitgebracht. »Gefallen sie dir? Jedes soll so viel wert sein wie einer unserer preisgekrönten Bullen.« Die Namen der Künstler kannte Ramona nicht: Ein Seerosengemälde Monets, ein Kinderporträt Renoirs und ein Landschaftbild von Cézanne. Nicht gerade die besten Werke jener Meister, sondern solche zweiter Wahl, wie sie die Pariser Kunsthändler in den Zwanzigerjahren den Neureichen so gerne andrehten. Sie waren zweifelsohne echt, befanden sich aber in einem miserablen Zustand und hätten eine museale Renovierung dringend nötig gehabt – Dinge, von denen die staunende Kleine natürlich nichts verstand.

Als María Inés mit Ramona endlich im Damensalon eintraf, in den sich die Herrin des Hauses mit einigen ihrer Freundinnen zum Tee versammelt hatte, wollte sie sich impulsiv auf diese stürzen, um ihr die Hand zu schütteln. Doch Doña Lucrecia verwies sie kühl in ihre Schranken.

Indem sie das Wort an die Vorsteherin ihres Gesindes richtete, mit der Anweisung, sie solle sich der Kleinen annehmen, damit sie anständige Manieren lerne, hielt sie sich diese vom Leibe. »Erst dann soll sie mir meinetwegen wieder unter die Augen treten.« Den Tränen nah, zog sich die Gemaßregelte zurück. Doch die Erklärung Doña Lucrecias ihren am Tee nippenden Schwägerinnen, Cousinen und Busenfreundinnen gegenüber entging ihr nicht: »Das Gör unseres Hausmeisters. Ich muss sie noch abrichten, damit was Rechtes aus ihr wird.«

Die Damen waren zusammengekommen, um sich als Kupplerinnen auf hohem Niveau zu betätigen. Als solche schmiedeten sie Pläne, wessen Sohn man mit wessen Tochter unter den Trauhimmel bringen könne, um Besitz und Macht zusammenzuhalten. Dass derartig delikate Verhandlungen nicht von einer Hausmeisterstochter unterbrochen werden dürften, hätte eigentlich jeder begreifen müssen.

Ramona zeigte Mitleid mit dem erniedrigten Mädchen und legte ihm tröstend den Arm um die Schulter. »Mach dir nichts daraus! Die meint's nicht bös.«

María Inés schüttelte stumm den Kopf und nahm sich vor, die erteilte Lektion zu beherzigen.

Um sie von der bösen Erfahrung abzulenken, entschloss sich Ramona, ihren Schützling den Serviermädchen beizuordnen, deren Aufgabe darin bestand, die Herrschaften im Speisesaal zu bedienen. Daneben fielen ihr Pflichten in der Küche zu, die ihr, wie die Köchin Rufina meinte, im Leben von Nutzen sein würden. Kartoffelschälen zum Beispiel oder der Geschirrabwasch. Zudem zeigte man ihr, wie ein Tisch ordentlich zu decken sei und dass man beim Einschenken des Weins die linke Hand hinterm Rücken halten müsse. Sie möge Augen und Ohren aufhalten, denn hier könne sie viel lernen. Das traf auch zu und an offenen Augen und

Ohren fehlte es der Heranwachsenden gewiss nicht. Schon am kommenden Tag trat sie den Dienst an. Dass sich dabei das Erlernte anders anließ, als es sich ihre Mentorin vorgestellt hatte, war auf die Tischgespräche zurückzuführen, denen sie sich nicht verschließen konnte.

Don Leandro nahm die Stirnseite des Tisches ein. María Inés, die ihn natürlich aus Buenos Aires kannte, war er noch nie so massig vorgekommen wie bei dieser Gelegenheit. Wie er so dasaß und mit leicht geöffnetem Mund den Gesprächen folgte, fehlte ihm, wie sie meinte, nur noch der Backenbart, um den Altvorderen der Ahnengalerie zu gleichen. Nichts schien ihm zu entgehen. Selbst die Anwesenheit der neuen Hilfskraft war ihm eine kurze Bemerkung wert: »Aha, die Kleine vom Hausmeister!« Diese bewies, dass sie sich die von seiner Gattin erteilte Lektion gemerkt hatte. Sie hielt geziemenden Abstand und begnügte sich damit, dem Patrón die Andeutung einer Verbeugung und ein freundliches Lächeln zu schenken.

Im Beisein der Damen drehten sich die Gespräche in erster Linie um gesellschaftliche Ereignisse und um die Lokalpolitik, was mehr oder weniger auf dasselbe hinauskam. Dabei zeigten sich die politischen Neigungen der Gesprächsteilnehmer. Don Leandro hielt es, wie er in überzeugtem Bariton darlegte, mit den Alliierten. Schließlich waren die Engländer die besten Abnehmer des argentinischen Rindfleischs. Mehr als einer seiner Tischnachbarn hingegen sympathisierte mit Adolf Hitlers neuer Ordnung. Sie wurden von einigen Herren mittleren Alters unterstützt. Deren an das Bellen von Kommandos gewohnte, wenn auch in dieser Umgebung gedämpfte Stimmen sowie ihre stramme Körperhaltung verrieten den Offizier, obwohl sie in Zivil auftraten. Der Kommunismus, der Anarchismus und der Einfluss der Goldstejns und Silbermans sei zu bekämpfen, um die Werte des christlichen Abendlandes zu wahren. Darin waren sich alle einig. Niemand wollte einen Juden zum Schwiegersohn haben oder Geschäfte mit ihnen machen, auch wenn man die jüdischen Ärzte schätzte. Das musste auch Don Leandro zugeben, der einem Kardiologen namens Finkelstein sein Leben verdankte.

Eine kleine Gruppe setzte auf strikte Neutralität – sollen sich die drüben gegenseitig die Köpfe einschlagen; wäre ja nicht das erste Mal in der Geschichte. Davon könne man hierzulande nur profitieren, indem man beiden Parteien Proviant verkaufe. »Der Roberto Ortíz macht's schon richtig.«

Don Leandro war der Ansicht, dass es dieser todkranke und halb blinde Präsident nicht mehr lange schaffe. »Und so neutral ist er auch wieder nicht.«

Einer der militärischen Herren vertrat die Meinung, dass das Heer dabei sei, die Geduld zu verlieren. Man werde es langsam leid, untätig zuzusehen, wie das Land ohne eine starke Hand dahinschlittere. Dr. Ortíz täte gut daran, freiwillig zurückzutreten, um seinem Vizepräsidenten Platz zu machen. Obwohl diesem Dr. Castillo auch nicht so recht zu trauen sei; am notorischen Wahlbetrug hätten sich alle beide beteiligt.

Erst als sich die Frauen zurückgezogen hatten, um, ungestört von den Männern, an ihrem Likör zu nippen und ihre Intrigen zu spinnen, wandten sich die Herren stärkeren Alkoholika und den Themen zu, von denen die Weiber nichts verstanden und die sie auch nichts angingen. Dazu pafften sie ihre dicken kubanischen Zigarren. Don Leandro befand sich, wie er nach einem Schluck Whisky verkündete, auf der Suche nach Teilhabern, die sich für die Gründung einer Zementfabrik erwärmen wollten. Eine sichere Anlage, denn mit dem Anwachsen der Bevölkerung werde die Bautätigkeit boomen. Und heutzutage müsse man auf diverse Pferde setzen; der unvermeidliche Krieg werde die Industrialisierung des Landes vorantreiben. Mehrere der Anwesenden zeigten ein vorsichtiges Interesse an den Plänen des Hausherrn, andere schlugen die Gründung einer Fabrik zum Bau landwirtschaftlicher Maschinen vor. Vorzugsweise mit Lizenzen aus den Vereinigten Staaten. Man beschloss, sich die Vorschläge zu überlegen, und wandte sich, die Abwesenheit der Damen ausnutzend, heikleren Themen zu.

Man habe in Argentinien gerade die ersten Versuche mit der künstlichen Besamung von Kühen unternommen. Don Leandro erteilte einem jungen Veterinär das Wort, der sich unter den geladenen Gästen befand. Der Landwirte- und Viehzüchterverband hatte ihn kurz zuvor nach Europa geschickt, um diese vielversprechende Technik zu studieren. Er sollte über seine dort gesammelten Erfahrungen referieren. Auf diese Weise gelänge es, so der Tierarzt in seinem von beruflicher Überzeugung getragenen Referat, das verdünnte Sperma jeder Ejakulation eines wertvollen Bullen zur Befruchtung einer ganzen Anzahl von Kühen zu verwenden, und verhindere obendrein die Verbreitung einer Anzahl von Infektionskrankheiten. Ein Verfahren, das, wie er zugeben musste, zwar noch in den Kinderschuhen stecke, das aber für die nahe Zukunft große wirtschaftliche Vorteile verspreche. Als er sich über die verschiedenen Methoden der Spermaentnahme und der Besamung der Kühe verbreitete, rief einer der anwesenden Estancieros das wiehernde Gelächter der Herren hervor, indem er seufzend bemerkte: »Arme Viecher, jetzt schickt man sich an, sie um ihr einziges Vergnügen zu bringen.«

Der Veterinär war noch nicht fertig mit seinen Ausführungen. Er brachte ein hormonales Verfahren der Kastrierung zur Sprache, das wesentlich humaner und obendrein gefahrloser sei als das übliche Herausschneiden der Hoden an den unbetäubten Jungstieren. Doch davon wollte man nichts wissen, schon weil, wie derselbe Spaßvogel verlauten ließ, der die um ihr Vergnügen gebrachten Bullen und Kühe bemitleidet hatte, die gegrillten »Eier«, (so krass drückte er sich aus) eine Delikatesse darstellen, auf die er nicht verzichten wolle. Diese – so sein grinsend vorgebrachter Kommentar – übten außerdem eine anregende Wirkung auf die Männlichkeit aus.

Nachdem dieses Thema erschöpft schien, stellte ein junger Estanciero einen von ihm perfektionierten elektrischen Stachel vor, dessen Stromstöße das Vieh im Umgang gefügiger mache. »Eine praktische Erfindung«, begeisterte sich ein Polizeichef, auch er in Zivil, der dem Wein kräftig zugesprochen hatte. »So einen Apparat könnten wir beim Verhör von Verdächtigen gebrauchen, um sie mit seinem Gekitzle an den Lippen oder an den Hoden rascher zum Geständnis zu bewegen.« Der Erfinder, der nicht wusste, ob die Bemerkung ernst gemeint war oder nicht, versprach lachend, sein Patent der Polizei zu überlassen.

Tischgespräche also, aus denen María Inés Antúnez viel lernte, was ihr im Leben von Nutzen sein würde.

17

Hebe Burgos war ein ernstes Mädchen, das man auf Grund bester Empfehlungen als Hilfskraft für Yvonne, die Französisch sprechende Gouvernante, engagiert hatte. Immer wenn die Tante später auf sie zu sprechen kam, betonte sie Enrique gegenüber, dass ihr diese Freundin dazu verholfen habe, die politischen Ereignisse des Landes zu verstehen. Als »die

Kehrseite der Medaille« bezeichnete sie diese, deren Kenntnis es bedürfe, um dem grausamen Mechanismus auf die Spur zu kommen, von dessen Räderwerk ihre zukünftigen Kinder eines Tages erfasst werden sollten – was damals natürlich noch nicht voraussehbar gewesen sei. Hätte Doña Lucrecia gewusst, vertraute sie dann mit nachdenklichem Lächeln ihrem Neffen an, dass sie sich die Tochter eines Gewerkschaftsführers der Eisenbahner ins Haus geholt hatte, so wäre aus dieser Anstellung bestimmt nichts geworden, denn mit den Linken wollte sie selbstverständlich nichts zu tun haben.

»Da zeigt sich wieder einmal, wie wenig man sich auf die sogenannten besten Empfehlungen verlassen kann!«, eine der ironischen Bemerkungen der Tante, bei der man nie genau wusste, wie sie gemeint war. Hebe war auf die Einnahme angewiesen, denn sie musste sich ihr Studium selbst verdienen. Seit zwei Jahren besuchte sie die Rechtsfakultät, was María Inés schon damals sehr bewunderte.

Ein paar Jahre älter als diese, hatte sie sich ihr angeschlossen, denn aus den anderen Mädchen machte sie sich nichts. »Kichernde Gänse, die mit den Geschlechtsorganen denken, weil sie kein Gehirn mitbringen«, ihr vertraulicher Kommentar María Inés gegenüber, für die eine solche Sprache neu war. Die kichernden Gänse spürten die ihnen entgegengebrachte Geringschätzung und rächten sich, indem sie die »Studierte«, eine Brillenträgerin, mit dem Spottnamen »Cuatrojos« belegten, zu Deutsch etwa das Vierauge.

Als das erste Wochenende ihres Aufenthalts auf der Estancia näher rückte, wurde sie von ihrer neuen Freundin aufgefordert, sie ins Städtchen zu begleiten. María Inés bat die Mutter um Erlaubnis, die ihr diese widerstrebend erteilte. Dass sich ihnen zwei jener mit nicht dafür vorgesehenen Organen denkenden Mädchen anschlossen, ließ sich nicht vermeiden. Sie drängten sich alle gemeinsam in ein vorbeikommendes Auto, das sie mitnahm und auf der Plaza, genau im Zentrum des Ortes, absetzte: Eine etwas vernachlässigte Anlage, hundert mal hundert Meter, mit schönem Baumbestand. In der Mitte: eine Büste des Generals San Martín, daneben ein unbeflaggter Fahnenmast. Die wichtigsten Gebäude der Ortschaft rahmten die Plaza ein: die Kirche an der Stirnseite; rechter Hand die Filiale der Provinzbank und der in einem Blechschuppen mit verputzter Fassade untergebrachte »Club Social«, links das Polizeikommissariat und daneben das Büro des Friedensrichters, dem auch das Register des Standesamtes unterstand. »Dieses Kaff führt ein Schattendasein«, erklärte Hebe ihrer Freundin. Denn mit dem vier- oder fünfmal so großen Nachbarort – einer Kreishauptstadt mit Krankenhaus, zwei Bankfilialen, einem Amtsgericht, einer Nonnenschule und sogar mit einem richtigen Kino – könne es dieses Kuhdorf natürlich nicht aufnehmen. Dazu noch die Kaserne! Deren Insassen belebten nicht nur den lokalen Einzelhandel, sondern bildeten die letzte Hoffnung aller sitzen gebliebener Jungfern. So fies sie auch waren, früher oder später gabelten sie sich alle einen Feldwebel oder Sergeanten auf, der sie heiratete.

Damit nicht genug, fühlte sie sich veranlasst, der ahnungslosen Freundin einen Vortrag über die Landesgeschichte zu halten, »die, wie überall auf der Welt, vom Sieger geschrieben wurde«. In diesem Fall also von den weißen Eroberern, die das Land der Indios unter sich verteilten und, als sich diese zur Wehr setzten, eine Verteidigungslinie mit einer Kette von Forts errichteten. Aus diesen jeweils fünfundzwanzig Kilometer auseinanderliegenden Befestigungen seien später Ortschaften wie etwa Etchebarren entstanden.

Die Mädchen trafen gerade rechtzeitig ein, um am üblichen Wochenendvergnügen der Dorfjugend teilzunehmen.

Unter den Klängen zweier in den Ästen der Bäume angebrachter Lautsprecher defilierten die ineinander untergehakten Mädchen durch das Spalier der Zigaretten paffenden Burschen rund um die Plaza. Mit welchem ihrer Organe sie – Jungen wie Mädchen – ihren Denkprozess in Gang hielten, blieb offen. Die meisten dieser Burschen seien harmlos, belehrte Hebe ihre Freundin; außer ein paar mehr oder weniger einfallsreichen Komplimenten sei von denen nichts zu befürchten. »Nur vor Juan Manuel, dem Estancierosöhnchen, musst du dich in Acht nehmen.« Sie hatte ihn und seine Kumpane abseits der herumstehenden Burschen entdeckt. »Der glotzt dich ständig mit Augen eines abgestochenen Kalbs an, als hätt' er's auf dich abgesehen. Solche Kerle können gefährlich werden.«

Von welcher der Begleiterinnen María Inésens der Einfall stammte, eine am Rand des Städtchens gelegene Kneipe aufzusuchen, lässt sich nicht mehr feststellen. Der Verdacht fällt auf Hebe Burgos, die womöglich mit einem derartigen Abstecher aufklärerische Absichten verfolgte. Dort nämlich verkehrten die Peone der Estancia. Da es als unschicklich galt, dass weibliche Wesen ein solches der Männerwelt vorbehaltenes Lokal aufsuchten, noch dazu ohne maskuline Schutzbegleitung, setzten sich die Mädchen bescheiden in eine Ecke, bestellten Limonade und ließen die Anzüglichkeiten der Karten spielenden Männer über sich ergehen, ohne darauf zu reagieren.

Sie sollten auf die Gespräche am Nebentisch achten, empfahl Hebe ihren Gefährtinnen, da könnten sie »die Kehrseite der Medaille« entdecken. María Inés: »Welche Kehrseite?«

Hebe: »Das wirst du gleich merken, du bist ja nicht auf den Kopf gefallen.«

Tatsächlich waren diese Gespräche ganz anders geartet, als die Unterhaltungen der Herren und Damen, die sie auf der Estancia bedienen musste. Hier wurde kein Wein getrunken, sondern doppelt gebrannter Zuckerrohrschnaps, »ein Rachenputzer, mit dem sich die Kerle Mumm ansaufen, damit sie was taugen im Bett«, wie eines der Mädchen der errötenden María Inés zuflüsterte.

Alle schimpften auf ihre Herrschaft, die sie von Sonnenaufgang bis nach Sonnenuntergang schuften lasse und schamlos ausbeute. Dann zog man über das Privatleben des Patróns Don Leandro her, der immer so scheinheilig daherquatsche und insgeheim den Arsch und die Titten der Mägde befingere, so als ob er Herr und Gebieter über alle Weiber der Estancia sei. María Inés traute ihren Ohren nicht, als die Rede auf die Nebenfrau kam, die er im Städtchen unterhalte. »Ein offenes Geheimnis«, verriet dieselbe Freundin, die sie über die stimulierende Wirkung des Zuckerrohrschnapses auf die Potenz der Männer aufgeklärt hatte. »Kein Wunder, dass sich so einer eine Zweite zulegt. Da muss man sich ja bloß seine Frau angucken, diese Bohnenstange. Die hat nur die Pfaffen und ihren Wohltätigkeitsverein im Kopf und taugt bestimmt nichts im Bett. Jedes Mal, wenn sie's mit ihrem Mann hatte, läuft so eine danach schnurstracks zur Beichte. Wie sie zu ihren fünf Sprösslingen kam, das ist mir schleierhaft. Verdankt ihre großkotzigen Söhne und ihre miesen Töchter wohl der künstlichen Befruchtung, von der jetzt so viel die Rede ist. Der Josefina Torres, einer lustigen Schneiderin, hat er zwei Buben angedreht, die das gemeine Schwein aber nicht anerkennen will. Eine Ungerechtigkeit! Was können denn die Kinder dafür, dass die geilen Mannsbilder ihre Mütter verführen?«

»Lass die Gänse nur schnattern«, flüsterte Hebe, die sich an diesem Getratsche nicht beteiligte, der neben ihr sitzenden María Inés ins Ohr. »Und die Unterhaltungen der von sich eingenommenen Estancieros dazu. Hattest ja genug Gelegenheit, dir ihre Tischgespräche anzuhören. Deren Partei verhindert noch immer das Wahlrecht der Frauen. Hast du bemerkt, dass sie sich in unserer Anwesenheit kein Blatt vor den Mund nehmen, wenn sie ihre politischen Verschwörungen aushecken? So, als existierten wir nicht. Und in ihren Augen gelten wir ja wirklich weniger als ihr Zuchtvieh. Noch halten sie die Zügel in den Händen und verwalten das Land. als wär's eine ihrer Estancias. Aber, glaub mir, ihre Tage sind gezählt.« So prophetisch drückte sich Hebe aus, die Tochter des Gewerkschafters Burgos, die zukünftige Anwältin und derzeitige Hilfskraft einer Französisch parlierenden Gouvernante auf der Estancia der Etchebarren Romero.

Nach ihrem Abstecher in der Kneipe kehrten die Mädchen im »Club Social« ein, wo sie von einem Sektor mit Hallo empfangen wurden, während ein anderer keine Notiz von ihnen nahm. Schon auf den ersten Blick war erkenntlich, dass das feminine Element unter der Anwesenden weitaus zahlreicher vertreten war als das männliche. »Klarer Fall«, der Kommentar Hebes, »die Jungen ziehen in die Stadt, wo sie sich mehr Chancen erhoffen als auf dem flachen Land, das sich in den kommenden Jahren entvölkern wird.«

María Inés nickte zerstreut zu diesen demografischen Spekulationen, denn unter den an der Wand sitzenden Zuschauern älteren Jahrgangs, die stoisch sämtliche aus einem Lautsprecher dringenden Melodien der Tangos, Foxtrotts und Chamamés über sich ergehen ließen, hatte sie plötzlich ihre Mutter entdeckt. Nie hätte sie mit deren Anwesenheit im »Club« gerechnet. Aber da saß sie jetzt, in Gesellschaft von Rufina López, der dicken Köchin der Estancia, und Zoilo, ihrem auffallend mageren Mann, der für den Park und den Gemüsegarten des Betriebs zuständig war. Was wohl der Vater zu einer derartigen Anwandlung seiner Frau gesagt hätte – dem Besuch des Tanzvergnügens im »Club«?

Ob sie zu ihrer Bewachung erschienen sei, die aufsässig klingende Frage der Tochter.

»Nein, nicht doch! Zu deinem Schutz«, die versöhnliche Erklärung der Mutter.

»Zu meinem Schutz?«

»Die Mädels müssen hier höllisch aufpassen, damit ihnen nichts geschieht!«, unterstützte Rufina die mütterliche Ermahnung, während sich ihr Mann damit begnügte, geistesabwesend vor sich hin zu grinsen. »Immer die Schenkel zusammenkneifen und die Hände zum Schutz davor!«, fuhr die Köchin fort. »Geben gern vor ihren Kumpeln an, wie viele Mädels sie entjungfert haben, diese Säue. Mehr als einmal hab' ich's gehört.«

María Inés, der das Gespräch unangenehm wurde, verabschiedete sich von der Mutter und deren Begleitung; sie müsse zu ihren Freundinnen zurück. Die hatten mittlerweile an einem der an den Rändern der Tanzfläche herumstehenden Eisentischchen Platz genommen. Von diesem Beobachtungsposten aus begannen sie, die Anwesenden durchzuhecheln.

Docha, eines der Mädchen ihrer Gesellschaft, hatte die Geliebte des Estanciero entdeckt. Josefina war eine stets zum Lachen aufgelegte Person, die einen sympathisch kindlichen Eindruck machte und der man ihre zwei Kinder nicht ansah. Mit der Freundin Don Leandros anzubandeln, hätte keiner der anwesenden Männer gewagt, auch wenn bestimmt mehr als einer Lust dazu verspürte. Zwar war auf die Entfernung nicht auszumachen, was sie von sich gab, doch war María Inés fasziniert von der ausdrucksvollen Körpersprache dieser

Frau, die doch bestimmt von der Gesellschaft geächtet wurde, mit ihren beiden »illegitimen« Kindern. In einem Anflug von Selbstkritik fragte sie sich, ob auch ihre Gebärden ihr Innerstes derartig deutlich preisgaben – eine Möglichkeit, die ihr Unbehagen bereitete. Als sie Jahrzehnte später dem Neffen diese so lange zurückliegende Episode schilderte, errötete sie vor Verlegenheit, so wie es ihr vermutlich damals, als junges Mädchen, passiert war.

Die Klatschbasen im »Club« hatten sich inzwischen den betagten Doktor vorgenommen, einen Witwer, der sich an der Theke im Gespräch mit dem Apotheker befand. Er sei auf den jungen Arzt eifersüchtig, der sich vor Kurzem hier niedergelassen und ihm schon viele Patienten abspenstig gemacht habe. »Von so einem alten Knacker möchte ich mich auch nicht behandeln lassen«, meinte María Inés.

»Kann ich mir vorstellen; würdest dich lieber von einem jungen Doktor abhören und vor allem abtasten lassen«, kicherte Docha. »Aber vielleicht tut's auch der Juan Manuel. Der soll's verstehen, unsereins an allen möglichen Körperstellen zu knutschen.«

María Inés ging auf diesen ihr frivol klingenden Kommentar nicht ein, sondern bemühte sich, die Gefühle des alten Arztes nachzuempfinden, der von einem jungen Kollegen verdrängt wurde. Während sie die sich auf der Tanzfläche drehenden Paare begutachtete und versuchte, sich deren Lebensgeschichte vorzustellen, war ihr plötzlich, als erreichten sie die inneren Spannungen, von denen die hier versammelte Gesellschaft beherrscht wurde: die Eifersüchteleien, der Neid, die heimlichen Begierden, die Rivalität zwischen den hochnäsigen Bankangestellten, den Söhnen und Töchtern der Getreideaufkäufer und Ladenbesitzer der kleinen Stadt auf der einen Seite und den von diesen verachteten rustikalen Landbewohnern auf der andern. Diese versuchten mit vorlautem Benehmen ihre innere Unsicherheit zu übertönen. Vergeblich! Die beide Gruppen trennende unsichtbare Mauer ließ sich nicht überwinden. »Kleines Dorf: große Hölle«, besagt das Sprichwort in lakonischer Kürze.

18

María Inés saß also im »Club« des Dorfes Etchebarren und gab sich ihren Betrachtungen hin. Von diesen wurde sie abgelenkt, als plötzlich Juan Manuel Etchebarren vor ihr stand. Er hatte sich unnötigerweise eine Sonnenbrille aufgesetzt, hinter der er, wie es María Inés schien, seinen Gesichtsausdruck versteckte. Mit ironischer Übertreibung verneigte er sich vor ihr und forderte sie zum Tanz auf. Ihre Tischgenossinnen stellten ihre Unterhaltung ein, um sich dieses Spektakel nicht entgehen zu lassen. Man sah María Inés an, dass sie sich nicht wohl in ihrer Haut fühlte; eigentlich hätte sie ein wenig Mitleid verdient. Verlegen gestand sie, dass sie noch nicht tanzen könne. Dabei errötete sie, da sie sich vielen Blicken im Saal ausgesetzt fühlte. Das mache nichts, lachte der Estancierosohn, der es gewohnt war, seinen Willen durchzusetzen. Bei ihm würde sie das Tanzen schnell lernen; er würde sie mit sicherer Hand führen. Und während sie sich noch eine Ausrede überlegte, um den aufdringlichen Patrón loszuwerden, ergriff sie der, um sie fast gewaltsam zur Tanzfläche zu geleiten.

Es war ein lasziver Tango, der Juan Manuel die Möglichkeit bot, seine widerstrebende Partnerin an sich zu drücken und seine feisten Backen an ihre Wange zu schmiegen. Angeekelt von der starken Ausdünstung seines Körpers, dessen Geruch sich mit dem Gestank nach Zigaretten vermischte, versuchte sie, sich von ihm frei zu machen. Vergeblich! Es gelang ihm, seine Schenkel so fest an sie zu pressen, dass sie sein Geschlechtsteil fühlte. Unsinnigerweise kam ihr der Rat der Köchin Rufina in den Sinn, sich die Hände zu ihrem Schutz vor den Schoß zu halten. Völlig unvorbereitet, fühlte sie sich zum ersten Mal in ihrem kurzen Leben einer Bedrohung ausgesetzt, deren Gefahr sie bisher noch nie begegnet war.

Endlich verstummte die Musik und ihr Peiniger entließ sie aus seinem Griff. »Na, war's so schlimm?«, erkundigte er sich mit selbstbewusstem Grinsen, während er sie zu ihrem Tisch zurückbegleitete, als sei nichts geschehen. Und während er die ihm freudig folgende Docha zum nächsten Tanz aufforderte, fiel ihm noch eine letzte Unverschämtheit ein, die er María Inés zurief, womit er die Verwirrtheit steigerte, die er in ihr hervorgerufen hatte: »In Wirklichkeit hat's dir doch recht gut gefallen! Stimmt's?«

Den Rest des Abends über verhielt sich María Inés schweigsam.

An Warnungen hatte es eigentlich nicht gefehlt – verhüllt die einen, offen ausgesprochen viele andere. Dennoch wurde María Inés von der Attacke Juan Manuels überrascht und war ihr daher hilflos ausgeliefert. Eines Abends, als sie von der Arbeit kam, hatte er ihr aufgelauert und sie in eine Ecke der Kapelle gedrängt. Ausgerechnet dorthin. »Hab ich dich endlich!« und: »Zier dich nicht so!« Er zerrte an ihren Kleidern; ihr Halskettchen riss und fiel zu Boden. Als sie um Hilfe schreien wollte, hielt er ihr den Mund zu.

Sie biss ihm wild in die Hand, was offenbar zu seiner Erregung beitrug: »Nur zu! Fester! Fester! Gefällt mir, wenn mich die Zicken beißen!«, sein Gekeuch. Sie versuchte sich zu wehren und wand sich in seiner Umklammerung. Der stechende Schmerz dann, die Scham und endlich die heiß aufsteigende Wut.

Dann ließ er ab von ihr und entfernte sich wortlos.

Leise schluchzend klaubte sie die Wäschefetzen und das zerrissene Kettchen vom Boden auf. Die Tränen liefen ihr übers Gesicht. Undeutliche Gedankenfetzen bedrängten sie … Das war es also: die Vergewaltigung … Die Schändung, die Schande … Sie fühlte sich beschmutzt. Als sie die Mauer der Kapelle hinter sich ertastete, überkam sie der Wunsch nach der befreienden Beichte. Konnte sie aber überhaupt mit einer Lossprechung rechnen? Sie war zwar getauft, doch ihr Vater hatte sich ihrer Erstkommunion widersetzt. Das sei etwas für die reichen Leute. Vielleicht war auch die Beichte nur für die Reichen da? *Et ego te absolvo a peccatis tuis* …, wie sie es einmal aufgeschnappt hatte. Ob Juan Manuel die an ihr begangene Sünde seinem Beichtvater anvertrauen würde? … War er sich seiner Sünde überhaupt bewusst? Wohl kaum. Vage empfand sie, dass sein »männliches« Verhalten von der Gesellschaft erwartet und gebilligt wurde. Nicht viel anders als die von seinem Vater gezeugten und nicht anerkannten außerehelichen Kinder. Und in dieser Kapelle, deren kühle Mauer sie ertastete, würde eines Tages die Ehe seines Sohns, des Erstgeborenen, dieses Erbens der in der Ahnengalerie in Öl verewigten Vorfahren, mit einer in jungfräulichem Weiß verschleierten Braut die Weihe eines Bischofs, vielleicht sogar die eines Erzbischofs, empfangen. *Du willst mich weiß, du willst mich rein* … kamen ihr die Verse Alfonsina Stornis' in den Sinn, die sich gegen die Scheinheiligkeit aufgelehnt hatte, mit der die lateinamerikanische Gesellschaft die Unberührtheit der Bräute forderte, während man vom Bräutigam erwartete, dass er sexuelle Erfahrung in die Ehe einbringe. Alfonsina war ihre Lieblingsdichterin; die hatte sich im Meer ertränkt, als sie das Leben nicht mehr ertragen konnte. In Mar del Plata steht ihr Denkmal.

Mit gesenktem Blick schlich sie zu ihrem Zimmer, wo sie von der besorgten Mutter empfangen wurde. »Was ist dir, Kind? Hast dir den Magen verdorben? Oder hast vielleicht Regelschmerzen?«

Die Tochter schüttelte schweigend den Kopf, ohne aufzusehen. Sie wolle sich im Bett vergraben. Nur schlafen. Vergessen. Die von der Mutter angebotene Wärmflasche lehnte sie ab.

19

Das Leben ging weiter. Gewiss; das tut das Leben bekanntlich immer. Das zerissene Kettchen hatte sie sorgsam weggelegt; nie mehr würde sie es sich umlegen. Ernesto, der kleine Bruder, mochte mit den anderen Kindern herumtollen; die Mutter weiterhin Böden schrubben und Fenster reinigen. Sie wartete nach wie vor den Tischgesellschaften auf, antwortete höflich, wenn man das Wort an sie richtete, und hielt den Mund, wenn ein solches Verhalten von ihr erwartet wurde. Was meistens der Fall war. Tagelang verlor sie Blut, wurde von Unterleibsschmerzen heimgesucht und von einem Gefühl, als bewege sie sich unter einer Glasglocke. Nach und nach wurde diese Empfindung von einer Anwandlung der Abgestumpftheit abgelöst. Rein äußerlich hatte sich nichts verändert. Niemand, noch nicht einmal ihre Freundin Hebe, bemerkte den Wandel ihres Wesens, nahm Kenntnis von der geduckten Körperhaltung oder von der Neigung, lange Zeit wie abwesend zu schweigen. Denn wer achtet schon auf den Seelenzustand seiner Mitmenschen?

Anfang März kehrte sie mit der Mutter und dem Bruder nach Buenos Aires zurück. Zuvor wurden sie von Don Leandro höchstpersönlich empfangen. Er zahlte ihnen den Lohn aus. Sowohl er wie seine Gattin reichten ihnen sogar die Hand zum Abschied. Und nicht nur das: Nach kurzem Nachdenken langte der Estanciero in die Hosentasche und zog einen größeren Geldschein hervor, den er María Inés in die Hand stopfte. »Nimm! Für dich«, sein kurzer Kommentar, vorgebracht in einem Tonfall, der keine weiteren Fragen zuließ. Sie getraute sich nicht, dieses Geld zurückzuweisen, obwohl sie diesen rebellischen Wunsch in sich fühlte.

Es kostete sie viel Mühe, sich zu Hause wieder einzuleben. Der Vater hatte nichts zu berichten aus dem eintönigen Leben eines Hauswarts und Vogelliebhabers. Seine Routinefrage, wie sie es auf der Estancia verbracht habe, beantwortete sie lustlos. Ihrem Cousin Rodolfo ging sie aus dem Weg. Obwohl er gute zwei Jahre älter war als sie, erschien er ihr jetzt wie ein kleines Kind. Als er entdeckte, dass sie sein Kettchen nicht mehr trug, zeigte er sich gekränkt. Ihm durch eine Aufklärung der Umstände den Stachel zu nehmen, unterließ sie.

Neue Aufgaben erwarteten sie, neue Lehrkurse, eine neue Tätigkeit.

Dabei war ihr, als habe man ihr plötzlich eine Brille verpasst, die es ihr gestattete, die sie umgebenden Personen zu durchschauen. Illusions- und gnadenlos: Der ihr zugetane Onkel Jerónimo – ein skrupelloser Streber und Geschäftemacher; die Tante Antonia – eine gutartige, aber dümmliche Pute, die sich abmühte, die feine Dame zu spielen; der Vater – ein ungehobelter Bauer; noch nie hatte sie den Beweis einer Zärtlichkeit von ihm empfangen; die Mutter, die ein besseres Los verdient hätte.

Doch nach einiger Zeit eröffneten sich ihr tiefere Seelenschichten der von ihr so vorschnell verurteilten Personen: ein Theatervorhang, der sich unversehens heben konnte, um den Blick auf ein unerwartetes Bühnenbild zu gewähren. Ein Vorhang, der sich ebenso unversehens wieder senkte. Sie erahnte die Triebfeder, die den Onkel trotz all seiner geschäftlichen Erfolge dazu zwang, immer weiteren Erfolgen nachzujagen, im vergeblichen Bemühen, den ihn quälenden Erinnerungen an seine Kindheit in Galicien zu entkommen, an den nackten Hunger, dem er als Kind oftmals ausgesetzt gewesen war. Sie stellte sich die seelischen Verletzungen vor, die Antonia, seine Frau, davongetragen haben musste, diese zwischen Indios und Schafen aufgewachsene Tochter eines süditalienischen Vaters und einer India: schwärende Wunden, deren Vernarbung sie anstrebte, indem sie diese Mutter mit dem Glorienschein einer Häuptlingstochter umgab und sich mit der in ihren Augen besseren Gesellschaft identifizierte. Oder dies jedenfalls versuchte. Selbst ihren Eltern räumte sie lindernde Umstände ein, die sie zu dem gemacht hatten, was sie waren: Schatten der Vergangenheit, über die niemand springen kann. Die man sein Leben lang mit sich herumschleppt wie die Schnecke ihr Gehäuse. Vieles erkannte sie jetzt oder glaubte, es zu erkennen. Nur die ihr von einem brutalen Estancierosohn zugefügte Verletzung war ihrem Bewusstsein entschwunden und hatte sich in die tiefsten Falten des Vergessens verzogen.

Sie fühlte sich sehr alleine in dieser schwierigen Etappe des Heranreifens. Gerne hätte sie sich mit ihrer Freundin Hebe Burgos ausgetauscht, nach der sie sich oftmals sehnte. Aber Buenos Aires ist eine große Stadt; jeder ist mit sich selbst beschäftigt und findet selten Zeit für seinen Nächsten.

So begann ein neuer Lebensabschnitt für sie. Lange sollte es dauern, bis sie sich in der veränderten Welt zurechtfand, in die sie sich plötzlich versetzt sah. Wer ihr wohl gesinnt war, hätte ihr sicherlich einen schöneren Abschied von der Kindheit gewünscht.

V Das Sirenengeheul der Prensa

20

Die Vorgeschichte des »Familienorakels« Jerónimo Hernández, der sich nicht lange nach der Ankunft seiner Schwester anschickte, von den goldenen Bergen Besitz zu ergreifen, die in Argentinien auf ihn warteten.

Man schrieb das Jahr 1933. In Deutschland hatte man den Adolf Hitler zum Reichskanzler ernannt. Der hatte versprochen, die Arbeitslosigkeit, die rote Gefahr und das Weltjudentum zu bekämpfen. Und außerdem machte er sich anheischig, die Volksgenossen von den Fesseln des »schmachvollen« Versailler Vertrags zu befreien. In Argentinien löste der General Justo den in Paris verstorbenen General Uriburu als Präsidenten der Republik ab, was in Europa, wo man andere Sorgen hatte, höchstens von den Aktionären der argentinischen Eisenbahnen zur Kenntnis genommen wurde. Sowie von den paar Engländern, die Schlachthöfe in diesem am Ende der Welt gelegenen Land unterhielten, in dessen Politik sie ein wenig mitmischten. Schließlich wahrte Albion die Interessen seiner Söhne.

Damals war es gewesen, dass Jerónimo Hernández auf die Brüder Renato und Antonio Di Carlo aufmerksam gemacht wurde. Einer seiner Schnüffler und Zuträger informierte ihn über die Schwierigkeiten, in denen die beiden steckten. Er mit seinen Verbindungen könne ihnen vielleicht aus der Patsche helfen, was sich für ihn bestimmt auszahlen würde.

Die Zeitungen hatten ein paar Tage zuvor über den Brand ihrer Werkstatt berichtet. Es hatte großer Anstrengungen der Feuerwehr bedurft, um den Übergriff des Brandes auf die

Nachbarhäuser zu vermeiden. Eine Abbildung im Abendblatt zeigte die verwüstete Werkstatt; viel war von ihr nicht übrig geblieben. Ein schierer Zufall, dass es keine Verletzten oder gar Tote gegeben hatte.

Ricardo, der Vater der beiden damals blutjungen Burschen, hatte die Erfahrung eines Brillenmachers und ein paar primitive Maschinen aus dem Piemonte mitgebracht, als er gegen Mitte der Zwanzigerjahre nach Argentinien gekommen war. Da er für den Duce nichts übrighatte, war er damals dem Rat eines Vetters gefolgt, der es als Baumeister in diesem Land der Zukunft zu Wohlstand gebracht hatte. Mit dessen Beistand richtete er eine Werkstatt mit anfänglich drei Arbeitern ein, in der er Brillengestelle aus Zelluloid herstellte. Da er praktisch keine Konkurrenz vorfand, konnte er es sich leisten, die Produktion auf einige wenige Modelle zu beschränken, die er in drei verschiedenen Farben fabrizierte: in Schwarz, Sepia und in einer Schildpattimitation.

Kurz vor seinem fünfzigsten Geburtstag erlag er einem Herzschlag.

Die Witwe entschloss sich, die Werkstatt mit ihren beiden Buben weiterzuführen. Mit viel Enthusiasmus gingen sie zu Werk, leider aber mit geringer Erfahrung. So versäumte sie es, die leicht entflammbaren Zelluloidplatten, aus denen die Brillengestelle gefräst wurden, fachgerecht zu lagern. Zudem war, wie sich nach dem Desaster herausstellte, die ohnehin unzureichende Feuerversicherung wenige Tage zuvor abgelaufen. Daher hatten die Bedauernswerten einen Totalverlust erlitten. Obendrein mussten sie mit einer strafrechtlichen Vefolgung rechnen, da ihre Fahrlässigkeit offenkundig war. Wie der Zuträger Jerónimos zu berichten wusste, hatte ihnen ihr Vetter zwar einen Anwalt besorgt, doch war von diesem Paragrafenreiter nichts zu erwarten. Der Einzige, der mit einer derartig verfahrenen Angelegenheit fertig werden könne, sei er, Don Jerónimo Hernández, unser Mann vom Zeitungsstand. Von dem ließen sich kreativere Strategien erwarten, als sie einem herkömmlichen Advokaten einfallen würden.

Jerónimo sprach bei den niedergeschlagenen Di Carlo vor und hörte sich ihre Sorgen und ihre gegenseitigen Beschuldigungen eine Zeit lang an. Der Jüngere warf seinem Bruder vor, er habe nur seine Motorräder im Kopf; der Ältere beklagte sich über die Faulheit des anderen und beide zogen über die Mamma her, der sie den fehlenden Versicherungsschutz ankreideten.

Don Jerónimo machte dem unfruchtbaren Streit ein Ende, indem er laut in die Hände klatschte, um die Aufmerksamkeit auf sich zu lenken. Als man ihm endlich zuhörte, versprach er mit einem aufmunternden Lachen über das ganze Gesicht, er werde sein Möglichstes versuchen, um die Angelegenheit zu regeln. Billig aber, das müsse er von vorneherein sagen, komme die Prozedur nicht. Viele Münder gebe es, die da zu stopfen seien; viele Gewissen müssten beschwichtigt werden. »Die Geschäftsbücher?«

»Die sind verbrannt.«

»Ach so, na ja, vielleicht besser so.«

Es schien Jerónimo wirklich Mühe zu kosten, um einen der maßgeblichen Herrn der Versicherungsgesellschaft durch eine Police mit gefälschtem Datum zur Kasse zu bewegen. Noch schwieriger war es, mithilfe eines korrupten Generalinspektors der Stadtverwaltung, die Akten des von den Behörden eingeleiteten Verfahrens verschwinden zu lassen. Eine delikate Angelegenheit, denn auf einen Verstoß gegen das Baureglement, wie man dies den Di Carlo vorwarf, stand Gefängnis.

Nachdem es Jerónimo fertiggebracht hatte, seine Klienten zu ihrem Unrecht zu verhelfen, stellte er seine Forderungen. Ein nicht unerheblicher Teil des Versicherungsgeldes musste an ihn abgeführt werden. Zusammen mit seinen Ersparnissen, die er in dieses Geschäft zu stecken bereit war, um es zu sanieren, ergab dies eine Summe, die es ihm gestattete, in die Firma einzusteigen. Auf sein Betreiben wurde sie ordnungsgemäß als eine Gesellschaft mit beschränkter Haftung ins Handelsregister eingetragen. Dabei ließ er sich einundfünfzig Prozent der Anteile überschreiben. Vergeblich versuchte der Vetter, die Teilhaberschaft des Helfers aus ihrer Not auf neunundvierzig Prozent zu drücken, doch der beschränkte sich darauf, der noch immer recht ansehnlichen Dame sein erquickendes Lachen zu widmen, ohne von seiner Forderung abzulassen. Als es der beratende Vetter wagte, noch einmal den Mund zu Gunsten seiner Verwandten aufzumachen, gab Hernández lächelnd zu bedenken, dass es ihm ein Leichtes sei, das ganze Geschäft rückgängig zu machen; den Mann von der Versicherung plage ohnehin schon das Gewissen. Diese im freundlichen Ton vorgebrachte Drohung genügte, um den Widerstand seiner zukünftigen Teilhaber endgültig zu brechen.

Zugegeben: die Di Carlo hatten trotz der Skupellosigkeit dieses Teilhabers, zu dem sie gekommen waren wie die sprichwörtliche Jungfrau zu ihrem Kinde, keinen Grund zur Klage. In wenigen Jahren verwandelte er die Werkstatt in eine richtiggehende Fabrik mit mehr als vierzig Arbeitern, zwei Geschäftsreisenden und einem Buchhalter. Finanziert mit einem von ihm beschafften vorteilhaften Bankkredit, entstand ein neues Gebäude, das mit modernen Maschinen ausgestattet wurde.

Dort war es, wo er einige Jahre später seine vielversprechende Nichte María Inés unterbrachte, zunächst als Telefonistin und Mädchen für alles, später als Schreibkraft und rechte Hand des Buchhalters.

21

Am 1. September 1939 verkündete das durch Mark und Bein dringende Geheul der auf dem Gebäude der »La Prensa«-Zeitung angebrachten Sirene den Einmarsch der deutschen Wehrmacht in Polen und somit den Ausbruch des Weltkriegs. Des zweiten in diesem Jahrhundert, wie Don Jerónimo Hernández den Kunden seines Stands überflüssigerweise in Erinnerung rief. Dank der Lektüre seiner Zeitungen hatte er diesen Konflikt schon seit Langem kommen sehen. Für eine solche Voraussage sei er – das dürfe man ihm glauben – weder auf das Ergebnis des Tarots angewiesen gewesen, das eine Nachbarin zu Freundschaftspreisen anbot, noch auf den Schnabel eines Zettel herauspickenden, mit prophetischen Gaben ausgestatteten Papageis. Nur die von Blindheit geschlagenen Staatsmänner der Westmächte mit ihrer idiotischen Beschwichtigungspolitik hätten die wahren Absichten Hitlers nicht kapieren wollen. »Wie das alte Spichwort besagt: Niemand ist blinder als derjenige, der nicht sehen will.«

Die Leser der von den Achsenmächten unterhaltenen Zeitungen sagten das (für sie) siegreiche Kriegsende für Weihnachten voraus; er hingegen rechnete mit einem jahrelang andauernden Ringen. Don Jerónimos Voraussicht war es zu verdanken, dass der Betrieb über ein stattliches Lager von gehamsterten Zelluloidplatten, Brillenscharnieren und sonstigem Zubehör verfügte, mit dem er die kriegsbedingten Importschwierigkeiten zu meistern und das Vermögen der Firma zu vervielfachen gedachte – Maßnahmen, auf die seine Teilhaber vermutlich nie gekommen wären.

Seine politischen Ansichten verdankte er nicht nur den Zeitungen, sondern auch den Broschüren und Büchern, die er neuerdings auf seinem inzwischen zu einem richtigen

Kiosk ausgebauten Verkaufsstand feilhielt. Einige wurden von der englischen, die meisten aber von der deutschen Botschaft finanziert.

Die Abendzeitung »El Pampero«, die Übersetzungen von »Mein Kampf«, »Der internationale Jude« und »Die Weisen von Zion«. Adolf Hitler, Henry Ford oder die Fälschung der Geheimpolizei des einstigen Zaren. Hetzschriften, wie er all denjenigen seiner Kunden versicherte, von denen er annahm, sie seien Juden, Sozialisten oder sonst Nazigegner. Aber die mächtigen Verteiler der Druckschriften, von denen alle Zeitungsstände abhingen, zwängten sie ihm auf; dagegen sei er machtlos. Eine regelrechte Erpressung sei es: »Keine Bücher – keine Abendzeitungen.« Er sei wahrlich kein Rassist; seine eigene Frau sei sogar eine Halbindianerin, Enkelin eines berühmten Kaziken. Und gegen die Israeliten habe er ganz und gar nichts. Einige seiner besten Freunde befänden sich unter ihnen. Außerdem sei er Republikaner, befreundet mit Ortega y Gasset, der zu seinem Kundenstamm gehöre. Und den Generalísimo Franco könne er nicht ausstehen, diesen Mörder seines eigenen Volkes.

Solches erklärte er auch seinen Partnern, als er einen jungen Mann anschleppte. Franz Oppenheimer. Praktisch auf der Straße habe er ihn aufgegabelt. Diese Behauptung war zwar übertrieben, aber nicht allzu sehr. Denn in Wirklichkeit hatte ihn einer der Kunden seines Zeitungsstands, ein Vorstandsmitglied des Hilfsvereins Deutsch sprechender Juden, gebeten, dem etwas linkischen Burschen zu einer Stellung zu verhelfen.

Franz war der Sohn eines jüdischen Apothekers aus Frankfurt, der von der Schulbank weg Hals über Kopf die Heimat verlassen wollte. Doch die Fürsorge seiner Mutter brachte ihm zunächst ein Jahr Jugendgefängnis ein. Die Zollbeamten hatten nämlich bei der Durchsuchung des Gepäcks zwei Goldstücke entdeckt, von der Mutter ohne sein Wissen in ein paar Socken versteckt. Ein Devisenvergehen! Im Gefängnis hatte er zum ersten Mal »den Ernst des Lebens« kennengelernt. Dieser bestand in erster Linie aus den Nachstellungen eines homosexuell veranlagten Wärters. Als er endlich freikam, war sein Visum für Argentinien verfallen. Mit Müh und Not, vor allem aber durch die Bestechung des bolivianischen Konsuls war er in jener Andenrepublik untergekommen. Dort hatte er es mutterseelenallein ein Jahr lang im Büro einer Zinngrube ausgehalten, hoch oben in den Kordilleren, wo ihm das Atmen Mühe bereitete. Dann brachte er es fertig, sich über die grüne Grenze nach Argentinien durchzuschlagen. So erzählte es Jerónimo den Di-Carlo-Brüdern und ihrer Mutter. Auch wenn er keine kaufmännische Erfahrung mitbringe, könne man einen guten Geschäftreisenden aus ihm machen, der die Erzeugnisse der Firma (modische, den Italienern und Deutschen nachempfundene Modelle) an die Optikerläden in Groß-Buenos Aires verkaufen würde. »Bestimmt kaufen die Kunden aus Mitleid bei diesem Jungen. Die Leute hier sind doch meistens gutmütig. Und so helfen wir einem armen Teufel, der sich zudem mit einer geringen Vertreterprovision zufriedengeben muss. Denn er kann keine ordentlichen Papiere vorweisen, die ihm den Aufenthalt und die legale Arbeit im Land erlaubt hätten.«

»Wohltätigkeit, verbunden mit geschäftlichem Nutzen«, befand verständnisvoll lächelnd Doña Ana, die Witwe des verstorbenen Di-Carlo-Vaters, die nichts gegen diesen Vorschlag einzuwenden hatte und sich gelegentlich auch intimeren Anregungen ihres Teilhabers geneigt zeigte.

So also kam es, dass der als Franz geborene Francisco zwei- oder dreimal pro Woche in der Firma vorsprach, um die Aufträge seiner Kunden durchzugeben. Das Unternehmen hatte sich inzwischen in eine Aktiengesellschaft verwandelt, trug aber nach wie vor den Namen der Gründer: »Ricardo Di Carlo e hijos«. (Jerónimo zeigte in dieser Hinsicht keinen Ehrgeiz – ihm genügte der Besitz der Aktienmehrheit, versüßt durch den ihn zu nichts verpflichtenden sporadischen Bettspaß mit der ihm zugetanen Witwe.) Der junge Mann erwies sich trotz seines schüchternen Wesens tatsächlich als ein erfolgreicher Verkäufer. »Dein Onkel bewies wieder einmal eine glückliche Hand«, kommentierte der ältere der Di-Carlo-Brüder (Renato, der mit den Motorrädern im Kopf) María Inés gegenüber. Wie diese Jahre später ihrem Neffen Enrique gestand, fühlte sie sich den beiden Brüdern gegenüber befangen, weil ihr das unstatthafte Verhältnis ihres Onkels mit Doña Ana bekannt war. Sie war in solchen Dingen sehr penibel. Ob Renato auch sie für ein Resultat der glücklichen Hand Don Jerónimos hielt, ist nicht überliefert. Verdient hätte sie ein solches Lob ganz bestimmt. Denn sie war ein fleißiges Mädchen, das inzwischen gelernt hatte, mit der Underwood umzugehen, und deren gute Schulnoten ihr einen Freiplatz in der Universität versprachen.

Sie empfand Mitleid mit Francisco, der eigentlich genauso ein Emigrant war wie sie selbst. Nein, doch nicht genauso, wie sie sich nach einigem Nachdenken dann eingestehen musste, während sie ihm einen Bürokaffee zubereitete (mit Schaumkrönchen). Denn sie war im Schutz ihrer Familie ins Land gekommen, ins »gemachte Bett«, wie ihr der Onkel einmal, als er ausnahmsweise schlechter Laune war, ins Gesicht hinein sagte. Als Francisco Zutrauen zu ihr fasste, wollte er eines Tages wissen, ob sie wirklich nichts gegen ihn habe. Was sie denn gegen ihn haben solle, ihre erstaunte Gegenfrage. Er müsse doch merken, dass sie ihn sympathisch finde. »Ich meine nur so«, erwiderte er schüchtern, »weil ich Jude bin.«

»Ja, und wenn schon? Keiner hier ist Rassist.«

Er habe nur so gemeint, wiederholte er leise ohne weiteren Kommentar.

Ein paar Wochen später überkam ihn der Drang, ihr zu erzählen, dass seinen Eltern die Rettung nicht mehr gelungen war. Sie hatten sich unter den Passagieren eines jener Schiffe befunden, die ihre »nicht arischen« Passagiere in keinem Hafen des Kontinents losgeworden waren. Dem autochthonen, noch von der Inquisition herrührenden Antisemitismus Lateinamerikas, verbunden mit der von den Agenten des pathologischen Judenhassers Joseph Goebbels weltweit verbreiteten Hetze, sei es zuzuschreiben, dass die Irrfahrt des Ehepaars Oppenheimer in einem deutschen Lager endete. Erst vor Kurzem sei publik geworden, was dies zu bedeuten hatte. Ein Vernichtungslager!

»Das Schicksal meiner Eltern belastet seitdem meine Seele«, sagte er, indem er etwas unbeholfen nach den rechten Worten suchte, denn sein spanischer Sprachschatz war noch beschränkt. »Ein Schuldgefühl, weißt du, das ich nicht loswerde«, versuchte er, sich dem netten Mädchen gegenüber verständlich zu machen, das ihm voller Mitgefühl den Handrücken streichelte – eine Angewohnheit, die sie, wie der Neffe aus eigener Erfahrung wusste, bis ins hohe Alter beibehielt. »Vor allem«, fügte er mit tränenerstickter Stimme hinzu, »weil ich inzwischen erfuhr, dass Benno, mein kleiner Bruder, der mit einem Kindertransport rechtzeitig in England untergekommen war, dem Torpedoangriff eines deutschen U-Boots zum Opfer fiel. Die haben das Schiff versenkt, auf dem sich eine Anzahl der Emigrantenkinder befand, die von den Behörden Englands nach Australien ausgelagert werden sollten.« Das Bild des in den Wellen verzweifelt um sein Leben kämpfenden Brüderchens verfolge ihn bei Tag und bei Nacht. »Manchmal, wenn ich in einem Optikergeschäft sitze und darauf warte, dass der Besitzer Zeit findet, um sich meine Kollektion anzuschauen, überkommt es mich. Dann sehe ich den Benno vor mir, wie er in seiner Todesangst nach mir ruft. Wie er um Hilfe schreit, die ich ihm nicht gab.« Er stockte, weil er seine Not hatte, gegen die in ihm aufsteigenden Tränen anzukämpfen.

María Inés fielen keine tröstenden Worte ein, sondern sie begnügte sich damit, den ihr zugänglichen linken Handrücken des Bedauernswerten zu streicheln. Der aber, in seiner seelischen Not, interpretierte diese Geste des Mitgefühls falsch. Für sie völlig unerwartet, umarmte er sie plötzlich und drückte ihr einen Kuss auf die Lippen. Einen Kuss eher der Verzweiflung als einen solchen der Liebe oder gar der sexuellen Annäherung. Erschrocken stieß sie ihn von sich. Von Küssen wollte sie nichts wissen. Schmerzliche Erfahrungen stiegen in ihr hoch, von denen der verwirrte Junge nichts wissen konnte. Aber auch in ihm erwachten böse Erinnerungen, die wiederum ihr fremd waren: »Also doch bloß ein Scheißjude!«, murmelte er in Verkennung der Situation und rückte verlegen von ihr ab.

»Hat nichts mit dir zu tun«, versicherte sie ihm mit unsicherer Stimme. Aber ein eiserner Vorhang war zwischen den beiden heruntergerasselt und keiner von ihnen wusste, wie man ihn vielleicht wieder hätte hochziehen können.

VI Die Keime im Gruppenbild

22

In einem der Einführungskurse an der Universität fiel María Inés ein hochgewachsener Student mit schlechter, nach vorne gebeugter Haltung auf, dessen harte Aussprache sie an Francisco Oppenheimer erinnerte. Der ging ihr seit dem peinlichen Vorfall mit der zurückgewiesenen Vertraulichkeit, dessen sie sich ungern erinnerte, aus dem Weg. Kein einfaches Unterfangen, denn schließlich arbeiteten beide in derselben Firma.

Federico Adler hieß der Kommilitone; Fred oder Fredy wurde er von seinen Freunden genannt, Fritz von seinen Eltern. Wie sie erstaunt feststellen musste, kannte er den Francisco Oppenheimer, da beide im selben Schachclub verkehrten und gelegentlich gegeneinander spielten. Wollte man Fredy glauben, so war er dem Franz haushoch überlegen im Spiel. Aber das war womöglich nichts weiter als Angeberei, um Eindruck bei dem Mädchen mit dem netten Lachen zu schinden.

Ob es eine gewisse Ähnlichkeit zwischen Francisco und Fredy gewesen war, die ihr Interesse an diesem erweckt hatte, oder ob der schiere Zufall im Spiel gewesen war, hätte die inzwischen alt gewordene Tante ihrem Neffen nicht sagen können, als sie ihm die Geschichte ihrer sich lang hinziehenden Brautzeit schilderte. »Beim besten Willen kann ich's nicht sagen«, betonte sie, was sich anhörte, als bedränge man sie, ein Geständnis abzulegen, dem sie sich widersetzte. Eine Angewohnheit, die, wie der Neffe feststellen musste, im Alter zugenommen hatte. Bekanntlich glaube sie nicht an die sogenannten blinden Zufälle, sondern billige allen Ereignissen im Leben eine höhere Bedeutung zu.

Während sich María Inés auf den Arztberuf vorbereitete, beabsichtigte Fredy, Biologie zu studieren. Die politischen Diskussionen, die unter den Studenten in Gang gekommen waren, damals, als ein Oberst namens Juan Domingo Perón erstmalig von sich reden machte, erweckten sein Interesse nur mäßig. Legte man es darauf an, ihm ein politisches Glaubensbekenntnis zu entlocken, so erklärte er, dass er die Universität besuche, um zu studieren, nicht um seine Zeit mit leerem Gewäsch zu vertrödeln. Seine Absicht, sich der damals noch jungen Sparte der Molekulargenetik zu widmen, stieß auf wenig Verständnis. Mehr als einmal musste er ein verächtliches »Bist eben doch keiner von uns« einstecken, gelegentlich sogar ein »Willst wohl das Menschengeschlecht veredeln, um eine Herrenrasse heranzuzüchten«. Auf derartige Provokationen, mit denen man ihm paradoxerweise nazistisches Gedankengut unterstellte, zuckte er nur die Schultern. Damals, erinnerte sich die Tante, hatten sich diese Kameraden, kaum als sich der Wahlsieg Peróns abzeichnete, alle schlagartig in dessen Anhänger verwandelt.

Sowohl sie wie ihr späterer Mann begegneten der »Machtübernahme« Peróns – dies die Bezeichnung, die Fredy für die Erfolge des Caudillo wählte – mit Vorurteilen. Wie sich María Inés erinnerte, waren die ihrigen allerdings von Anfang an eher positiv geprägt, genährt von den Versprechungen des Demagogen, den sogenannten Hemdlosen zu ihrem Recht zu verhelfen und, wie das von nationalistischen Untertönen begleitete Schlagwort hieß, ein »sozial gerechtes, wirtschaftlich unabhängiges Vaterland« zu schaffen.

Fredy hingegen war die steile Karriere dieses Offiziers, der mit seinen zündenden, von theatralischer Gestik begleiteten

Reden die Volksmassen begeistete, vom ersten Tag an unheimlich. Ganz zu schweigen von der kurz darauf in Erscheinung tretenden Eva Duarte, eine bislang unbekannte Schauspielerin, die den verwitweten Militär heiratete und ihn erfolgreich unterstützte. Als Evita Perón gelang es ihr, die Herzen des einfachen Volkes mit ihren leidenschaftlichen Ansprachen zu erobern, wobei sie nicht davor zurückschreckte, die Massen mit ihrem etwas rauen Organ gelegentlich aufzufordern, die Gegner am Laternenpfahl aufzuknüpfen.

Die Verlobungszeit (wenn man diesen Schwebezustand so nennen möchte) zog sich über mehrere Jahre hin und war von häufigen Schwankungen gekennzeichnet. Es kam öfters zu leichten, meist nicht greifbaren Verstimmungen, die von der alten Tante zurückblickend mit dem so unterschiedlichen Milieu erklärt wurde, dem die beiden entstammten. Er, der Sohn eines deutschen Chirurgen, in dessen Heim man musizierte, Oswald Spengler und Thomas Mann las, ins Theater ging und in dessen verglastem Bücherschrank sich einst eine ererbte Goethe-Ausgabe letzter Hand und eine kleine Sammlung griechischer Amphoren befunden hatten; sie hingegen, die Tochter eines Analphabeten aus einer der rückständigsten Gegenden Spaniens. Wie sie selbst gestand, ähnelte ihre »Brautzeit« – eine Bezeichnung, die sie gewissermaßen mit Anführungszeichen in den Mund nahm – eher einer kameradschaftlichen Freundschaft als einer heißen Liebe. Der Neffe war zu taktvoll, um sich zu erkundigen, was die Tante eigentlich unter einer heißen Liebe verstand. In Unkenntnis des ihr als Vierzehnjähriger angetanen Leids neigte er zur Annahme, sie müsse trotz ihres relativ fortgeschrittenen Alters die Ehe jungfräulich angetreten haben. Für den im säkularisierten Zeitalter der Empfängnisverhütungsmittel aufgewachsenen jungen Mann ein unnatürlicher Zustand, der unweigerlich zur Seelenverkrampfung führen müsse. Ihm war sie dank der Bereitwilligkeit der Schwestern Vicky und Gloria (»*Gloria, Victoria*« nannte man das Geschwisterpaar spaßeshalber, deren Familiennamen ihm wieder einmal entfallen war) erspart geblieben. Denn die hatten ihm in den Sommerferien zu seinen ersten sexuellen Erfahrungen verholfen, bevor er die leidenschaftliche Hingabe der ungetreuen Flora genießen durfte ... Flora! Eine beunruhigende Erinnerung, die er schnell von sich schob, indem er sich die wenigen Liebschaften ins Gedächtnis rief, die Abwechslung in die Routine seines New Yorker Daseins gebracht hatten. Kurzlebige Beziehungen mit Zufallsfreundinnen, die ihm mit der gleichen Selbstverständlichkeit ins Bett gefolgt waren, mit der sie eine Einladung ins Kino oder zu einem Abendessen beim Italiener around the corner angenommen hätten.

23

María Inés heiratete Fredy im September 1955, kurz nach ihrem einunddreißigsten Geburtstag. Der Vater des Bräutigams hatte eine Ziviltrauung in Montevideo vorgeschlagen, weil die liberale uruguayische Gesetzgebung eine Wiederheirat nach erfolgter Scheidung gestattete, während in Argentinien diese Möglichkeit auf Druck der Kirche damals noch nicht gegeben war. Aber nach längerem Hin und Her nahm das Brautpaar Abstand von dieser Vorsichtsmaßnahme und trat vor den Beamten des einheimischen Standesamts, wo sich außer den nächsten Verwandten der beiden nur ein paar ihrer Kollegen eingefunden hatten. Die bewarfen sie beim Verlassen des Amtsgebäudes mit glückbringendem Reis, wie dies die Sitte erforderte. Von der »Scheinheiligkeit« (so María Inés) einer religiösen Zeremonie hatte man selbstverständlich Abstand genommen.

Am Samstag nach der Ziviltrauung fand eine Feier im Kreis der Familie statt: Ein Abendessen, ausgerichtet in einem von Emigranten aus Prag geführten Restaurant in Belgrano, dem Wohnviertel, in dem viele Deutsche und Engländer lebten. Die Eltern des Bräutigams hatten die Kosten übernommen, freilich begleitet von der Feststellung Frau Adlers, dass dies ihr einziges Hochzeitsgeschenk sei, denn sie seien Emigranten und daher knapp bei Kasse. Diese Erklärung implizierte die Gewissheit, dass von den Gegenschwiegereltern kein Zuschuss zu erwarten sei.

Es war an ihrem fünfzigsten Hochzeitstag gewesen, als es María Inés einfiel, ein leicht verblasstes Schwarzweißfoto jener Feier hervorzukramen, um es dem Neffen zu zeigen. Dabei ließ sie eine seltsame Bemerkung fallen. »Dieses Bild«, erklärte sie, »enthält, wenn ich genau hinsehe, bereits die Keime unseres Schicksals.«

Enrique betrachtete das Gruppenbild eingehend, auf der Suche nach den Schicksalskeimen, die offenbar nur vom geschulten Auge der Tante wahrgenommen wurden, während sie ihm trotz des Blitzlichts, in das die Szene getaucht war, verborgen blieben.

»Der Besitzer des Speiselokals nahm es mit der Leica auf, die mein Schwiegervater als eine der wenigen Kapitalanlagen aus Deutschland mitbringen konnte«, erklärte sie, »jetzt befindet sich der Apparat in unserem Besitz, eine Reliquie, wenn du willst, die natürlich nicht mehr benutzt wird.« Anschließend machte sie sich daran, ihrem Neffen zu erklären, wen die abgebildeten Gestalten darstellten. Im Zentrum: sie selbst, in verkrampfter Körperhaltung, gekleidet mit einem weißen Kostüm; an ihrer Seite der Bräutigam in dunklem Anzug. Beide blickten erschrockenen Auges ins Objektiv der »Kapitalanlage« Dr. Adlers sen., der mit seinen vergeistigten Zügen, der randlosen Brille und dem zum Anstoßen erhobenen Sektglas nicht so recht zum Rest der Gesellschaft passte. Anni, seine Frau – pardon: seine Gattin –, befand sich neben ihm: eine feiste Person mit dümmlichem Gesichtsausdruck. »Eine Zeit lang fabrizierte sie Pralinées; es hieß, man habe ihr's in einem der Schnellkurse beigebracht, die damals in Deutschland angeboten wurden, um den Auswanderern einen Beruf in die Fremde mitzugeben, mit dem sie sich über Wasser halten konnten. Für sie allerdings lohnte sich das Geschäft nicht, wohl weil sie ihre beste Kundin war. Wäre besser gewesen, sie hätte gelernt, Kinderkleider zu schneidern. Oder sie wäre als Maniküre losgezogen, wie's gar manche taten, die bessere Zeiten gesehen hatten. Aber dafür dünkte sie sich wohl zu vornehm.«

Die Schwiegertochter machte eine kurze Pause, um sich zu räuspern. »Nie lernte sie ein ordentliches Spanisch«, fiel ihr dann noch ein. »Dabei war sie entsetzlich eingebildet, verpasste keine Gelegenheit, um mit ihrem tüchtigen Mann und ihrem ebenso tüchtigen Sohn zu protzen. Ließ meine Eltern fühlen, dass sie sich ihnen haushoch überlegen dünkte. Weißt du, wie man sie nannte? ›Die Königin von Belgrano‹, so nannte man sie hinter ihrem Rücken. Dein Urgroßvater Jerónimo nahm sie damals auf die Schippe, zur Rache weil sie seiner Frau die kalte Schulter zeigte. Tante Antonia, unsere Chola, beseelt von verwandtschaftlichen Gefühlen, hatte sich nämlich darum bemüht, sie in die Unterhaltung einzubeziehen. Dem von ihr geäußerten Bedauern, dass man leider auf eine kirchliche Trauung verzichtet habe, lag die beste Absicht zugrunde. Ohne den priesterlichen Segen war's für sie keine richtige Ehe. Die schnippische Abfuhr der ›Königin von Belgrano‹ hätte sie wirklich nicht verdient, dieses ›Was heißt hier kirchlich? Hätte ja auch in der Synagoge sein können‹. Dabei war bekannt, dass sie von ihrer jüdischen Religion nicht den geringsten Gebrauch machte. Recht war ihr daher geschehen, dass Jerónimo seiner Frau mit der kavaliermäßig freundlich vorgebrachten Bemerkung zu Hilfe kam: ›Falls Sie es nicht wissen sollten, Señora Anita, wir befinden uns in einem katholischen Land‹. Eine Feststellung, zu der Frau Doktor Adler (sie legte Wert auf den erheirateten Titel) mit verkniffenen Lippen schwieg. Aber abgesehen von diesem von den wenigsten beachteten Schlagabtausch, war es Onkel Jerónimo gewesen, der, wie die Tante mehrfach betonte, durch sein munteres Geplauder zur Harmonie der Festlichkeit beitrug, auch wenn es nicht zu übersehen war, dass hier zwei grundverschiedene Welten zusammenprallten.«

Die Tante war noch immer in die Betrachtung des Fotos vertieft. »Sieht alles friedlich aus, nicht wahr? In unserem Viertel blieb ja auch alles ruhig, während sich im Stadtzentrum die Revolution abspielte und die Luftwaffe ihre vor dem Regierungsgebäude versammelten Landsleute bombardierte … Da hast du deine Großmama Marta Teresa mit ihrem Mann Reinaldo Moreno, den Steuerinspektor.« Sie deutete mit dem Zeigefinger auf einen sorgfältig gekleideten Herrn mit selbstzufriedenem Gesicht. »Findest du nicht auch, dass man ihm seinen Beruf ansieht? Genau wie man sich einen argentinischen Steuerinspektor vorstellt! Nicht wahr? Lebten auf großem Fuß, was die Vermutung nahelegte, dass dieser Reinaldo käuflich war. Was hatten sie davon? Starben beide früh, wie du vermutlich weißt. Krebs! Deine Großmutter hatte's in der Gebärmutter; Moreno im Kehlkopf. Wäre heute nicht mehr so ohne Weiteres passiert; damals bedeutete die Diagnose das Todesurteil ... Du solltest dich übrigens gelegentlich untersuchen lassen, Enrique, die Anlagen sind nämlich hereditär ... Schade, dass du deine Großeltern nicht kennengelernt hast ... Ja, und rate mal, wer das kleine Mädchen mit der weißen Schleife im Haar ist .... Richtig! Teresita, deine Mama! Hatte es schrecklich eilig, um unter die Haube zu gelangen; kaum mit der Schule fertig, wollte sie ihrem Elternhaus entkommen. Verständlich! Nach Chivilcoy heiratete sie, weiter weg ging's wohl nicht ... Die Frau mit der trotzigen Visage, die sich hinter deiner Großmutter halb versteckt? Das ist meine Cousine Alba, deine Großtante, mit der meine Familie blöderweise auf Kriegsfuß stand; ein Wunder, dass sie überhaupt erschienen war. Mit einem großzügigen Scheck als Hochzeitsgeschenk übrigens. Geschieden, kinderlos. Hatte ihren Mann rausgeschmissen, einen Augenstecher, der sich von ihr aushalten ließ, der Nichtsnutz. Daher der Kriegsfuß.« Sie dachte einen Moment lang nach. »Nein. Die Scheidung hätte man ihr vermutlich verziehen. Aber sie war lesbisch veranlagt und lebte viele Jahre lang ganz offen mit ihrer Geliebten zusammen. Heute findet ja niemand mehr was dabei, gehört bei den Progressiven geradezu zum guten Ton, damals war's ein Skandal gewesen. Onkel Jerónimo und vor allem Tante Chola konnten's nie verwinden. Sie hatte eine guter Stelle bei der Citibank und posaunte gerne aus, sie brauche keinen Mann. Du hast sie nicht kennengelernt. Starb erst vor ein paar Jahren, einsam und verlassen, umgeben von einem halben Dutzend Katzen. Alzheimer, die Ärmste.«

Damit war die Stammtafel der Familie erschöpft und das Netzwerk der geheimen Spannungen, Sympathien und Abneigungen, die das Gruppenbild in der Erinnerung der damaligen Braut wachrief, für ein paar flüchtige Augenblicke zu neuem Leben auferstanden. Nach Ernesto, dem einzigen

Bruder der Tante, wagte Enrique nicht zu fragen. Auf dem Bild jedenfalls war er nicht zu sehen. Schnell, wie um den neugierigen Fragen des Neffen zu entgehen, die vielleicht doch noch die von ihr vermuteten Schicksalskeime hätten offenlegen können, legte die Tante das Foto zur Seite und kam auf den Onkel Jerónimo zurück.

In seiner launigen Hochzeitsrede hatte er die Anwesenden darauf hingewiesen, dass das heutige Ereignis fast auf den Tag genau fünfundzwanzig Jahre nach ihrer Ankunft in der neuen Heimat stattfinde. Wieder einmal begleitet von einer Revolution. »Erinnerst du dich, Nichtchen, wie ich euch vom Schiff herunterholte, wo euch die Behörden piesackten?«

Die Braut nickte bestätigend. Die Szene stand nicht weniger genau vor ihren Augen wie der Kuss, den ihr der parfümierte Onkel, damals noch schlank und rank, auf die Stirn gehaucht hatte, oder der Empfang in dessen Haus mit dem großen Radio und dem Kühlschrank im Wohnzimmer. Ganz zu schweigen von der Zuneigung, die sie damals zu Rodolfo gefasst hatte …

… Rodolfo! Dass weder er noch seine Frau zu ihrer Hochzeit erschienen waren, mit der Ausrede, seine Geschäfte hielten ihn in Montevideo zurück, schmerzte sie sehr. »Wenigstens Isabel hätte kommen können, seine Frau. Was hatte die nur gegen mich?«, beklagte sie sich noch fünfzig Jahre später.

Das Argument, mit dem man ihr die Abwesenheit des Cousins zu erklären versuchte, war hieb- und stichfest und hätte ihr genügen müssen.

Rodolfo befand sich tatsächlich in Uruguay und hätte, selbst wenn dies sein dringender Wunsch gewesen wäre (den er allerdings – und da trog sie ihre Intuition keineswegs –

nicht im Geringsten verspürte), momentan nicht nach Argentinien zurückkehren können. Denn, wie aus den von den Klängen munterer Militärmärsche umrahmten Kommuniqués zu erfahren war, die von sämtlichen Radiostationen übertragen wurden, stand einem solchen Verlangen die Revolte entgegen, die von den putschenden Generälen mit dem wohlklingenden Namen einer »Befreiungsrevolution« belegt worden war. Der ihnen zu mächtig gewordene Waffenbruder Perón wurde abgesetzt. Dieser brachte sich daraufhin auf einem im Hafen von Buenos Aires liegenden paraguayischen Kanonenboot in Sicherheit. Dabei konnte er mit der Unterstützung des Diktators General Stroessner rechnen, seines Verbündeten. Unter dem Glockengeläut der Kirchen in den Stadtteilen der Wohlhabenden ließ man ihn ziehen, in der Hoffnung, den Störenfried auf diese elegante Weise ein für alle Mal los zu sein. Eine Hoffnung, die sich bald als trügerisch erweisen sollte, denn bekanntlich kann die Katze das Mausen nicht lassen. Jedenfalls bildeten die Unruhen nicht nur den Vorwand – willkommen oder nicht, das sei dahingestellt –, mit dem Rodolfo seine Abwesenheit rechtfertigte, sondern natürlich auch den Gesprächsstoff der Hochzeitsgäste.

Ein Detail verschwieg María Inés ihrem Neffen, denn längst hatte sie sich angewöhnt, die Wahrheit zwar, nicht aber gleich die ganze Wahrheit auszuplaudern. Da hatte es nämlich noch ein zerissenes Halskettchen gegeben; in der hintersten Ecke einer Schublade hatte es gelegen, eingewickelt in Seidenpapier. Am Vorabend ihrer Hochzeit war es ihr in die Hände gefallen. Nachdenklich hatte sie eine Zeit lang mit diesem stummen Zeugen ihrer Vergangenheit gespielt, bis sie sich entschloss, es wieder an seinen Platz zurückzulegen. Sie war der Meinung, die daran befestigte

Muttergottes-Medaille nicht nötig zu haben, das Amulett, das sie einst vor Bösem hätte schützen sollen. Denn ihr fehlte der Glaube. Doch wollte sie es zusammen mit ihrem Brautschleier für die Tochter aufbewahren, die eines Tages beides bekommen würde. Bei aller Skepsis: Wer konnte es wissen? Die würde möglicherweise den himmlischen Schutz nötig haben.

Der alte Doktor Adler war in Berlin ein angesehener Chirurg gewesen, den ein freundschaftliches Verhältnis mit Professor Sauerbruch verband. Der hatte sich tapfer, wenn auch erfolglos, für seinen nicht »arischen« Kollegen eingesetzt. In Argentinien musste Dr. Max Adler das Skalpell vergessen und als praktischer Arzt schwarzarbeiten. Sein deutsches Diplom war hier wertlos. Demzufolge behandelte er ausschließlich Emigranten. Die in aller Mund befindliche Revolution veranlasste ihn nun zu einer bemerkenswerten Aussage, die sich die Anwesenden ebenso respektvoll wie verständnislos anhörten. »Der Mensch als rationales Wesen ist lediglich ein theoretisches Konstrukt«, erklärte er in seinem Berliner Spanisch, indem er sich seiner Schwiegertochter zuwandte. »So wie etwa der Punkt in der Geometrie.« In seiner Praxis sei ihm dieses Wunderwesen noch nicht vorgekommen. Daher sei es auch mit den Gesetzen der Logik nicht so weit her in der chaotischen Geschichte der Menschheit. Seinen vom Kulturpessimismus der Nachkriegszeit geprägten Ausführungen war zu entnehmen, dass der Mensch für ihn – egal ob es sich um Platon, Kant mit seinem kategorischen Imperativ, den heiligen Franziskus oder den Kapo eines Konzentrationslagers handelte – nichts weiter darstellte als ein Primat, der seinen Urinstinkten gehorche und von seinen Erbanlagen gelenkt werde, denen er ausgeliefert sei. »Der sich aus eigener Machtvollkommenheit zum *Homo sapiens* erklärt hat; dabei scheint mir das Attribut *sapiens* mehr als fraglich zu sein.«

Wie María Inés später dem Neffen gestand, war sie nie den Verdacht losgeworden, die Jagd ihres Mannes nach genetischen, das Leben beherrschenden Formeln seien von der ernüchternden Weltanschauung seines Vaters geprägt.

Was hätten ihre Eltern mit solchen Gesprächen anfangen können – ihr durch seinen Beinschaden und nicht nur durch diesen behinderter Vater, der, eingeengt in den ungewohnten Anzug, übertrieben steif am Tisch saß, schweigend dem Wein zusprach und meist vor sich hin stierte; wer weiß, an was er dachte. Wenn er überhaupt etwas dachte. An die Triller seiner Kanarienvögel vielleicht? Oder die Mutter, der man das Herzleiden ansah, das sie wenige Jahre später hinraffen sollte? Ein wahres Glück, dass Jerónimo, ihr gewandter Onkel, die Unterhaltung an sich riss, um die Situation zu retten. Mit den Gedankenflügen des deutschen Doktors kam er zwar nicht zurecht, aber es bot sich ein naheliegendes Thema an, mit dem sich sämtliche Gesprächslücken überbrücken ließen. Die gerade stattfindende Revolution und deren Hintergründe – was sonst? – waren es, über die er zu berichten wusste. Gerüchte, die sich in seinem Mund in verbürgte Tatsachen verwandelte. Dass die Militärs schon Hunderte von Perón-Anhänger standrechtlich erschossen hätten, stellte sich bald als eine Falschmeldung heraus. Dagegen stimmte es, dass der Sarg mit der einbalsamierten Leiche Evitas spurlos verschwunden war. Die neuen Machthaber hatten ihn angeblich ins Ausland geschafft; niemand wusste, wohin. Eine makabre Geste, mit dem man dem Personenkult zu Leibe gerückt war. Der Stadt Evita hatte man ihren alten Namen La Plata zurückerstattet und die Provinz Juan Domingo Perón trug wieder ihre frühere Bezeichnung La Pampa. Dass sich die Perón und Evita gegenüber herausgebildete Heldenverehrung und die Dankbarkeit der sozial Benachteiligten, denen er zu politischem Einfluss verholfen hatte, als langlebiger erweisen sollte, als es sich deren Gegner hätten träumen lassen, konnte damals noch niemand ahnen.

Schaudernd kommentierte man ein blutiges Vorkommnis, das einen Vorort im Süden von Buenos Aires in Aufregung versetzt hatte. Einige Halbstarke hatten dort einen als Antiperonisten bekannten jungen Mann gezwungen, vor einer Büste Evitas niederzuknien, und ihn in dieser erniedrigenden Position regelrecht hingerichtet. Wahrlich Gespräche, die einer Hochzeitsfeier nicht anstanden! Immerhin brachte es die Braut fertig, auch den kritischen Stimmen der anderen Seite Gehör zu verschaffen. »Im Krankenhaus sehe ich täglich Dutzende von Verängstigten«, erklärte sie, »die mich mit Anzeichen echter Verzweiflung fragen, was nun mit ihnen geschehen werde, wo man ihren Beschützer des Landes verwiesen habe. ›Was wird jetzt aus uns, Doctora?‹, wollen sie von mir wissen und machen einen verlorenen Eindruck, wie kleine Kinder, deren Vater gestorben ist.«

Doch der Hochzeitsgesellschaft stand nicht der Sinn nach derartigen Volksstimmen, selbst wenn sie für die alten Griechen als die Stimme Gottes galten. Ein Glauben, der in diesem Umfeld ohnehin nur Dr. Max Adler bekannt war. Versonnen vor sich hin lächelnd gab dieser ein »Der Übervater« von sich (auf Deutsch murmelte er diese beiden Worte vor sich hin) und dachte dabei vermutlich an die endlosen Reihen der ehrlich Trauernden, die drei Jahre zuvor stundenlang in der vom Staat organisierten Warteschlange gestanden hatten, um einen letzten Blick auf den offenen Sarg Evitas werfen zu können.

In diesem kleinen, in seiner Ausstattung anheimelnd mitteleuropäisch anmutenden Lokal, wo sogar eine Schwarzwälder Kuckucksuhr an der Wand tickte, waren die meisten heilfroh, dass der Diktator endlich die Bühne verlassen hatte und das Heer für Ordnung und Sicherheit sorgte.

Als die Gesellschaft am späten Nachmittag auseinanderging, war sich María Inés gewiss, dass es höchstwahrscheinlich das letzte Mal gewesen war, dass sich das Gros der Familie in ein und demselben Raum zusammengefunden hatte. Krankheit und Tod, vor allem aber die unterschiedlichen Lebensgeschichten und die politischen Meinungsdifferenzen standen einer Überbrückung der Kluft zwischen den auseinanderklaffenden Welten im Wege.

Die Hochzeitsreise führte die Neuvermählten in die Berge Córdobas, acht Stunden Eisenbahnfahrt von Buenos Aires entfernt. Auffallend still kamen sie bereits nach einer Woche zurück und nahmen ihre berufliche Tätigkeit auf.

Zwei Jahre später wurde Adriana geboren, nur wenige Monate nach dem Tod ihrer Großmutter Jacinta. Die Vermutung, das Kind sei bereits mit den von ihrer Mutter im Hochzeitsbild entdeckten Keimen infiziert zur Welt gekommen, war nicht von der Hand zu weisen. Das jedenfalls war die Überzeugung, die María Inés bis an ihr Lebensende mit sich herumtrug. Und die war schließlich Ärztin und verstand obendrein allerhand von Psychologie, auch wenn sie Rückstände des ererbten Aberglaubens mit sich herumtrug. Aber wer ist völlig frei von den Schlacken atavistischer Anwandlungen?

TEIL II

VII Die Drachensaat

24

Mit der Zeit stellten sich die altersbedingten Schwierigkeiten ein, die der Tante zu schaffen machten, um ihre Erinnerungen chronologisch präzise unterzubringen. Was nachweislich fünfunddreißig Jahre zurücklag, schien ihr manchmal, als sei es vor nicht mehr als zehn Jahren passiert. Um sich zu orientieren, stützte sie sich daher mit Vorliebe auf das nachvollziehbare Alter ihr nahestehender Personen. Auch ihr Neffe Enrique diente ihr als lebendiger Kalender. Doch eine solche Skala, an der sie die Jahresringe ihrer eigenen Geschichte ablesen konnte, versagte natürlich bei Ereignissen, die vor dessen Geburt vorgefallen waren. Das führte nicht selten zu Ungenauigkeiten in ihren Erzählungen.

Doch gab es Daten, an denen nicht zu rütteln war: Der Tag etwa, an dem zum ersten Mal der Name Norma in ihrem Hause fiel. Das war geschehen, als sich ihre Tochter Adriana im vorletzten Jahr des Colegio Nacional Buenos Aires befunden hatte. Es war die gleiche der Universität unmittelbar zugeordnete Elite-Schule, die gute zwanzig Jahre später auch Enrique besuchen sollte – ein Bezugsdatum also, an dem sich die Tante festhalten konnte. Der Neffe war noch gar nicht auf der Welt gewesen, als – wie zu behaupten sie nicht müde wurde – die bis zu jenem Zeitpunkt schlummernden Keime ihre verhängnisvolle Wirkung entfalten sollten.

Damals war es gewesen, dass die aufgeweckte Tochter der Adlers begann, begeistert von dieser Lehrerin zu berichten. Norma war in der Schule aufgetaucht, als sie den Geschichtsprofessor vertreten musste, der mit einem komplizierten

Beinbruch in Gips lag. Seltsam hörte sich der Unterricht der jugendlichen Aushilfskraft an, ganz anders, als es in den Schulbüchern zu lesen war. Der General Julio Argentino Roca zum Beispiel, dem, der gängigen Version gemäß, die Eingliederung Patagoniens ins Stammland der jungen Nation zu verdanken war – ein Territorium, auf das die chilenischen Nachbarn ein Auge geworfen hatten –, verwandelte sich in ihrem Mund in den grausamen Schlächter der Urbevölkerung des Landes. »Ein regelrechter Genozid!«, rief sie mit erhobener Stimme aus und erwies sich als Anwältin der von den weißen Landräubern verdrängten Indios. »Die Gesellschaft braucht immer Feindbilder – Neger, Juden, Indios –, denen man sich überlegen fühlen kann. Ihr könnt's in euren Schulbüchern nachlesen: die Indios – nichts weiter als ein verlaustes Räuberpack. Barbaren, die sich gegen die von den Weißen mitgebrachte Zivilisation auflehnten und deren Niederlassungen in der Pampa sie bis weit ins neunzehnte Jahrhundert hinein überfielen, um ihnen das Vieh und gelegentlich auch die Weiber zu rauben. Dass sie dabei in legitimer Verteidigung ihrer angestammten Rechte handelten, das wird noch heute unterschlagen. Weil die Geschichte immer von den Siegern geschrieben wird.« So Norma, was in ihrer Schülerin Adriana Adler ein stolzes Gefühl hervorrief, weil sie die Großnichte einer Kaziken-Enkelin war. Tante Antonia, Chola genannt, war zwar nur eine angeheiratete Verwandte, und ob deren Großvater wirklich ein Kazike gewesen war, und noch dazu ein bedeutender, ließ sich nicht einwandfrei belegen, aber wer sonst im Klassenraum konnte sich schon eines solchen Glanzpunkts im Stammbaum rühmen, selbst wenn er zu Zweifel Anlass gab?

Viele der Nationalhelden, die bisher die Bewunderung der Schüler und Schülerinnen genossen hatten, wurden im Unterricht Normas von ihren Sockeln gestoßen und durch andere Figuren ersetzt. Wollte man ihr Glauben schenken (und ihre Gehirnwäsche erfolgte so geschickt, dass sich die meisten ihrer geistig noch formbaren Zuhörer widerspruchslos überzeugen ließen), so konnte man die Landesgeschichte in wenigen Lehrsätzen zusammenfassen, die sich – wie sich die Tante Jahrzehnte später entsinnen sollte (gesehen allerdings, wie einschränkend vermerkt werden muss, aus der fragwürdigen Perspektive ihrer alten Tage) – aus einem widersprüchlichen Mix von Nationalismus und Marxismus zusammensetzten, belebt von einem Schuss religiösem Fanatismus.

Diese parteiergreifende Geschichtsrevision hörte sich etwa so an: Selbst nachdem im Jahre 1810 die Macht der spanischen Kolonialherrschaft nominell gebrochen war, lag die neu gegründete Nation weiterhin gefesselt in den Ketten ausländischer Interessengruppen. Die lokalen Landbarone, die internationalen Banken und eine ultrakonservative Kirche vereiteln bis zum heutigen Tag die Verwirklichung des Ideals eines unabhängigen sozialistischen Vaterlands. Die Oberschicht der argentinischen Gesellschaft – die tonangebenden Mitglieder des Jockey Clubs und des Viehzüchterverbands, nach deren Familien viele Straßen und ganze Städte benannt sind und die noch immer die Geschicke des Landes lenken (die Tante, die diese Kreise aus ureigenster Erfahrung kannte, musste dieser Auffassung zustimmen) wurden von Norma als Komplizen jener Interessengruppen bezeichnet. Durch die Bank handle es sich bei diesen sogenannten Patriziern um die Nachkommen der Schmuggler, Sklavenhändler und Landräuber vergangener Jahrhunderte. »Am Geschäft der Negersklaven verdiente übrigens auch die Kirche kräftig mit. Schmuggler und Schieber allesamt, Konquistadoren und Ursiedler, Inquisitoren, Alt- und Neuchristen gleichermaßen, da habt ihr die Wurzeln unserer kapitalistischen Gesellschaft! Den darauf folgende Generationen dieser feinen Kreise entstammen unsere Präsidenten und Minister; die in der Staatskarosse anrollen, um die jährlich stattfindende Viehausstellung feierlich einzuweihen. Was kann man von einer solchen Oligarchie mit ihrer Vetternwirtschaft schon erwarten, wo eine Hand immer die andere wäscht?«

So Norma, die keine Gelegenheit versäumte, um auf die Verbrechen der Gesellschaft hinzuweisen. »Die Gesellschaft«, sagte sie, was sich bei ihr anhörte wie das dramatische »Fuenteovejuna«, das Lope de Vega den Bürgern der gleichnamigen Ortschaft in den Mund legte, als diese, vom Untersuchungsrichter nach dem Mörder des autoritären Stadtkommandanten befragt, im Chor »Fuenteovejuna, señor!« skandierten, um die Solidarität zum Ausdruck zu bringen, welche die gesamte Dorfgemeinschaft miteinander verband, um sich gegen die Willkür des Tyrannen aufzulehnen. Das klassische Drama gehörte zufällig zum Unterrichtsprogramm.

Ihre Schüler und Schülerinnen, führte sie dann aus, bildeten nunmehr die Hoffnung der Nation, dazu berufen, für die soziale Gerechtigkeit zu kämpfen. Den Nachsatz: »unter Aufgebot eures Lebens, wenn es sein muss« verschwieg Adiana ihren Eltern, wie auch manches andere. Erst Jahre später stellte die Tante fest, es müsse damals gewesen sein, dass sich die Unglück bringenden, bisher latenten Keimzellen erstmalig regten. Eine Behauptung, die María Inés so lange von sich gab, bis sie selbst daran glaubte. Doch in Wirklichkeit hatte es vermutlich schon viel früher angefangen mit der Tragödie. Wollte man der Erkenntnis Dr. Fred Adlers vertrauen, so ist das Schicksal der Sterblichen nicht etwa in den Sternen festgeschrieben, wie dies unsere Vorfahren einst glaubten, sondern ist in unseren Genen verankert.

Der typisch deutsche Wissenschaftsaberglaube eines weltfremden Professors – eine Geisteshaltung, die so viel Unheil angerichtet hatte? Mag sein. Doch wie dem auch sei: Die Tatsache bleibt bestehen, dass sich nicht nur Adriana, sondern viele ihrer Mitschüler und -schülerinnen als Ton in des Töpfers Hand erwiesen und sich von den Schalmeitönen ihrer Lehrerin verführen ließen. Nicht selten bis hinein in den Abgrund.

25

Der Onkel Jerónimo, der letzthin an Leibesumfang zugenommen hatte – wie er versicherte, einzig und allein, weil er den dringenden Rat seines Arztes befolgte, das Rauchen einzustellen –, betätigte sich noch immer als Familienorakel. Das schien seinem durch intimes Altersversagen angeschlagenen Ego – die Folgen einer ansonsten erfolgreich verlaufenen Prostataoperation – gutzutun.

Die Begeisterung Adrianas für jene Norma erweckten sein Misstrauen. Instinktiv erkannte er die unbestimmte Gefahr, die von dieser seltsamen Lehrerin ausging. Um die in seinen Augen trotz ihres Doktortitels naive Nichte María Inés und deren Töchterchen vor dieser Gefahr zu bewahren, unternahm er daher Nachforschungen auf eigene Rechnung. Für was hatte er schließlich noch immer überall seine Informanten sitzen? Das Ergebnis dieser Recherche erwies sich als alles andere als beruhigend.

Norma war Anfang der Vierzigerjahre in einer im Süden von Buenos Aires gelegenen Vorstadt zur Welt gekommen und dort aufgewachsen. Ihr Vater arbeitete als Klempner. Die Nachbarn sagten ihm anarchistische Machenschaften nach, allerdings ohne ihm Konkretes nachweisen zu können. Es sei denn, man nimmt seine Stammtischreden für bare Münze. Seine Frau war eine gläubige Katholikin. Die Ehe galt als ausgesprochen schlecht; der Mann verschwand manchmal für Tage und Wochen, die Mutter sah man oftmals mit verweinten Augen herumlaufen. »Kein Wunder: Anarchismus und Religion, da haben wir einen verdammt gefährlichen Cocktail. Der kann eine stärkere Wirkung entfalten als die Molotow-Cocktails, wie sie solche Leute basteln«, so der Kommentar des mit allen Wassern gewaschenen Jerónimos. Der weitere Lebensweg Normas sollte ihm recht geben.

Mit Erfolg besteht sie zunächst das Lehrer-Examen, was ihr die Ausübung eines geachteten, wenn auch miserabel bezahlten Berufs gestattet. Womit ihr die typische Laufbahn eines strebsamen Mädchens aus kleinen Verhältnissen offensteht, das sich, ohne mit dem finanziellen Beistand der Eltern rechnen zu können, auf der sozialen Leiter emporrangeln will. Sie aber strebt nach höheren Zielen und schreibt sich in der Universität ein. Dass sie es sich nach zwei Semestern Medizin anders überlegt und zur Soziologie wechselt, fand Jerónimo in Ordnung. Eine derartige Wetterwendigkeit sei der heutigen Jugend nun einmal eigen. Und dass sie gleichzeitig als Sekretärin in einem Kindergarten arbeitet, um über die Runden zu kommen, hielt er für lobenswert. Bis dahin also hörte sich das in Erfahrung Gebrachte durchaus befriedigend an, wenn man einmal von der explosiven Mixtur absehen will, die von den Eltern Normas eingebracht wurde – was freilich nichts weiter war als eine Hypothese Jerónimos. »Abgesehen davon gehört der Anarchismus längst der Vergangenheit an und lockt keinen Hund mehr hinterm Ofen hervor«, lacht er lauthals, ohne zu ahnen, wie sehr er die Wirkung der von dieser ungewöhnlichen Lehrerin ausgehende Ausstrahlung unterschätzt.

Denn der Knick in der Lebensgeschichte der jungen Frau bleibt ihm in seiner selbstgerechten Überheblichkeit verschlossen. Der ereignet sich, als Norma den Kontakt zu den

Priestern und Exseminaristen der Dritten Welt aufnimmt, die, beseelt von wahrer Nächstenliebe, in den Notstandssiedlungen die Lehren Jesus befolgen, indem sie deren von der Gesellschaft geächtete Bewohnern seelischen Beistand leisten, Volksküchen einrichten, Berufsschulen, Fußballclubs ins Leben rufen. Aktivitäten, die von den Behörden (es begann unter der Diktatur Onganías) zunächst mit Argwohn beobachtet und wenig später energisch bekämpft werden. In diese Epoche der Entwicklung Normas fallen zwei aufeinanderfolgende Reisen nach Kuba. Dort war inzwischen Fidel Castro, der – wie seine Gegner verbreiten, um ihn zu verunglimpfen – illegitime Sohn eines steinreichen Zuckerrohrpflanzers, zum Bürgerschreck und zum Vorbild vieler Jugendlicher des Kontinents aufgestiegen. Sie wird indoktriniert und zur Guerillera ausgebildet. Kurz darauf geht sie die Ehe mit einem prominenten Mitglied der Kommunistischen Jugendvereinigung Argentiniens ein, die jedoch nicht lange hält. Denn sie verliebt sich in einen Genossen, der einer revolutionären Bewegung vorsteht – einer linken Fraktion der verbotenen peronistischen Partei. Die nennt sich »Montoneros«, in Anlehnung an den Namen einer aufsässigen Gaucho-Verbindung aus dem neunzehnten Jahrhundert. Die setzen sich unter anderem für die Wiederkehr des im spanischen Exil lebenden Exdiktators ein – ein Ziel, das sie mit aufsehenerregenden Attentaten zu erreichen suchen. Beiden – dem Genossen sowohl wie der peronistischen Verbindung – schließt sie sich mit rückhaltloser Begeisterung an. Mehrere der von Jerónimo vernommenen Zeugen bestätigten die Leidenschaft, mit der sie sich sowohl ihren wechselnden Idealen wie auch ihrem jeweiligen Bettgefährten hingibt. »Eine lodernde Fackel«, lautete das Urteil, »die Brand stiftet, wo immer sie auftritt.«

Was sowohl Jerónimo wie den Eltern Adrianas weitgehend verborgen bleibt, ist die Aktivität, die Norma im Klassenraum entfaltet. Nur ihren Bruder Facundo weiht Adriana ein. Der himmelt seine Schwester an, zu der er sich flüchtet, wenn man ihn in der Schule wegen seines Sprachfehlers verspottet. Er stottert nämlich. Nicht sehr stark. Nicht immer. Insbesondere aber dann, wenn er nervös wird. Eine Kollegin seiner Mutter versucht seit Längerem, diesem Problem durch psychologische Behandlung beizukommen. Bislang erfolglos. Von der okkulten Aggression, die sich angeblich hinter dem Gestotter verberge, will der Junge nichts wissen. Dass ihm die Psychoanalytikerin mit einer solchen Eröffnung gekommen war, hielt María Inés für einer regelrechten Kunstfehler, den sie der Therapeutin übel nahm. Ihr Beruf ließ ihr leider keine Zeit, um sich um einen Abbruch der Therapie zu kümmern.

26

Was aber verheimlichen die Kinder vor den Erwachsenen? Die Parolen etwa, mit denen sie die Hauswände nächtens besprühen. »Perón kehrt zurück!« »Evita montonera!« Oder das V von Viktoria, mit einem P im Vektor dieses Konsonaten: das P für Perón, dessen Diktatur sie nicht am eigenen Leib kennengelernt hatten. Riskante Kinderstreiche; wer dabei erwischt wird, läuft Gefahr, von den Streitkräften auf Nimmerwiedersehen erfasst zu werden. Denn für die Militärs stellen die Sprühdosen in den Händen Halbwüchsiger Waffen dar, denen nur mit martialischer Härte beizukommen ist.

Auch andere Dinge gelangten weder zur Kenntnis des übergewichtigen Onkels noch zu der von dessen Nichte María Inés. Die Angewohnheit der inzwischen zum Status einer festen Anstellung gelangten Lehrerin etwa, stets ein Bündel Zeitungsausschnitte mit sich zu führen. Das zieht sie bei passender Gelegenheit aus ihrer Umhängetasche, um einen der Artikel zu verlesen, versehen mit ihren Kommentaren. Meist sind es Polizeinachrichten, die Norma mit großer Einfühlungsgabe auszuschmücken pflegt.

So etwa die Sage des blonden Engelchens, die Adriana kurz vor ihrem Verschwinden aus dem Elternhaus an ihren Bruder weitergab.

Cacho wurde er genannt, Cachito. Sein wahrer Name erschien nicht in der Chronik. »Das blonde Engelchen ist ein jeder von euch«, erklärte Norma. Ein schmächtiges Engelchen also, mit großen dunklen Augen, aufgewachsen in einem der Elendsviertel der Stadt, die von den besseren Leuten gemieden werden. Aus berechtigter Angst vor Überfällen, das ist nicht zu leugnen. Von wem der Kleine das blonde Haar und die weiße Haut hat, ist nicht bekannt. Bestimmt nicht von der dunkelhäutigen Mutter. Als die Industrie Argentiniens erstarkte, war diese mit dem Heer der ungelernten Arbeiter aus dem Landesinnern in die Stadt gelangt, wo sie sich eine bessere Zukunft erhoffte. Da diese ausblieb, ging sie im Lumpenproletariat auf, wurde fett, bekam mehrere Kinder und fristete ihr wurzelloses Leben in einem der damals entstandenen Notstandsviertel. Sie lässt ihr Engelchen fühlen, dass es unerwünscht sei. Früh lernt der Kleine den Hunger kennen und die Schliche, wie man diesen mit erbettelten oder geklauten Nahrungsmitteln stillt. Oder mit dem Dunst gewisser Klebemittel, den man einatmen muss. Das Geschnüffel hilft über das Hungergefühl hinweg und lässt ihn die Schmerzen vergessen, die ihm die Prügel der oftmals nach Fusel stinkenden Liebhaber seiner Mutter verursachen. Bankert, dreckiges, geh mir aus dem Weg! Nachts drängt er sich eng an Lita, sein Schwesterchen, mit dem er ein Stück altbackenes Brot oder einen halb verfaulten Apfel teilt, das Geschenk einer mitleidigen Seele. Bis das unterernährte Mädelchen erkrankt; sieben Jahre ist es alt; niemand kommt auf den Gedanken, die kleine Patientin in ein Spital zu schaffen. Zwei Tage wird sie von Fieberfantasien heimgesucht, bevor sie ihren Bruder für immer verlässt. In einem kleinen, von der Regierung in solchen Fällen kostenlos zur Verfügung gestellten Armeleutesarg schafft man Lita fort.

Ein paar Tage lang irrt Cachito greinend in den engen Straßen der Elendssiedlung umher, der Rotz rinnt ihm aus der Nase. Der Bauch tut ihm weh. Vor Hunger. Übernachtet auf dem Gitter eines Luftschachts der Untergrundbahn, um nicht zu frieren. Dann wird er von einer Kinderbande aufgenommen. Er ist der Jüngste und muss viel lernen. Wie man Drogen einnimmt zum Beispiel. Und wie man sich den Stoff beschafft. Wie man sich der sexuellen Übergriffe der Großen erwehrt, was nicht immer gelingt. Wie man den Anführern gehorcht, wenn die befehlen, Steine auf einen vorbeifahrenden Omnibus zu werfen, den Lack eines Luxusautos zu zerkratzen oder blitzschnell einen Ladendiebstahl durchzuführen. Er stellt sich geschickt an, der kleine Unschuldsengel mit den großen, dunkel schimmernden Augen. Das ihm bei solchen Gelegenheiten gespendete Lob tut ihm gut.

Seiner Mutter zeigt er sich nie mehr. Sie scheint ihn nicht zu vermissen. Eine Schule besucht er nicht. Zweimal wird er gefasst und in ein Asyl gesteckt, wo ihn die vom Staat bestallten Pädagogen streng behandeln. ›Streng, aber gerecht‹, wie sie sagen. Das bedeutet Essensentzug und Schläge. Damit er Disziplin kennenlerne und zu einem nützlichen Mitglied der Gesellschaft heranwachse. Beide Male gelingt ihm die Flucht, um sich der strengen, aber gerechten Behandlung zu entziehen und zu seiner Bande zurückzukehren.

Mit zwölf gestatten ihm die Großen das Hantieren mit den Schusswaffen, die man auf dem Schwarzmarkt mieten kann. Mit dreizehn ist er in seine erste Schießerei verwickelt und tötet sein erstes Opfer. Ist ganz einfach; man zielt, drückt ab, ›pum!‹, jemand, irgendjemand, fällt um, zappelt noch ein wenig auf dem Boden, bis er sich nicht mehr rührt und sich eine Blutlache bildet. Das Leben ist nichts wert. Weder das seine noch das seiner Nächsten. Eine Zeit lang geht es gut. Er ist ja minderjährig, da kann ihm das Gericht nicht viel anhaben, erklären ihm die Älteren. Die Rädelsführer, die sich seiner Minderjährigkeit bedienen. Seiner Unschuld, der Unschuld eines blonden Todesengelchens.

Bis er kurz vor Vollendung seines fünfzehnten Lebensjahres von den Kugeln der Ordnungshüter getroffen wird. Schwer verletzt wird er ins Krankenhaus eingeliefert, wo er noch ein paar Stunden reglos, mit weit geöffneten Augen liegt, bevor er seine Seele aufgibt, die unschuldige Seele eines Mörders.

Der Polizist, der neben seinem Bett Wache hält, damit er nicht entwischen kann, der abgefeimte Verbrecher, berichtet später seinem Vorgesetzten, das sterbende Kind habe ein Gemurmel von sich gegeben; wie ›Lita‹ habe es sich angehört. Oder vielleicht auch ›Lilita‹. Der diensthabende Offizier zuckt mit den Schultern. ›Vermutlich eine seiner Komplizinnen‹, vermutet er, erleichtert, dass der Fall erledigt und das Dossier abgeschlossen ist. Angehörige, die den kleinen Leichnam hätten anfordern können, um ihm ein christliches Begräbnis angedeihen zu lassen, melden sich keine. Zum Verbrecher geboren, nicht wahr? Jetzt gibt es einen weniger auf der Welt.«

Es ist mäuschenstill, als Norma ihre Erzählung zu Ende gebracht hat und, von dieser angeregt, die Keime in den fünfundzwanzig ihr anvertrauten Jugendlichen aufgehen, diese giftige Saat.

»Vergesst es nie: Cachito, das blonde Engelchen, ist ein jeder von euch! Und alle habt ihr euch an seinem Mord beteiligt!«

Fuenteovejuna, Señor!

»Und kein Kind kommt als Dieb oder Mörder zur Welt. Merkt's euch! Die Gesellschaft ist es, die es zum Verbrecher macht.«

Dass niemand der Opfer jenes Engelchens gedachte – die von ihm ohne jegliche Gewissensbisse getöteten Söhne und Töchter friedlicher Bürger; die Familienväter und die von diesen hinterlassenen Witwen und Waisen; die Schulkinder, die in die Schusslinie gerieten –, zeigt, wie unwiderstehlich sich das von Norma ausgehende Charisma auf ihre Jünger auswirkte und deren Urteilskraft lähmte. Doch davon war nicht die Rede.

27

Eine Zeit lang verging kaum ein Tag, ohne dass im Hause der Adlers schier endlose Debatten geführt wurden. Die Tante erinnerte sich, wie Adriana des Öfteren Freunde und Freundinnen anschleppte, die sich alle eifrig an diesen Diskussionen beteiligten. Intelligente Halbwüchsige, denen das Wohl der Menschheit am Herzen lag. Was kam da nicht alles zur Sprache im Sog der politischen Unrast, unterbrochen gelegentlich von den Melodien der E-Gitarre, die der ein oder der andere der jungen Leute mit sich führte.

Mario ist einer dieser von der Tochter mitgebrachten Freunde. Aus dem Gitarrespiel macht er sich nichts; das zeigt er offen. Ein paar Jahr älter als Adriana und ihre Freunde, verfolgt er deren Gespräche mit arroganter Miene, bis er sich endlich dazu entschließt, das Wort zu ergreifen. »Sind alles Utopien, denen ihr da anhängt. Begreift ihr denn nicht, dass das Land von der Oligarchie beherrscht wird, gesteuert vom Internationalen Währungsfond und von der Weltbank, mit ihrem Neoliberalismus, der in Wirklichkeit nichts anderes ist als ein verkappter Neokolonialismus, durch den die Armen Lateinamerikas noch ärmer werden, die Reichen noch reicher?« Er bricht in ein überhebliches Gelächter aus, was ihn nicht sympathischer macht. »Guckt euch doch unsere Politiker an! Alle dienen sie den Interessen der herrschenden Klasse, die als Gegenleistung die Augen vor derer Korruption schließt. Fast alle haben es nur darauf abgesehen, sich zu bereichern. Um diesem Zustand ein Ende zu bereiten, nützen keine schönen Worte, sondern nur der bewaffnete Widerstand des ganzen Volks.«

Rodolfo Hernández darauf von oben herab: »Mit Attentaten wollt ihr die Gerechtigkeit auf Erden herbeibomben, die soziale?«

Adriana verteidigt ihren Freund; wie ein automatischer Anrufbeantworter hört sie sich an:

»Die Gewalt von oben erzeugt Gewalt von unten. Die kapitalistische Gesellschaftsordnung muss zerstört werden, damit auf ihren Trümmern eine gerechtere Weltordnung entstehen kann und die Parasiten verschwinden, die alle Produktionsmittel monopolisieren und vom Schweiß der arbeitenden Klasse leben.«

Die Intervention Dr. Fred Adlers überrascht alle. Niemand hatte sie erwartet. Denn abgesehen vom notorisch gespannten Verhältnis, das zwischen ihm und seinen Kindern herrscht, verhält er sich in Gesellschaft üblicherweise wie geistesabwesend. »Der zerstreute Professor, wie er im Buch steht«, heißt es von ihm, »der nur dann aufwacht, wenn von seinen Briefmarken oder von seinen Fruchtfliegen die Rede ist, von den Drosofila.« »Er behandelt uns wie Luft«, beklagt sich Adriana, wenn es über sie kommt. »Manchmal frage ich mich, ob ich überhaupt einen Vater habe.«

Mit dem Akzent, den er seiner im Berlin der frühen Dreißigerjahre verbrachten Kindheit verdankt und den er sein Leben lang nicht verlieren sollte, richtet er unversehens das Wort an seine Tochter: »Ich würde lieber auf ein Anheben des allgemeinen Bildungsniveaus setzen. Eine aufgeklärte Wählerschaft ist der Garant für eine echte Demokratie; die lässt sich nicht mehr vom erstbesten Demagogen verführen.«

Adriana mit entwaffnendem Lächeln, das alle, die sie kennen, so anziehend finden, doch hinter dem sich jetzt eine Dosis Sarkasmus verbirgt: »Wie in deinem ach so aufgeklärten Deutschland, Papa, dem Land der Dichter und der Denker, nicht wahr? Dem Dritten Reich, in dem die meisten Universitätsprofessoren dem übergeschnappten Adolf huldigten und hysterisch johlende Studenten die entarteten Bücher auf den Scheiterhaufen warfen. Hast's uns ja selber mehr als einmal erzählt.«

»›Entartet‹ nannte man die moderne Malerei, manchmal auch die Musik, nicht aber die Literatur«, belehrt Fredy seine Tochter, »und ›die meisten‹ waren's nun auch wieder nicht, die da umfielen.«

»Als wäre die Schulbildung alles!«, fuhr diese fort, ohne auf den Einwand ihres Vaters einzugehen. »Dabei müssen viele begabte Proletarierkinder auf den Besuch einer höheren Schule verzichten, nur weil ihre Eltern arm sind. Hast noch nie etwas vom Gerechtigkeitssinn und vom gesunden Menschenverstand der ›einfachen‹ Menschen gehört? Oder von den Verbrechen eines Doktor Mengeles? Der war nicht nur ein humanistisch gebildeter Mediziner, sondern obendrein sogar noch ein Doktor der Philosophie.«

»Doktor der Anthropologie«, berichtigt sie ihr Vater.

»Meinetwegen«, knurrt die Tochter. »Und außerdem spielte er Klavier.«

»Und beschäftigte sich während seines Aufenthalts in Buenos Aires mit illegalen Abtreibungen«, ergänzte ihr Vater und behielt somit das letzte Wort.

Aber Adriana hört ihm gar nicht mehr zu. Ihr gewinnendes Lächeln ist erloschen: eine vom Gesicht genommene Maske.

Ein junger Mann meldete sich mit der Frage zu Wort, warum man es sich denn nicht einfach mache, indem man sich darauf beschränke, die durch und durch demokratische Verfassung des Landes in die Praxis umzusetzen. Darin seien doch die gleichen Rechte für alle Bewohner garantiert, die Unabhängigkeit der Justiz ... Das ihm entgegengebrachte Schweigen schien ihm Erwiderung genug. Nie mehr wurde er in diesem Kreis gesehen.

Es war María Inés anzusehen, dass sie gern das Wort ergriffen hätte, wobei niemand hätte sagen können, ob zu Gunsten ihres Mannes oder ihrer Tochter. Doch nach einigem Zögern zog sie vor, die ihr durch den Kopf gehenden Erinnerungen lieber für sich zu behalten. Denn da sie genug Selbsterkenntnis aufbrachte, misstraute sie den wechselhaften Bildern, die ihr Gedächtnis manipulierten. Sie bildete sich ein, ihr Schwiegervater, der alte Dr. Max Adler, habe ausgerechnet auf ihrer Hochzeitsfeier seine Zweifel an der menschlichen Vernunft in Worte gekleidet: »Der Mensch als rationales Wesen ist nichts weiter als ein theoretisches Konstrukt. Wie der dimensionslose Punkt in der Geometrie, der, kaum zu Papier gebracht, die Eigenschaft der Dimensionslosigkeit verliert.« Sollte er wirklich eine derartige Meinung von sich gegeben haben, oder handelte es sich wieder einmal um eine der vielen Pseudoerinnerungen, die sich im Laufe der Jahre in ihrem Kopf eingenistet und die geschichtlich nachvollziehbare Vergangenheit verdrängt und somit erträglicher gestaltet hatten?

Als sie, verstrickt in die Welt ihrer Reminiszenzen, eines Tages dem Neffen von diesen im Nachhinein als unheimlich empfundenen Gesprächen in ihrem Haus erzählte, fiel ihr eine seltsame Episode ein, die sie unbedingt loswerden wollte. »Seltsam, dass mir diese Kerle, die Adriana da eines Tages mit ins Haus brachte, bislang ganz entfallen waren. Zwei schmächtige, ärmlich gekleidete Halbwüchsige, die gar nicht zu den versammelten Studenten passten, die da redeten und redeten. Nie erfuhr ich, wo sie meine Tochter aufgegabelt hatte. Die beiden musterten unsere Wohnung mit neugierigen Blicken. Gewiss lebten wir in ihren Augen in ungewöhnlichem Luxus. Viel kam nicht heraus aus ihnen. Als sie Adriana als die Bewohner einer der Notstandssiedlungen vorstellte, denen die Gesellschaft das Recht auf ein besseres Leben abspreche, grinsten sie verlegen. Mir aber kam es vor, als verkörperten diese Burschen das Elend einer breiten Volksschicht, der es an allem fehlt, während sich Adriana und ihre Freunde als deren Wortführer aufplusterten, ohne dass man sie dazu ermächtigt hätte. Die beiden waren nur ein einziges Mal bei uns aufgetaucht und ihr Besuch hatte ein unangenehmes Nachspiel. Als sie gegangen waren, stellte ich nämlich fest, dass mir zwei silberne Kaffeelöffel und eine kleine Tischuhr fehlten, Dinge, die noch dein Onkel Fredy in die Ehe eingebracht hatte. Der naheliegende, von mir geäußerte Verdacht stieß auf den wütenden Protest Adrianas. Typisch, schimpfte sie mich aus, immer beschuldigt man die Armen. So, als sei die Armut als solches ein Verbrechen oder eine Strafe Gottes. Ich ließ die Angelegenheit auf sich beruhen und erzähle sie dir eigentlich nur, weil ich an die jungen

Weltverbesserer denken musste, die von der wahren Welt, die sie verbessen wollten, nicht den Schimmer einer Ahnung hatten. Und so ging es ihnen denn auch.«

Dass es María Inés und Facundo damals vermieden hatten, in die Streitgespräche einzugreifen, die sich in ihrem Hause abspielten, hatte gute Gründe. Dieser, weil er jeden Satz seiner bewunderten Schwester in sich aufsog, als handle es sich um göttliche Offenbarungen; jene, obwohl sie ein paar Mal fast der Versuchung einer Wortergreifung erlegen wäre. Der sie aber doch widerstand, weil sie ihrem Gedächtnis misstraute und sie die Ahnung des Terrors beschlich, den die von ihrer Tochter und ihren Freunden vorgebrachten Argumente bargen. Ein Gefühl, das sie damals noch nicht in Worte hätte kleiden können und erst Jahrzehnte später im Gespräch mit dem Neffen auftauchen sollte. Blut erahnte sie hinter den Sätzen, die Adriana und ihresgleichen da von sich gaben. Ströme von Blut. Dabei musste sie an die Tischgespräche denken, die sie einst aufgeschnappt hatte, als sie jenen fatalen Sommer über auf einer Estancia der Familie Etchebarren Romero ihren Dienst verrichtete. Dort hatte sie zum ersten Mal die menschenverachtende Rücksichtslosigkeit erfahren, die von den Kreisen der Mächtigen ausgeht. Solche Leute – da musste sie diesem von sich eingenommenen Mario recht geben – würden ihre Privilegien nicht kampflos aufgeben. Nie im Leben! Und falls sie eines Tages der Gewalt weichen müssten – auch das erkannte sie in diesem Moment –, so würden sich die neuen Herren im Schlage eines Marios bestimmt genauso grausam aufführen, wie es die von ihnen verdrängte »Oligarchie« getan hatte, ganz gleich, welchem politischen Credo sie anhingen und was für von Freiheit, Gleichheit und Brüderlichkeit durchdrungene Absichtserklärungen sie auch von sich geben mochten. Die

Geschichte ist voller Beispiele solcher von den besten Vorsätzen gepflasterten Wege zur Hölle der Tyrannei. Solches gab sie Enrique zu bedenken, als sie ihm eines Tages über diese Unterhaltungen berichtete. »Unheimliche Unterhaltungen in unserem Haus«, sagte sie. Aber der Neffe wusste damals natürlich längst, dass die Tante zur Übertreibung neigte und ihrem Erinnerungsschatz zum einen gern durch später erworbene Erkenntnisse nachhalf und zum anderen aus dem Gehirn löschte, was zu große Schmerzen verursachte. Wie hätte es auch anders sein können, wo doch der Mensch nur einen Bruchteil dessen von sich gibt, was sein Denken und Fühlen, sein Bangen und Hoffen den Tag über bewegt?

Wie hätte er etwa erraten können, dass in der Jetztzeit der Vergangenheit die Gedanken der alten Frau von der Erinnerung an die auf der Estancia gemachten Erfahrungen abschweifen und sich ihrer damaligen Freundin Hebe Burgos zuwenden würden, die Anwältin geworden war, spezialisiert auf Arbeitsrecht? Die war ihrem Gesichtskreis entschwunden. Eigentlich schade! Dass sich Verräter aus seinen eigenen Reihen dazu hergegeben hatten, ihren Vater, einen geachteten, dem General nahestehenden Gewerkschaftsführer, hinterrücks abzuknallen, war damals durch sämtliche Zeitungen gegangen. Angeblich wollten abtrünnige Parteigänger ihrem Herrn und Meister eine Leiche vor die Füße werfen. Als Warnung. Wochenlang hatte sie sich mit der Absicht getragen, Hebe zu kondolieren. Aus Solidarität. Sie hatte ihr Vorhaben auf die lange Bank geschoben, bis es schließlich unausgeführt blieb.

Wie sich María Inés später erinnern sollte, war auch Antonio Miliani in Begleitung Teresitas gelegentlich erschienen. Kopfschüttelnd und stirnrunzelnd hatte er sich die Debatten angehört. Er war einer der wenigen, der bereits in Argentinien geborene Großeltern aufweisen konnte. Seiner Meinung nach, so der seiner Verlobten gegenüber geäußerte Kommentar, waren diese Dispute nichts weiter als ein Zirkus: die Schaumschlägereien junger und nicht mehr ganz so junger Gitarre spielender Leutchen, die sich einbildeten, sie hätten das Schießpulver erfunden. Offenbar hatten sie noch nie etwas vom klassischen Sozialismus gehört. Ihm hingegen war dessen Gedankengut nicht fremd. Das der im Jahre 1896 gegründeten sozialistischen Partei wohlgemerkt, die sich am Kampf gegen den eingebürgerten Wahlschwindel der herrschenden Klasse beteiligt und für die Rechte der unterdrückten Arbeiterschaft und die Gleichberechtigung der Frau eingesetzt hatte. Der man die Gründung von Konsumgenossenschaften verdankte und die sich für die Altersversicherung der Besitzlosen einsetzte. Im Jahre 1904 war der junge Anwalt Dr. Alfredo Palacios als der erste sozialistische Abgeordnete des Kontinents ins argentinische Parlament eingezogen. Im Laufe des nächsten halben Jahrhunderts wurde die Partei zwar durch mehrere Spaltungen geschwächt und blieb immer eine winzige Minderheit im Kongress, doch ihre Vertreter riefen sich der Öffentlichkeit in Erinnerung, indem sie eine ganze Reihe von Gesetzesentwürfe einbrachten, um die Arbeiterschaft vor der Ausbeutung zu schützen. Entwürfe allerdings, die sich nur selten in handfeste Gesetze verwandelten, weil sie von den traditionellen Großparteien boykottiert wurden, deren republikanische Instinkte sich stets als ausgesprochen unterentwickelt erwiesen.

Dass Antonio in dieser Hinsicht ausgezeichnet informiert war, verdankte er einer Jugendliebe, was er seiner ihn begleitenden Verlobten vorenthielt, auch wenn alle Spatzen Chivilcoys die Einzelheiten dieses einstigen Idylls von den Dächern der Stadt pfiffen. Denn bevor er Teresita Moreno in Buenos Aires kennengelernt hatte, war er mit Nélida »gegangen«, der jüngsten Tochter des Schreinermeister Ercilio Rico. Der war Teilhaber seines Vaters gewesen. Nach erfolgter Auszahlung seines Anteils hatte er sich vorzeitig zur Ruhe gesetzt, befasste sich mit dem Studium der Werke Friedrich Engels' in ihrer spanischen Übersetzung und züchtete Kampfhähne, die er, ausgerüstet mit stählernen Sporen, in den Ring schickte, wobei viel Geld verwettet wurde. Seiner Tochter war diese blutrünstige, eines Sozialisten unwürdige und überdies vom Gesetz untersagte Liebhaberei ein Dorn im Auge, eine Meinung, die ihr Vater ignorierte.

»Deutsche Emigranten waren an der Parteigründung beteiligt«, war der gut informierten Nélida noch eingefallen, »die von Bismarck, dem Eisernen Kanzler, verfolgt wurden, wie dein Verwandter Dr. Adler gewiss bestätigen kann.« (Der hätte es nicht gekonnt und so weit war es ja mit dieser Verwandtschaft nun auch nicht her.) »Denen verdankt man die Einführung der Mai-Feier in Argentinien. Von denen hättest auch du Dickschädel etwas lernen können.« Der Sarkasmus, mit dem sie ihn bei ihren Proselitismus-Bemühungen behandelte, reizten ihn auf die Dauer und bildeten wohl den letzten Anstoß, dessen es bedurfte, um ihn in die heiratswillig geöffneten Arme Teresitas zu treiben, die, der höheren Schule kaum entwachsen, darauf brannte, ihrem Elternhaus auf anständige Weise zu entrinnen – dem Haus des Steuerinspektors Reinaldo Moreno und Marta Teresas, seiner Frau, deren einziges Kind sie war. Eine Stellung, die man sie tagtäglich fühlen ließ, indem man jeden ihrer noch so zaghaften Ansätze der Bewegungsfreiheit im Keim erstickte.

Aber auch wenn dadurch die Hoffnungen der Schreinerstochter zunichte wurden, einen Erfolg konnte diese wenigstens verbuchen. Denn immerhin war es ihr gelungen, ihren Freund zum Nachdenken anzuregen. Dass er weiterhin aus

Familientradition den Radikalen anhing, steht auf einem anderen Blatt. Jedenfalls hatte sie es fertiggebracht, seinen politischen Horizont zu erweitern. Wohl oder übel musste sie sich mit diesem eher schwachen Trost abfinden. Nur wenige Monate nach der Hochzeit Antonios heiratete sie einen gut zehn Jahre älteren Schuldirektor, einen Witwer, der zwei Kinder in die Ehe einbrachte und sie – wie es in Chivilcoy hieß – auf Händen trug. Aber das ist schon eine andere Geschichte, die Enrique längst bekannt war, allerdings nicht aus den Eröffnungen seines Vaters, sondern aus dem Gezwitscher der einheimischen Dachspatzen, wenn man das Geschnatter der Klatschbasen solcherart umschreiben will.

Die Erkenntnis Antonios, es bedürfe nur einer winzigen Wendung, um eine politisch korrekte Linie in ihr populistisches Gegenteil zu verwandeln, gehört dagegen durchaus noch zu dieser Geschichte. Denn seine Freundin Nélida Rico war es gewesen, der er diese Einsicht verdankte. Sie hatte ihn darauf aufmerksam gemacht, dass sich Perón und seine charismatische Gattin Evita vieler der sozialistischen Postulate bemächtigten, um sie zu manipulieren. Von der Bevölkerung fast unbemerkt, schmiedeten sie diese in ein Instrument um, mit dessen Hilfe es ihnen gelang, das Volk zu lenken. Eine ganze Anzahl sozialistischer Gesetzesentwürfe, die unbeachtet in den Kongressarchiven verstaubten, wurden von Perón annektiert und, versehen mit dem Deckmantel zugkräftiger Schlagworte, als sein Verdienst und das seiner Gattin verkündet. Unter Berufung auf die von ihm ständig im Mund geführte, mit vaterländischen Tiraden gewürzte soziale Gerechtigkeit deklamierte er die Rechte der arbeitenden Klasse, der Landarbeiter und der Frau; setzte die Sechunddreißig-Stunden-Woche durch, machte sich für die

Einschränkung der Kinderarbeit stark und gab gut klingende Fünfjahrespläne bekannt. Mit diesen an und für sich löblichen Maßnahmen, die aber, da ohne inflationshemmende Absicherung durchgeführt und von einer unverantwortlichen Verschleuderung der Reserven begleitet, keine langfristige Lösung der sozialen Konflikte versprachen, gewann der Demagoge die Anhängerschaft der Massen. Dass er sich während seiner Regierungszeit schamlos bereichert hatte, nahmen ihm seine Parteigänger nicht übel, die ihm über seinen Tod hinaus die Treue bewahrten. Von ihrer Perspektive aus gesehen, völlig zu Recht, denn ihm und Evita verdankten sie die Verbesserung ihres Lebensstandards und die Steigerung ihres Selbstbewusstseins.

Eine Generationen lang anhaltende Treue, mit der die extrem linken Verbände ein Vierteljahrhundert später spekulierten, indem sie den verstorbenen alten Faschisten samt seiner machtbesessenen Frau in die Vorkämpfer eines den lateinamerikanischen Verhältnissen angepassten Marxismus umfunktionierten und Evita, die im Alter von nur dreiunddreißig Jahren an Krebs gestorben war, kurzerhand zu einer Montonera erklärten, die sich ihrem Volk aufgeopfert habe. Ein *Salto mortale*, dem, wie Antonio Miliani erkannte, ein Schuss grimmer Komik anhaftete. Denn er hatte die Erzählungen seines Großvaters nicht vergessen, der sich von der wochenlang anhaltenden Trauerfeier beeindruckt zeigte, die der Staat veranstaltet hatte, um die zur »geistigen Führerin der Nation« ernannte Eva zu Grabe zu tragen. Die Straßenlaternen hatte man mit Trauerflor umhüllt, der Staatssender strahlte tagelang nur Trauermusik aus und schier endlose Menschenschlangen hatten sich spontan gebildet – man sprach von drei Millionen –, die, oftmals weinend, einen letzten Blick auf den offenen Sarg werfen wollten. Vor allem Frauen befanden sich unter ihnen, dankbar dafür, dass sie ihnen das Wahlrecht verschafft hatte und die bürgerliche Gleichberechtigung. »Ob man will oder nicht: diese Frau bildet einen Angelpunkt in der Landesgeschichte; es gibt ein ›vor‹ und ein ›nach‹ Evita.« So pflegte Don Antonio seine Erinnerungen zu beenden. Wobei ihm anzusehen gewesen war, dass er zu denjenigen gehörte, die es eigentlich nicht wollten.

Für gewöhnlich wurden diese Diskussionen mit leidenschaftlich erhobener Stimme geführt. Dabei hätte ein Unbeteiligter den Eindruck gewinnen können, es gehe um die Zukunft der Nation, wenn nicht gar um die des ganzen Menschengeschlechts. Wäre ein solcher Unbeteiligter aber mit der Fähigkeit eines Gedankenlesers ausgestattet gewesen, so hätte er mit Erstaunen feststellen müssen, dass sich unter dieser Schicht politischer Streitgespräche (wie sie übrigens nicht nur bei Adlers, sondern damals in Zehntausenden argentinischer Heime geführt wurden) ganz andere, wesentlich trivialere Sorgen regten. Dass ein Miliani aus Chivilcoy an eine Verbesserung seiner Bienenkästen und an die Vermarktung seines Honigs denken musste, lag auf der Hand. Nicht ganz so naheliegend für einen Unbeteiligten waren die kaufmännischen Spekulationen, mit denen sich die beiden Hernández – Vater und Sohn – beschäftigten, hervogerufen durch die Importmöglichkeiten preiswerter Brillengestelle aus dem Fernen Osten, an denen sich mehr verdienen ließe als an der eigenständigen Fabrikation. Und womit sie zudem die Forderungen der aufmüpfigen Gewerkschafter loswürden, mit denen sie sich in ihrer Fabrik herumschlagen mussten. Dass es auf der anderen Seite viele junge Menschen gab, die keine Arbeit fanden und daher auf der Suche nach einem staatlichen Posten waren, mit dem sie den ohnehin aufgeblähten Beamtenapparat um einen weiteren Kostgänger vermehren würden –, derartige überlebenswichtige Probleme wurden in diesen Zirkeln zwar selten offen ausgesprochen, beschäftigten jedoch die Gedanken vieler der Jugendlichen. Denn – wie bereits an anderer Stelle erwähnt – das Leben ging weiter, unbeschadet der ideologischen Auseinandersetzungen, die das Land heimsuchten wie eine um sich greifende Epidemie.

28

Trotz Adrianas Drängen, betritt ihre Lehrerin Norma nie das Haus der Adlers. Den Informanten Don Jerónimos bleiben viele Einzelheiten des seltsamen Unterrichts verborgen, den sie ihren Schülern angedeihen lässt. Auch das Doppelleben dieser verwandlungsfähigen jungen Frau übersteigt seine Vorstellungskraft. Das spielt sich in einer Parallelwelt ab, in der sie sich lange Zeit hindurch unentdeckt bewegt. Wer käme auch schon auf die Idee, diese nette Lehrerin könne, ausgestattet mit einem nome de guerre, einer 9-mm-Pistole und einer blonden Perücke, gemeinsam mit ein paar Kampfgenossen aufsehenerregende Anschläge durchführen? Eine Montonera, die nicht davor zurückschreckt, sich an Überfällen auf Polizeikommissariate, Kasernen und ganzer Dörfer zu beteiligen!

Als der linksorientierte Steigbügelhalter Peróns Dr. Héctor Cámpora 1973 die Präsidentschaft des Landes übernimmt und als erste Amtshandlung die Amnestie der rechtmäßig inhaftierten Terroristen anordnet, noch bevor ihm der im Grunde dem Kommunismus in allen seinen Formen und Varianten abgeneigte General Einhalt gebieten kann, wittert Norma Morgenluft. Sie und ihre Gefährten lassen die Anonymität ihres zweiten Lebens hinter sich und bekennen sich öffentlich zu ihren Taten. Dabei erklären sie all denjenigen den Krieg, die ihrer Auffassung nach den Interessen ausländischer Imperialisten dienten.

Sie weiß sich dabei in bester Gesellschaft. Viele ihrer Anhänger, die nicht selten zur Elite der studierenden Jugend zählen, begleiten sie in diesem todes- und lebensverachtenden Windmühlenkampf, der an vielen Fronten ausgefochten wird. Auch Adriana Adler nimmt daran teil. Sie besucht nun die Universität, wo sie sich nicht nur dem Studium der Medizin widmet, um, wie sich María Inés einredet, in die mütterlichen Fußstapfen zu treten, sondern auch recht aktiv an den Studentenkrawallen teilnimmt. Außerdem beteiligt sie sich an den jährlich durchgeführten Kampagnen, die sie in den Norden des Landes führen, wo sie hilft, die Indianerkinder zu impfen und Lebensmittel unter der miserabel ernährten Bevölkerung zu verteilen. Eine Tätigkeit, bei der sie zum einen den gleichgesinnten Gefährten kennenlernt, in den sie sich verliebt, und mit der sie zum andern den Verdacht der Behörden auf sich lenkt, was sie, als sich das politische Blatt wieder wendet, ins Verderben reißen sollte.

Doch noch ist es nicht so weit.

Der nicht lang nach seiner Rückkehr aus dem spanischen Exil ins Jenseits abgerufene Perón hinterlässt chaotische Zustände, der die zur Präsidentin aufgestiegenen Witwe des Diktators in keiner Weise gewachsen ist. Die von ihren Beratern organisierten Polizeibrigaden machen Jagd auf alle der Subversion Verdächtigten. Ihre gefürchteten blauen Ford Falcons sausen durch die Stadt. Wehe dem, der sich ohne Personalausweis auf die Straße wagt! Die brenzlige Lage drängt die Montoneros erneut in den Untergrund. Einige ihrer Kommandanten setzen sich sogar ins Ausland ab. Von dort aus verbreiten sie ihre Bulletins: »Wir rufen der

Regierung zu: entweder werden die Bedingungen des Sozialpakts abgeändert, alle politischen Häftlinge befreit und die Agenten des Imperialismus des Landes verwiesen, oder der Frieden wird nicht einkehren.« Den Worten folgen die Bomben. Was dazu führt, dass die Truppen wieder einmal die Kasernen verlassen, um die terroristischen Verbände rücksichtlos zu bekämpfen, was diese lautstark als eine Verletzung der Menschenrechte anprangern.

Die letzten Lebensjahre Normas stehen unter wechselhaften Zeichen. Die Forderung »Perón oder der Tod!« hatte ihren Sinn verloren. Schließlich war der Diktator zurückgekommen, hatte hier seine Seele ausgehaucht und war unter großem Aufwand bestattet worden. Man tauscht sie gegen den Wahlspruch »Das Vaterland oder der Tod!« aus. Evita wird ins Reich der Mystik verwiesen, indem man ihr den zugkräftigen Ausspuch unterstellt: »Ich werde sterben, aber ich komme zurück und werde zu Millionen.«

»Wäre Evita noch am Leben, so wäre sie eine Montonera«, diese nicht nachprüfbare Behauptung wird nächtens von den sich als Helden gebärenden Jugendlichen an die Hauswände gesprüht. Eine ältere Gruppe ihrer Anhänger strebt sogar ihre Heiligsprechung an – ein Begehren, das allerdings, so weit bekannt ist, unbeantwortet in den Archiven des Vatikan verschwindet.

Es konnte nicht ausbleiben, dass die unter der Gewaltherrschaft der Militärs steckbrieflich verfolgte Norma trotz all ihrer Verkleidungskünste eines Tages gefasst wurde. Sie brachte es noch fertig, sich bei ihrer Verhaftung die mitgeführte Zyankali-Kapsel zwischen die Lippen zu schieben, um durch einen raschen Tod den Verhören zu entgehen, mit denen man ihr Genossen belastende Hinweise hätte entreißen können. Doch den trainierten Spezialeinheiten gelang es, ihr die Kapsel gewaltsam aus dem Mund zu entfernen, bevor das Gift seine Wirkung entfalten konnte.

Als regelrechte Kriegstrophäe wurde sie in das Folterzentrum der Marineakademie eingeliefert, in der sich auch die Geburtenklinik befand, in der etliche schwangere Frauen ihrer Entbindung entgegensahen, ohne dem Gerücht Glauben zu schenken, dass man ihnen die Neugeborenen entwenden und sie, deren Mütter, ermorden würde. Augenzeugen beschrieben später, wie kameradschaftlich Norma in unbewachten Momenten diesen beistand, um deren Lebenswillen wach zu halten. Und wie übel ihr die Schergen mitspielten. Lippen und Schamteile wurden in den sogenannten Foltersitzungen mit dem elektrischen Viehstachel bearbeitet, diesem von den über Leben und Tod entscheidenden Sadisten so beliebten Instrument. Mit zerschundenem Gesicht und Körper blieb sie standhaft, ohne auch nur einen einzigen ihrer Kameraden zu verraten. »Weder kollaboriere ich, noch ergebe ich mich«, murmelte sie mit Vorliebe – ein Wahlspruch, den ihre Mithäftlinge von Mund zu Mund weitergaben und der ihnen Mut einflößte. Dabei ging es den Folterknechten längst nicht mehr um das Erpressen von Geständnissen, die von einer seit Monaten von der Außenwelt isolierten Gefangenen ohnehin nicht zu erwarten gewesen wären, sondern nur noch um die Befriedigung ihrer pathologischen Neigungen, die sie vor den Augen einer gesitteten, dem Gesetz unterworfenen Gesellschaft normalerweise verbergen müssen.

Nach ihrem Tod tauchte das Gerücht auf, sie habe sich während der letzten Monate ihres Daseins in die Mystik der katholischen Religion geflüchtet. Dass sie längere Zeit Haft und Folter überlebte, verdankte sie allerdings einer Finte, die nichts Christliches an sich hatte. Sie legte nämlich Tarot, aus deren Karten sie ihren Schergen die Zukunft las. Eine schicksalhafte Verstrickung zwischen Tätern und Opfer, wenn man es so sehen will. Da jene, abergläubisch, wie solche Menschen oftmals sind, begierig auf die Wahrsagungen der in ihren Händen befindlichen Norma waren, gelang es ihr, die Vollstreckung des über ihr schwebeneden Todesurteils immer wieder herauszuziehen. Eine Scheherazade des zwanzigsten Jahrhunderts! Wenn auch nicht gerade tausendundeine Nacht, verging doch ein gutes Jahr, bis sie endlich eines Tages gefesselt von einem Marineflugzeug aus über dem Río de la Plata abgeworfen wurde. Wie man wissen wollte, gnädig betäubt durch eine Pentotalspritze. Ihre Leiche wurde nie gefunden.

Manchmal wurden die von Überlebenden weitergegebenen Berichte von altklugen Redensarten begleitet, die sich anhörten wie etwa das Sprichwort »Wer Wind sät, erntet Sturm.« Auch fanden sich Abtrünnige, die zugaben, dass Norma alles andere gewesen sei als ein Unschuldsengel, selbst wenn ihre Untaten einem höheren Zweck geweiht waren und sie einen ordentlichen Prozess verdient hätte. Vor allem diejenigen ihrer einstigen Gefährten drückten sich so distanziert aus, die – wie sie von sich behaupteten – ihre Jugendsünden hinter sich gebracht und ins bürgerliche Leben zurückgefunden hatten. Die Mehrzahl der Reumütigen allerdings zog es vor, sich sämtlicher Kommentare zu enthalten.

VIII Die giftigen Früchte

29

Enrique hatte seinen Posten angetreten und wohnte wieder bei Onkel und Tante. Wohl fühlte er sich weder im Laboratorium für forensische Genetik, wo er sich den Intrigen seiner Kollegen ausgesetzt sah, die in ihm den Konkurrenten witterten, noch im Adler'schen Haus mit der geronnenen Zeit. Darüber hinaus wirkte die Landesgeschichte, die alle paar Jahre in eine neue Krise mündete, weiter im Heimgekehrten, selbst wenn sie ihm nicht ständig gewärtig war.

Und nicht nur in ihm wirkte sie, dessen war er sich bewusst. Wie sollte sie auch nicht, wo sie doch gleichzeitig das Schicksal eines jeden Bürgers bestimmte? Aus den Erinnerungen der Tante sprach sie zu ihm, aus dem Getuschel der Kollegen, aus den Unterhaltungen mit den Bekannten in Chivilcoy nicht weniger, wie aus dem Foto auf der Kredenz im Hause der Adlers – dem von verwelkten Blumen umgebenen Doppelporträt zweier sympathischer Kinder. Ein einäugiger Teddybär entpuppte sich als stummer Zeuge, eine pensionierte Lehrerin als beredte Anklägerin. Eine fantastische Geschichte, gewiss, deren Wurzeln tief in der Vergangenheit verankert sind. Die viel Zeit des Chronisten in Anspruch nehmen. Der sich lieber dem Schicksal seiner Gestalten gewidmet hätte und dem der anständigen, wenn auch schweigenden Mehrheit, die als normal zu betrachten er geneigt ist – lieber, als sich mit der Geschichte abzugeben, deren aller Logik barer chaotischer Verlauf schon ein halbes Jahrhundert zuvor Gegenstand einer resignierten Betrachtung des alten Dr. Max Adler gewesen war. Damals, auf der

Hochzeitsfeier seines Sohnes mit einer kleinen Ärztin namens María (»oder hieß sie María Inés?«), im Schatten einer der vielen Revolutionen, die das Land heimgesucht hatten.

Ein Geschichtsverlauf – das muss noch gesagt werden –, dessen Richtung von machtbesessenen Demagogen vorgegeben wird. Von einer winzigen Gruppe von Männern und Frauen, denen es immer wieder gelingt, durch mit Staatsmitteln finanzierte Manipulationen die pseudodemokratischen Wahlen zu gewinnen. Personen, die über das Wohl und Wehe ihrer Mitmenschen verfügen. Die sie in Kriege stürzen. Die sie um ihre Ersparnisse betrügen. Die es fertigbringen, größenwahnsinnige Projekte von den Jasagern des Parlaments genehmigt zu bekommen, schillernde Seifenblasen – die vom Antiperonisten Alfonsín geplante Verlagerung der Bundeshauptstadt in den Süden des Landes etwa, die vom Peronisten Menem angestrebte Errichtung einer künstlichen Airport-Insel inmitten des Río de la Plata oder der vom vorgeblich peronistischen Ehepaar Kirchner propagierte millionenschwere Bau einer achthundert Kilometer langen Hochgeschwindigkeitsbahn ohne vernünftige Infrastruktur. All dies in einem Staat, in dem die Mittel fehlen, um die öffentlichen Dienste aufrechtzuhalten und die Armut wirksam zu bekämpfen.

»Der berühmte magische Realismus Südamerikas«, kommentierte Enrique.

»Ein kollektiver Wahnsinn, der auch meine Kinder ergriff«, ergänzte die Tante, bevor ihr einfiel, dass die weitaus meisten Einwohner des Landes ein goldenes Herz besaßen und sich hilfsbereit zeigten, wie sie täglich in ihrem Krankenhaus feststellen konnte. Was sie allerdings nicht vor dieser als Normalität kaschierten Demenz bewahrte, die sich als so ansteckend erwies.

Die ersten Guerillakämpfer, die sogenannten Uturuncos, traten im Jahre 1959 in Erscheinung, als in Argentinien der unter Ausschluss der Partei Peróns zwar, ansonsten aber demokratisch gewählte Dr. Arturo Frondizi die Präsidentschaft innehatte. Er hatte einen Geheimpakt mit dem General ausgehandelt, um die Stimmen von dessen Anhänger zu erhalten. Dass er sein Versprechen nicht einhielt, lag nicht an ihm, sondern an der Tatsache, dass ihm sowohl die peronistischen Gewerkschaften mit ihren Streiks wie die ihm scharf auf die Finger sehenden Militärs das Leben sauer und das Regieren unmöglich machten. Historiker haben errechnet, dass ihm die strammen Offiziere während seiner Regierungszeit nicht weniger als sechsunddreißig Besuche abgestattet hatten, um ihm ultimative Forderungen zu unterbreiten, bevor sie ihn schließlich 1962 aus dem Amt katapultierten und auf Martín García, einer Insel im Río de la Plata, festsetzten. Dort durfte er sich die patriotischen Proklamationen der Militärs im Radio anhören und man gestattete ihm sogar großzügigerweise die Lektüre der mitgebrachten Bücher. Im Nachhinein nannten ihn seine Feinde von links und von rechts einen Verräter. In vielen Kreisen hingegen hieß es, er sei einer der wenigen staatsmännisch denkenden Politiker Argentiniens des zwanzigsten Jahrhunderts gewesen. Schade nur, dass dies niemand rechtzeitig erkannt hatte und dass ihm niemand zur Seite gestanden hatte, als sich dies als notwendig erwies.

Nach kurzem Interregnum wurde als Nächster der Landarzt Dr. Arturo Umberto Illia zum Präsidenten gewählt, auch er unter Ausschluss der peronistischen Partei. Dem fiel nichts Besseres ein, als unmittelbar nach seinem Amtsantritt die von seinem Vorgänger ausgehandelten Erdöl-Verträge zu annullieren, mit der Begründung, die Bodenschätze seien Eigentum der Nation. Mit dieser willkürlichen Maßnahme schreckte er die ausländischen Investoren ab und stellte die

Energieversorgung des Landes infrage. Auch dieser ansonsten friedfertige Zivilist musste vor Beendigung seiner Amtszeit einem Militärstreich weichen. Als er sich den Putschisten mutig entgegenstellte und sie des Verfassungsbruchs bezichtigte, schoben ihn diese achtlos beiseite. Gewalt geht vor Verfassung. Der schnauzbärtige Kavallerist Juan Carlos Onganía verkündete die »Argentinische Revolution« und sorgte für Zucht und Ordnung, indem er alle ihm unmoralisch scheinenden Opernvorstellungen und Theaterstücke verbot und die Zeitschriften der Zensur unterwarf.

Ausgerechnet während der Regierungszeit des durch und durch demokratischen, wenn auch mit den von den Streitkräften erzwungenen höchst zweifelhaften Spielregeln gewählten Zivilisten Dr. Illia war es gewesen, dass die ERP, das »Ejército Revolucionario del Pueblo«, durch ihre Attentate erstmalig von sich reden machte. Weitere Terrororganisationen tauchten auf: FAL, FAR und schließlich der zahlenmäßig stärkste dieser Verbände, die Montoneros. Die meisten verfolgten verschwommene, teilweise sogar widersprüchliche Ziele. Allen gemein war lediglich die gnadenlose Gewalt, mit der sie vorgingen, um diese Ziele zu erreichen. Als die Generäle zehn Jahre später dem alternden, aber noch immer trickreichen Perón zähneknirschend und auf Umwegen die Regierung überließen, die nach dessen Tod an seine Witwe Isabel überging, erreichte die Terrorwelle ihren Höhepunkt. Allein im September 1975 verzeichnete man alle neunzehn Stunden einen politisch motivierten Mord; im März 1976 geschah dies sogar alle fünf Stunden und alle drei kam es zu einem Bombenanschlag. Niemand war sich seines Lebens sicher – eine bürgerkriegsähnliche Lage, die das Heer zum erneuten Eingreifen veranlasste. Die Militärjunta verbot kurzerhand jegliche parteipolitische Betätigung und proklamierte einen »Prozess der nationalen Reorganisation«, der in erster Linie darin bestand, den Terror der Guerilla mit strategisch organisiertem Gegenterror und mit Verbrechen gegen die Menschlichkeit zu erwidern. Erst 1982, nach der voraussehbaren Niederlage im als Ablenkmanöver inszenierten Malvinen-Falkland-Krieg, zogen sie sich entmachtet in ihre Kasernen zurück. Auch hier eine Berechnung der Historiker: Während der Amtsperiode Dr. Illias wurden insgesamt vier Flaschen Whisky ins Regierungsgebäude geliefert, um dort gelegentlich Gäste zu bewirten. Die regierenden Generäle hingegen benötigten monatlich mehrere Kisten dieser Stimulanz, um ihren hehren Aufgaben gewachsen zu sein.

Seitdem lösen sich Zivilregierungen miteinander ab. Auf allen lasten noch immer das fluchbeladene Erbe Peróns und die Revanchegelüste der weiterhin zur Macht strebenden Montoneros. Allen gemein sind die Bemühungen, die Geschichte posthum umzulügen, um sie ihren jeweiligen politischen Zielen anzupassen.

30

Aber zurück zum Tag, als Enrique vom Besuch bei seinen Eltern nach Buenos Aires zurückkehrte, geleitet von der Erwartung, mit Nachrichten über den aufgespürten Enkel der Tante konfrontiert zu werden. Damals fand er diese in einer Stimmung vor, die ihm nicht geheuer dünkte. Anstatt ihm als Erstes zu erzählen, wie das Treffen mit ihrem Enkel, dem Sohn Adrianas, verlaufen war, bei dem er sie vor seiner Abfahrt nach Chivilcoy schlechten Gewissens alleine gelassen hatte, begann sie, kaum hatte sie ihn begrüßt, über »die Mörder meiner Kinder« herzuziehen. Dabei konnte er sich nicht des Eindrucks erwehren, die alte Frau wolle die sie verfolgenden Schuldgefühle auf diese Weise in eine sie weniger schmerzende Richtung lenken. Der Enkel? »Pablo ist noch nicht reif«, die ausweichende Erklärung, mit der sie den Neffen abspeiste, um anschließend ihrer Entrüstung über ein in der Zeitung veröffentlichtes Interview freien Lauf zu lassen, das der zu lebenslänglicher Haft verurteilte General Jorge Rafael Videla, eines der namhaftesten Mitglieder der verflossenen Diktatur, einem Journalisten gewährt hatte. Der damalige Präsident de facto verbreitete sich darin über den Plan, gewaltsam »die anarchistisch gewordene Gesellschaft zu disziplinieren und sie in ihre natürliche Bahnen zurückzuführen«.

Der spätgeborene Neffe war von der harten Hand verschont geblieben, mit der die Militärjunta das Land sieben Jahre lang im Griff gehalten hatte. Daher fiel es ihm schwer, die Ungeheuerlichkeit dieser Aussagen in ihrem ganzen Umfang zu ermessen. Doch immerhin verursachte sie ihm ein ungutes Gefühl in der Magengegend, wie man ein solches vielleicht empfindet, wenn man sich von einer Waffe bedroht sieht, der man wehrlos ausgesetzt ist.

»Nicht das geringste Anzeichen der Reue oder der Selbskritik!«, bemängelte die Tante, bevor sie sich anschickte, mit auf der Nase vorgerutschter Brille weitere Auszüge aus den Erklärungen des Exdiktators vorzulesen.

»Nehmen wir einmal an«, trug sie aus der Zeitung vor, indem sie mit dem rechten Zeigefinger die Textzeilen verfolgte, »es seien sieben- oder achttausend unverbesserliche Personen gewesen, die da sterben mussten, um den Krieg gegen die Subversion zu gewinnen.« Sie unterbrach sich erneut, um die Bezeichnung des Generals zu kommentieren: »›Unverbesserliche Personen‹, die man als lebensunwert einstufte! Stell dir vor: genau wie unter den Nazis.« Anschließend fuhr sie mit der Lesung fort: »Diverse zivile Stellen, die ihre damalige Haltung heute gerne unter den Tisch kehren und uns mit der Verantwortung alleine lassen, hatten uns Listen zukommen lassen. Wir konnten diese Leute aber nicht einfach erschießen. Dazu waren es viel zu viele. Der Justiz konnten wir sie auch nicht übergeben. Denn wir hatten nicht vergessen, wie die damals vom peronistischen Übergangspräsidenten Héctor Cámpora aus der Haft entlassenen Subversiven von ihren Anhängern als Helden gefeiert und umgehend rückfällig wurden. Es gab also keine andere Lösung für uns, als sie zu töten und ihre Leichen ins Meer oder in den Fluss zu werfen, an geheimen Stellen zu vergraben oder sie auf einem von Autoreifen errichteten Scheiterhaufen zu verbrennen. Wir waren uns darüber einig, dass dies der zu entrichtende Preis sei, um den Krieg zu gewinnen. Damit es zu keinen Protesten im In- und im Ausland käme, entschlossen wir uns, diese Leute verschwinden zu lassen. Die ›Vermissten‹! Niemand wusste genau, was mit ihnen geschehen war …

Wissen Sie: Ich bin ein gläubiger Mensch und habe nichts zu bereuen. Ich schlafe ruhig. Und auf die Frage, wo sich die Überreste der Vermissten befinden, auf die habe ich auch heute noch keine Antwort.«

María Inés ließ das Blatt sinken, aus dem sie ein wenig stockend vorgelesen hatte, und nahm ihre Brille ab. Betroffen bemerkte Enrique das Zittern ihrer Hände, das ihre Erregung verriet. »Er hat also einen ruhigen Schlaf … Bestimmt hat er sich persönlich weder an Folterungen noch an Morden beteiligt. Und trotzdem ist er der Mörder unserer Kinder. Einer der Mörder jedenfalls … Einen anderen ihrer Mörder empfing ich damals sogar nichtsahnend bei mir im Haus.«

Sie erhob sich leise ächzend und kam mit einem Buch zurück, das sie dem Neffen in die Hand drückte. »Eutopía«

von Dr. Mario E. Firmenich, mit einem Vorwort des Nobelpreisträgers Joseph Stieglitz. Ein Projekt, um den Neoliberalismus abzulösen, der versagt hatte. »›Anstatt von einer *U-topie* zu träumen, von einem Land also, das gar nicht existiert, müssen wir eine *Eu-topie* anstreben: das Land des Guten, das sich verwirklichen lässt.‹ So oder so ähnlich hatte sich dieser Mario schon damals ausgedrückt, als er sich an den Disputen beteiligte, mit denen er unseren Kindern den Kopf verdrehte.« Sie schwieg eine Weile. Beide hingen ihren Gedanken nach. Im Hintergrund war das Gemurmel der Selbstgespäche Fredys zu hören.

»Willst du die Geschichte dieses Mörders unseres Facundos kennenlernen? Auch er ein Täter, dem noch heute sämtliche Reuegefühle fremd sind.« Ohne die Antwort Enriques abzuwarten, lässt sie sich über diesen Mitbegründer der Montoneros aus, der das Abitur mit Goldmedaille bestanden und sich schon als Schüler politisch hervorgetan hatte. »Zunächst auf dem rechtsgerichteten nationalistischen Sektor, kurz darauf im Dunstkreis eines verschwommenen Marxismus, bis er sich einem – sagen wir – nationalistisch gefärbten Katholizismus verschreibt. Wenig später liebäugelt er mit der kubanischen Revolution und gibt sich schließlich als militanter Peronist aus. Der alte General, dem die von ihm gerufenen Geister langsam unheimlich wurden, rückt allerdings bald von ihm ab. Als Zweiundzwanzigjähriger beteiligt er sich, gemeinsam mit einer Lehrerin namens Norma am Mord des Ex-de-facto-Präsidenten General Aramburu – von den Komplizen detailliert beschrieben und kaltblütig als der Vollzug eines vom Volk gefällten Urteils bezeichnet. Seitdem lässt er eine blutige Spur hinter sich – Entführungen, Erpressung von Lösegeldern in vielfacher Millionenhöhe. Verbrechen, die er später mit dem Ausspruch zu rechtfertigen sucht: ›In einem Land, das einen Bürgerkrieg erlebt hat, haben alle blutbefleckte Hände.‹ Und: ›Ich brachte niemanden grundlos um.‹ Genau wie Videla, der ja auch nur die ›Unverbesserlichen‹ umbringen ließ. Gruselig! Halten sich für unfehlbar, für Götter, die über das Wohl und Wehe ihrer Mitmenschen entscheiden dürfen.

Als ihm der Boden unter den Füßen zu heiß wird, setzt er sich, dem Beispiel der Terroristen Abal Medinas und anderer seiner Kumpane folgend, ins sichere Ausland ab und überlässt seine Anhänger ihrem Schicksal. Von dort aus schickt er zwei Jahre später Hunderte dieser blutjungen Idealisten in den sicheren Tod, indem er sie zu einem ›Gegenangriff des Volkes‹ auf das Heer aufruft. Ein heller Wahnsinn! Unter denen, die diesem Befehl Folge leisteten, befand sich auch unser Facundo. Und daher sehe ich in diesem Verräter seinen Mörder, so attraktiv seine Bücher auch klingen mögen und egal, wie viele Nobelpreisträger sich zu Wort melden mochten, um es vorstellen. Ein Mörder, nicht weniger als es der General Videla war und alle seine Kameraden, die das Land ›disziplinieren‹ wollten. Was für eine mörderische Überheblichkeit!«

Nach Abtreten der Militärdiktatur wird Firmenich in Brasilien gefasst und den argentinischen Behörden ausgeliefert. Die verurteilen ihn zu dreißig Jahren Haft. Nach seiner vorzeitigen Begnadigung durch den der peronistischen Partei angehörigen Präsidenten Carlos Saúl Menem studiert er Wirtschaftswissenschaften, erwirbt in Barcelona 1999 den Doktortitel, heiratet, bekommt Kinder und lebt als geachteter Professor in Spanien. »Lebt lustig weiter, und meine armen Kinder sind tot. Vor Kurzem kam sogar der Verdacht auf, er habe auf zwei Schultern Wasser getragen. Indem er während der Militärdiktatur in Paris Geheimverhandlungen mit dem Admiral Massera führte.«

»Massera?«, fragte Enrique.

»Der gehörte damals der Militärjunta an«, erläuterte María Inés, »beabsichtigte aber im Alleingang, ›nur‹ die Präsidentschaft an sich zu reißen. Dafür wollte er, wie man wissen will, die Hilfe der Montoneros in Anspruch nehmen. Um deren Unterstützung zu gewinnen, sei er damals in Paris mit dem sauberen Herrn Firmenich zusammengekommen.«

»Eine feine Gesellschaft«, entfuhr es dem Neffen. Dann fiel ihm ein: »War es nicht jener Massera gewesen, der von sich behauptet hatte, er habe die drei Grundübel des zwanzigsten Jahrhunderts erkannt? Die Freud'sche Psychoanalyse, die Relativitätstheorie Einsteins und den Marxismus. Die hätten die Ordnung des christlichen Abendlandes auf den Kopf gestellt. So der Admiral.«

Dieser Massera zugeschriebene Ausspruch war der Tante neu. Enrique nannte ihn bezeichnend für einen lateinamerikanischen Politiker, der sich gegen alle neuen Erkenntnisse sträubt, die sein magisches Weltbild bedrohen könnten, das er mit infantilen Argumenten verteidige. Die Tante schwieg zu dieser Behauptung ihres Neffen. Erneut überkam den das Gefühl der Fremdheit, welches er bereits während seines Besuchs in Chivilcoy verspürt hatte. Es schien ihm, als habe der Aufenthalt in den Staaten seinen Blick geschärft, der ihm nunmehr gestattete, Abstand von den wirklichkeitsfremden Zuständen in seinem Vaterland zu gewinnen. Eine Erkenntnis, gegen die er sich innerlich wehrte, da sie ihm wie eine Fahnenflucht vorkam.

María Inés musste sich eingehend mit Mario Firmenich befasst haben, den sie nicht nur des Verrats an seinen eigenen Genossen, sondern auch der Beihilfe am Mord ihres Sohnes bezichtigte. Das ging aus einem Heft hervor, das sie aus einer Schublade zog, um es dem Neffen mit der Bemerkung zu reichen: »Da hast du den Giftschrank, dessen Inhalt meinen Kindern zum Verhängnis wurde.« Das Heft enthielt eine Sammlung der Perlen aus verschiedenen Interviews, die Firmenich im Laufe der Jahre gewährt hatte. Enrique überflog die eingeklebten Zeitungsausschnitte flüchtig:

»Das *Establishment* beabsichtigte nie, die Demokratisierung des Landes wirklich voranzutreiben, sondern wir erlebten eine systematische Verfolgung der nationalen Mehrheit, die ganz eindeutig rassistische Merkmale aufweist. Denn die Armen unseres Landes sind die ›schwarzen Köpfchen‹, die Dunkelfarbigen. Wir leben im Land des weißen Europäers, der es mit dem Ausland hält und der einer kolonialen Struktur, aber keinem nationalen Idealbild verhaftet ist.«

»Die Geschichte Argentiniens zeigt, dass die demokratischen Perioden nichts anderes darstellen als kurze Unterbrechungen der Herrschaft des Heeres, das ganz eindeutig eine eigene Partei bildet, die mit dem *Establishment* paktiert.«

»Dem Kampf der lateinamerikanischen Völker haftet etwas Donquijoteskes an, mit Figuren wie etwa dem Cid Campeón. Wir sind die Kinder dieser Geschichte. Wissen Sie, welches die letzten Worte Simón Bolívars waren? ›Ich habe das Meer gepflügt.‹ Das war seine enttäuschte Erkenntnis, die er mit in den Tod nahm. Und das ist eine Konstante im Kampf unserer Völker. Ein Idealismus, mit dem man ein Ziel verfolgt, das in der Praxis niemals erreicht wird.«

Tagelang versuchte Enrique vergebens, das Gespräch endlich auf den wiedergefundenen Enkel zu lenken. Er musste sich zuvor ein Loblied auf den Priester der Dritten Welt Carlos Mugica anhören. Nach der Evokation des Generals Videla und des Terroristen Firmenich klang die Erwähnung dieses Mitspielers im argentinischen Drama wie eine Botschaft der

Hoffnung. Dabei erfuhr Enrique zum ersten Mal, dass die Tante zu den wenigen Augenzeugen gehörte, die dem Mord an diesem Apostel der Gewaltlosigkeit beigewohnt hatten. Er war überrascht, dass sie ihm diese beeindruckende Episode bisher vorenthalten hatte. Aber so war es nun einmal; wer weiß, was sie ihm sonst noch verschwieg. Um diesen Priester kennenzulernen, von dem ihre Kinder schwärmten, habe sie, die sich im Allgemeinen die Religion vom Leibe hielt, an jenem fatalen Herbsttag im Jahre 1974 die Messe aufgesucht, die er in der Kirche San Francisco de Solana abgehalten hatte. Nach Beendigung des Gottesdienstes war es zu einer kurzen Unterhaltung gekommen, bei der sie die Sorge zur Sprache brachte, die ihr die Gewaltspirale bereitete, in die ihre Kinder geraten waren. Sie behauptete, sich noch genau der Worte Mugicas erinnern zu können, mit denen er ihre Besorgnis zu zerstreuen suchte. »Ich will mich um Ihre Kinder kümmern, Señora, denn ich glaube an das Wort des Propheten, man müsse die Waffen niederlegen und die Pflüge ergreifen.«

»Obwohl es auf der Welt eigentlich eher umgekehrt zugeht; da bemüht man sich nach Kräften, die Pflüge in Schwerter umzuschmieden. Aber wie dem auch sei: Wenige Minuten nach unserem Gespräch trat er auf die Straße, um sein Auto zu besteigen, einen kleinen blauen Renault. In diesem Moment näherte sich ihm ein schnurrbärtiger Kerl und feuerte aus seinem Maschinengewehr mehrere Garben auf ihn ab. Ich war vor Schreck gelähmt und sah gerade noch, wie man den Schwerverletzten abtransportierte. Er starb, wie ich später erfuhr, auf dem Weg zum Krankenhaus. Seine letzten Worte haben den Armen gegolten. ›Niemand wird mich daran hindern können‹, soll er gemurmelt haben, ›Jesus Christus und seiner Kirche zu dienen, indem ich mich für die Befreiung der Armen einsetze.‹ Wer hinter dem Mord stand, wurde nie einwandfrei festgestellt. Die einen behaupten, die

Todesschwadronen der ›Antikommunistischen Allianz‹ des sinistren López Rega seien es gewesen; die anderen gaben einer fundamentalistischen Fraktion der Montoneros die Schuld, die sich an der vom Pater Mugica gepredigten Gewaltlosigkeit stießen.« Und da sie nicht von ihrer Angewohnheit lassen konnte, zum Geschichtsverständnis ihres Neffen beizutragen, vermutlich weil er in ihrem Seelenhaushalt die Stelle ihrer eigenen Kinder einnahm, machte sie ihn in diesem Zusammenhang auf die paradoxe Tatsache aufmerksam, dass oftmals gerade diejenigen der Gewalt zum Opfer fallen, die sich um den Frieden auf Erden bemühten. Die Markensammlung des Onkels enthalte eine ganze Anzahl solcher Beispiele.

Endlich brachte Enrique seine Frage nach dem Enkel an, doch María Inés stellte sich taub – dass ihr Gehör in letzter Zeit gelitten hatte, sei zu ihren Gunsten eingeräumt – und konnte noch immer nicht von diesem Armeleutepriester lassen, der sich durch seine aufrechte Haltung so viele Freunde und nicht wenig Feinde gemacht hatte. »Dabei entstammte er einer der ersten Familien des Landes; der Vater hatte unter Frondizi als Außenminister gedient; die Mutter war die Tochter eines reichen Estanciero; eine glänzende Karriere lag vor dem gut aussehenden Mann mit den blauen Augen. Aber nein. Einer solchen Versuchung widerstand er, um seinem Gewissen zu folgen. Sehr zum Ärger der Hautevolee und seines Erzbischofs. Bei allen eckte er an. Den Tag, an dem der wahrhaft gutmütige Dr. Illia die Präsidentschaft antrat, war für ihn ein Tag der Trauer gewesen und der Scham, weil dieser ›Radikale‹, der noch nicht einmal zwanzig Prozent der Wählerschaft hinter sich hatte, nichts weiter sei als eine Marionette der Militärs.«

Sie schaltete eine Verschnaufpause ein, aber noch bevor der Neffe zu Wort kommen konnte, um endlich Näheres über den noch nicht gereiften Enkel zu erfahren, fuhr sie fort: »Der erst mit neunundzwanzig Jahren ordinierte Priester nahm allmählich auch Gedankengut Peróns, des Ché Guevara und sogar Mao Zedongs in sich auf. Und weißt du: Viele der Montoneros, deren geistiger Beistand er gewesen war, gehörten sogar zu seinen intimen Freunden. Bis er Anfang der Siebzigerjahre Abstand von ihren Gewalttaten nahm. Ob es diese Abstandnahme gewesen war, die ihm das Leben gekostet hat, oder wer sonst die Schuld an diesem Mord trug, das werden wir nie erfahren. Jedenfalls haben ihn die Parteigänger der Dritten Welt zu ihrem Heiligen erklärt und ihm sogar einen Altar errichtet. Aber du weißt ja, wie die jeweils an der Macht befindlichen Politiker mit der Erinnerung an die toten Volkshelden umgehen, um sie sich *post mortem* dienstbar zu machen.«

Offenbar hatte es die Tante darauf angelegt, den Neffen zum Schweigen zu verurteilen. So jedenfalls empfand es der, dem das Schicksal des wiedergefundenen Enkels, dieser einzigen Hinterlassenschaft Adrianas, am Herzen lag. Aber bevor er erneut nachfassen konnte, fuhr María Inés hastig fort, auf die offenbar idealisierte Gestalt dieses Priesters einzugehen, der die Lehren Christi so anders ausgelegt hatte als die kirchlichen Würdenträger, die es fast ausnahmslos mit der von den Streitkräften verkörperten Oligarchie hielten – ein Wort, das sich im Munde der Tante seltsam anhörte. »Seinen Vorgesetzten gegenüber erklärte der Rebell, er glaube, die Mission eines Priesters bestehe darin, die Armen zu evangelisieren und die Reichen zu ermahnen. Ein Vorhaben, das den Reichen genauso missfiel wie dem Klerus. Mehr als einmal sah er sich der Gefahr einer Exkommunion ausgesetzt – er, den nach eigenem Bekunden der Ruf des Herrn aus den Worten eines einfachen Weibleins erreicht hatte: ›Was redet Ihr mir vom Lieben Gott, wo ich vor Hunger nicht in den Schlaf komme?‹

Sein Hauptwirkungsfeld erstreckte sich auf die große Notstandssiedlung, die sich, als »Villa 31« bekannt, hinter dem Retiro-Bahnhof, im Herzen der Stadt erstreckt. Die Bevölkerung, deren Zahl auf zwischen dreißig- und sechzigtausend Seelen geschätzt wird – niemand weiß es genau –, verehrt Don Carlos noch heute wie einen Heiligen. Dort gründete er die Gemeinde »Christus der Arbeiter«. Dort, in den engen Gassen zwischen den aus Brettern, Wellblech und unverputzten Ziegeln errichteten Behausungen setzte er sich unerschrocken dem Hass der Drogendealer, der marodierenden Jugendbanden und gelegentlich sogar dem der Polizei aus, verteidigte seine Schutzbefohlenen vor den Behörden und verhalf ihnen zu einem Dach überm Kopf. Sorgte für Sportplätze, für die Berufsausbildung der Jugendlichen und hatte ein williges Ohr für ihre Nöte. Hielt Messen ab, nahm Beichten ab, taufte, katechetisierte. »Ach, hätten sich meine Kinder nur mehr an den Pater Mugica gehalten als an die Fanatiker, denen sie verfallen waren, ich weiß bis heute noch nicht, wie es dazu kommen konnte. Waren doch so liebe Kinder gewesen.«

Als es Enrique schließlich fertigbrachte, die Tante zu einer Auskunft über das Treffen mit dem Enkel zu bewegen, dem sie mit so viel Hoffen und Bangen entgegengefiebert hatte, erkannte er schnell ihre Gründe, diesem Thema so lange wie möglich auszuweichen. Sie waren schmerzlich genug.

31

Je älter sie wurde, umso mehr regte sich in María Inés die Reue, dass sie nicht der inneren Stimme gefolgt war, die sie vor den Einflüssen gewarnt hatte, denen sich Adriana ausgesetzt zeigte. Unüberwindbar war die Paralyse gewesen, die sie daran gehindert hatte, ein offenes Wort zu spechen und sich dem Kampf um die Seele der Tochter zu stellen. Bis es zu spät war. Damals war sie in ihre eigenen Probleme verstrickt gewesen, beschäftigt mit der Metamorphose, die sie von einer Kinder- in eine Seelenärztin verwandeln sollte. Hätte ihr nicht die Psychologie die Augen vor dem Abweg öffnen müssen, auf den sich ihre Tochter begeben hatte? Aber nein – den Konflikten der eigenen Familie gegenüber erwies sie sich als blind und taub. Dass sie von ihrem Mann kaum Hilfe erwarten konnte, war ihr klar. Der lebte damals bereits eingeschlossen in seiner eigenen Welt. Und lang dauerte es, viel zu lang, bis sie merkte, dass ihr auch Facundo, ihr stotternder Sohn, allmählich entglitt.

Zunächst aber war es Adriana, die sich ihren Eltern mehr und mehr entzog. Sie verlor ihr offenes Lachen, wisperte stundenlang ins Telefon, blieb dem Haus manchmal tage- und nächtelang fern und rechtfertigte sich, wenn man sie mit Fragen bedrängte, mit Ausflüchten, die auf den ersten Blick als Lügen erkennbar waren.

Erinnerungen, die sie verfolgten und gelegentlich in ihren Fallschlingen festhielten. Ein »Hätte ich nur« und »Wäre ich rechtzeitig«: unfruchtbare Spekulationen, in die sie sich verstrickte. Lange wehrte sich Enrique gegen die Erkenntnis, dass sich die Aussagen der Tante zeitweise widersprachen. Doch auf die Dauer konnte er sich dieser Einsicht nicht verschließen. Nicht, dass man um ihren Verstand hätte bangen müssen, dass sie fremdartige Gewohnheiten gezeigt hätte oder beunruhigende Anzeichen einer beginnenden Alterssenilität. Nichts dergleichen. Nur, dass sich ihre Reminiszenzen auf unsicherem Boden bewegten, der plötzlich unter ihren Füßen einbrechen konnte, was zu nicht nachprüfbaren Behauptungen führte, die unwahrscheinlich oder zumindest zweifelhaft klangen. Dann schien es, als ob sie sich unversehens in eine Vergangenheit flüchtete, zu der niemand Zutritt hatte. Für wenige Augenblicke nur: Eine Parallelwelt, aus der sie in die Wirklichkeit zurückkehrte, als sei nichts geschehen. Was war etwa von der Geschichte mit der unheimlichen Visite der bereits gefangen genommenen Adrianas zu halten? Wahr oder Fantasie?

»Viele Wochen hörte ich nichts von meiner Tochter«, begann eine ihrer gruseligen Geschichten, die sie fast wortgetreu mehrmals pro Woche wiederholte, ohne sich vom Protest Enriques abhalten zu lassen, er kenne sie bereits in- und auswendig. »Selbst Rodolfo, mit all seinen guten Verbindungen, konnte nichts erreichen. Das Mädchen schien von der Erdoberfläche verschwunden zu sein. Ich reichte sogar ein Habeas-corpus-Gesuch ein, ein junger Anwalt unterstützte mich; der glaubte noch an die Justiz. Der Beamte, der uns beim Gericht empfing, lachte uns aus: was wir uns denn einbildeten – schließlich herrsche Belagerungszustand im Lande! Und dann, eines Nachmittags, da klingelt es an unserer Haustür; ich war gerade vom Dienst im Krankenhaus zurückgekommen und war dabei, mir einen Tee zuzubereiten. Ich mache auf und wer steht da, ohne den Mund aufzutun? Meine Adriana steht da! Ich glaube, mich trifft der Schlag. Ist grell geschminkt, was gar nicht ihre Art war. Stinkt nach einem ordinären Parfüm. ›Kind, was hat man nur angestellt mit dir!?‹, entfährt es mir. Sie kommt mir langsam näher, mit einem stieren Blick. Bewegt sich wie ein Roboter, offensichtlich hat man sie unter Drogen gesetzt, mein kleines Mädchen.« Immer, wenn die Tante an dieser Stelle ihrer Erzählung anlangte, versagte ihre Stimme, da es ihr schwerfiel, ein Schluchzen zu unterdrücken. Hatte sie sich dann wieder gefasst, fuhr sie mit tränenerstickter Stimme fort: »Lässt sich auf einen Sessel plumpsen und erwähnt stockend den ›Umerziehungskurs‹, dem man sie unterworfen habe. Um ihr die subversiven Floskeln auszutreiben. Für einen Nachmittag hat man sie freigelassen, vollgestopft mit ›Paco‹, überschüttet mit einem scheußlichen Huren-Parfüm. Ein Spaß, den sich die Verbrecher mit ihr geleistet haben – nur ein paar Wochen vor ihrer Niederkunft war's gewesen. Wortkarg trank sie den Tee, den ich ihr hinstellte. Dann ging sie wieder, immer mit den steifen Schritten einer Abwesenden. Nie mehr bekam ich sie zu sehen. Nie mehr. Und Pablito, mein Enkelchen …« Mit diesem abgebrochenen Satz unterbrach sie für gewöhnlich ihren Bericht, ohne ihn zu Ende zu führen. Durch die Wiederholungen gewann er nicht an Glaubwürdigkeit, obwohl Enrique später etliche ihrer mit dem Leben davongekommenen Kameradinnen bestätigten, dass sich die Folterer tatsächlich ab und zu derartige makabre Späße erlaubt hatten.

Solche Gefährten Adrianas suchte Enrique nämlich auf, um die Aussagen der Tante zu überprüfen. Deren Schilderungen trugen nicht selten den Stempel der Stimmung, die in den Folterzentren geherrscht hatte. Dort war der Wahnsinn umgegangen. Eine okkulte Unterwelt, wie der Nachgeborene schaudernd erkannte, die für gewöhnlich unter der Normalität des Alltags gnädig verborgen bleibt, die aber, sobald sich die Umstände als günstig erweisen, zur Oberfläche drängt und dann ganze Völker ins Unglück stürzt.

Diese Erkenntnis überkam Enrique, als er im Zuge seiner Erkundigungen die sich über vier Generationen erstreckende Geschichte der Familie Lugones zu hören bekam. »Der über ihr liegende Fluch zeigt, wie eng Idealismus und Verbrechertum nebeneinander existieren können, lebensverneinender Fanatismus und exaltierte Verzückung.« So der Kommentar Liliana Maturanas, eine der Freundinnen Adrianas, die ihm diese Geschichte auftischte, die eigentlich nur indirekt mit dem Schicksal Adrianas zu tun hatte. Seit ihrer Befreiung führte Liliana ein unstetes Leben, hatte eine Ehe und zwei eheähnliche Verbindungen, ein Jahr Psychologie- und zwei Jahre Philosophiestudium hinter sich gebracht. Jetzt besuchte sie einen Malkurs und lernte Yoga. Wie sie finanziell über die Runden kam, war für viele ein Rätsel; vermutlich dealte sie ein wenig. »Susana Lugones war wohl die älteste Montonera, die den Streitkräften in die Hände fiel«, erinnerte sie sich. Dabei zeigte sie ihrem Besucher ihre noch immer hübschen Beine und machte ihm schöne Augen. »Man nannte sie Piri. Sie lebte eine Zeit lang mit dem Schriftsteller Rodolfo Walsh zusammen, einem der geistigen Väter der ultralinken Widerstandsbewegung. War auch ein talentierter Journalist; sein ›Offener Brief an die Militärjunta‹ kostete ihn das Leben. ›Hast sicher schon von ihm gehört. Ein … ein …«

Da ihr der geeignete Ausdruck fehlte, half ihr Enrique nach: »Ein Dogmatiker?«

»Ja, so kann man es wohl nennen. Der die Welt durch seine rot gefärbte Brille sah, obwohl er in einer Klosterschule erzogen worden war. Komisch, wie viele unserer damaligen Führer aus dem katholischen Lager stammten, nicht wahr? Würde sich lohnen, darüber nachzudenken … Borges war für ihn nichts weiter als ein seniler Klassenfeind, Frondizi ein Verräter und sämtliche Fernsehprogramme Opium fürs Volk. Seine blutjunge Tochter Vicky erschoss sich, als sie sich von den Streitkräften umzingelt sah. Zuvor rief sie den Soldaten zu: ›Nicht ihr bringt uns um, sondern wir sind es, die den Tod wählen!‹, ein Schlachtruf, den wir alle sehr bewunderten.

Im Jahr darauf wurde ihr Vater von den Militärs gefasst und ermordet. Wir wurden gezwungen, uns seinen scheußlich zugerichteten Leichnam anzusehen. Im Folterzentrum der Mechanikerschule der Marine, wo man uns gefangen hielt.«

Sie schaltete eine Pause ein und hing ihren Erinnerungen nach, ohne dabei das Flirten mit dem wesentlich jüngeren Mann zu unterlassen. Ihren Kommentaren nach zu schließen, hatte sie für ihren Teil die metaphorische Brille mit den roten Gläsern abgelegt.

»Ja, diese Piri!«, fuhr sie nach einer Weile fort, »der machte es Spaß, sich als die Tochter des Folterers und die Enkelin des Dichters Lugones vorzustellen. Beides entsprach der Wahrheit. So wie es der Wahrheit entsprach, dass sie ihre Peiniger mit dem ihr eigenen sarkastischen Humor herauszufordern pflegte, sie könnten noch nicht einmal die Folter richtig handhaben; ihr verstorbener Vater habe das viel besser fertiggebracht. Ich hab's selber mit angehört.«

Dieser Vater nämlich, auch er hieß Leopoldo wie sein dichtender Vater – seine Freunde nannten ihn Polo –, konnte seine unter der Diktatur des Generals Uriburu in den Dreißigerjahren erworbenen Kenntnisse nicht mehr in den Dienst der 1976 an die Macht gekommenen Generäle stellen, da er bereits fünf Jahre zuvor Selbstmord verübt hatte. Doch der elektrische Viehstachel, den er zwar nicht erfunden, aber auf Anregung eines Estanciero in seiner Eigenschaft als Polizeiinspektor und Kommissar Uriburus in den Kellern der Polizei eingeführt hatte, blieb auch nach seinem Tod ein beliebtes Marterinstrument der staatlich bestallten Sadisten. »Ein geistiges Erbe, das nicht weniger Geschichte machte als die vaterländischen Oden und die mystischen Erzählungen seines Herrn Papa.«

Indem sie es darauf anlegte, ihren Besucher durch die Zurschaustellung ihrer Beine aufzureizen – nicht ohne Erfolg, wie sich zeigen sollte –, beschrieb sie Polo als einen höchst unangenehmen Zeitgenossen, der das Leben seiner beiden Töchter vergiftet habe. Schon als Halbwüchsiger sei er als Tierquäler berüchtigt gewesen. Man bezichtigte ihn sogar der Sodomie. Einen Moment lang sah es aus, als wolle sie die unappetlitlichen Aspekte dieser Neigung zum Besten geben, doch dann widerstand sie dieser Versuchung. Der Fürsprache seines Vaters verdankte er den Direktorposten des Instituts für Minderjährige. Als es herauskam, dass er sich an mehreren seiner Schutzbefohlenen vergriffen hatte, entging er nur deshalb seiner Verurteilung, weil sein berühmter Vater den Präsidenten der Republik fußfällig um Begnadigung bat, um die Familienschande abzuwenden. »Ein paar Jahre darauf trat diese Missgeburt ihre Karriere bei der Polizei an.«

Leopoldo Lugones, Vater, auf dessen Verdienste sich sein Sohn und die beiden Enkelinnen ihr Leben lang beriefen, wurde im Jahre 1926 mit dem nationalen Literaturpreis geehrt. Borges bewunderte ihn, obgleich ihm dessen wechselhafte geistige Entwicklung durchaus bekannt war, die im sozialistischen Lager begann und ihn über Liberalismus, Symbolismus, Modernismus und Konservativismus bis zum Faschismus führte (der allerdings frei von antisemitischen Anwandlungen war, was sich nicht von allen Angehörigen seines Kreises behaupten ließ).

Enrique erinnerte sich schwach an seine Gedichte, für die er als Vierzehnjähiger nicht weniger geschwärmt hatte als für die Verse des Nicaraguaner Poeten Rubén Darío, in deren Nähe eine Reihe von ihnen angesiedelt waren. Doch als er sie sich ein paar Jahre später erneut vornahm, bedeutete ihm diese mit Lautmalerei überladene Lyrik nichts mehr.

Der 1938 verübte Selbstmord des Dichters habe damals für Aufsehen gesorgt, erinnerte sich Liliana. Angeblich habe ihn die Enttäuschung über die politische Lage des Landes zu diesem Entschluss getrieben. Doch bald wurde das Gerücht laut, sein missratener Sohn trage die Schuld an der Verzweiflungstat, weil er das Verhältnis seines Vater zu einer jungen Studentin mit der Drohung hintertrieben hatte, diese Schande publik zu machen. Der Dichter war vierundsechzig Jahre alt gewesen, als er ein Glas Whisky, gemischt mit Zyankali, zu sich nahm.

»Ein schmähliches Ende. Ich sagte es schon: Eine symbolbeladene Geschichte, ein argentinisches Drama. Leopoldo Vater, umgeben vom Glorienschein eines Nationaldichters, nimmt Gift. Gute dreißig Jahre später endet sein Sohn Polo, dieser Menschenschinder, ebenfalls durch Selbstmord. Dessen Tochter Piri lehnt sich gegen die sie bedrückende Vergangenheit auf, schließt sich der revolutionären Untergrundbewegung an und gehört zu den ›Verschwundenen‹. Einer ihrer Söhne endlich folgt dem Beispiel seines Urgroßvaters und dem seines Großvaters, indem er ebenfalls Hand an sich legt.«

Enrique verstand nicht, warum Liliana die Geschichte der Lugones vor ihm ausbreitete. Es sei denn, sie wollte auf diese Weise anderen, persönlicheren Fragen aus dem Weg gehen. Eine kranke Familie, die den dunklen Hintergrund des Landes darstellt. Symbolisch für Argentinien? Doch höchstens für eine Minderheit.

Er war noch damit beschäftigt, über diese Frage nachzudenken, als Liliana unvermittelt von ihrem Sitz aufschnellte, sich auf Enrique stürzte, ihn auf den Mund küsste und sich daranmachte, an seiner Hose zu nesteln. Während sie sich die Wäsche vom Leib riss, fasste sie ihre Philosophie, die sie sicherlich nicht auf der Universität gelernt hatte und auch nicht im Yogakurs, schwer atmend in wenigen Worten zusammen. »Der Sex ist nun mal das Schönste, was das Leben zu bieten hat. Man soll's genießen, solang es geht.« Dann stieß sie ein animalisches Gegurgel aus, biss Enrique in die entblößte Schulter und ließ ihn an der praktischen Anwendung ihrer Lebensphilosophie teilhaben. An der lustvollen Entrückung, die Schmerz, Folter und selbst die Todesnähe vergessen lässt.

Als der sie Tags darauf aufsuchte, in der Hoffnung auf eine Wiederholung der Erfahrung, die ihm buchstäblich in den Schoß gefallen war, gab sie zwar seinem Drängen widerstrebend nach, eröffnete ihm aber, dass dies das zweite und letzte Mal sei. Andernfalls würde alles zur Gewohnheit, von der sie dann nicht mehr lassen könne. Und von einer solchen Bindung wollte sie nichts wissen. Außerdem der Altersunterschied! Nachdem sie einmal die Gefangenschaft durchlitten hatte, die absolute Abhängigkeit von den Launen Dritter, lege sie Wert auf ihre Freiheit. Dreimal habe sie versucht, ein dauerhaftes Verhältnis zu einem Mann aufzubauen, dreimal sei es danebengegangen. Solchermaßen versuchte sie, sich ihm verständlich zu machen. »Ein Glück, dass ich keine Kinder in die Welt gesetzt habe«, ihr abschließendes Geständnis.

»Ja«, meinte Enrique zustimmend, »da haben die wirklich Glück gehabt, diese nicht in die Welt gesetzten Kinder.«

Damit war das Thema erledigt und die aussichtslosen Zusammenkünfte mit Liliana Maturana hatten ihr Ende gefunden.

Ohnehin war von ihr nicht viel Konkretes über das Schicksal Adrianas zu erwarten gewesen, denn schnell stellte es sich heraus, dass ihre angebliche Freundschaft zu der Schwangeren doch nicht ganz so innig gewesen war, wie sie es anfänglich hingestellt hatte. Glücklicherweise fanden sich andere Zeugen, die die Haft überstanden hatten und bereit waren, Auskunft über Leben und Tod Adrianas zu erteilen, die unter ihrem Decknamen »La Ñata« bekannt war. Leicht war es allerdings nicht, die Überlebenden zum Sprechen zu bingen; oftmals kam es Enrique vor, als säße ihnen noch immer das Entsetzen im Nacken, das damals in der Mechanikerschule der Marine und in anderen Folterzentren umgegangen war. Wie ja auch Liliana – das fiel ihm erst nachträglich auf – sich davor gedrückt hatte, ihre persönlichen Erlebnisse preiszugeben, indem sie sich ausführlich über das tragische Geschick der Lugones-Familie verbreitet hatte, dem sie einen symbolhaften Charakter zuschrieb. Eine Begründung dieses Urteils war sie Enrique schuldig geblieben.

Nach und nach erwachte die schattenhafte Figur Adrianas unter den im Ausland geschärften Blicken des Zurückgekehrten zum Leben und gestaltete sich aus den Bruchstücken des Erzählten zu einer der Phantomgestalten, die – wie ihm immer bewusster wurde, je länger er sich in seinem Vaterland aufhielt – diese Welt bevölkerten und prägten. Wurde zu einer mädchenhaften jungen Frau, die der Folter ausgesetzt war und Angst um sich und ihren Lebensgefährten verspürte, den Vater des Kindes, dessen Geburt sie entgegensah, ahnend zwar, welches Los sie erwartete, aber dennoch hoffend, dass sich alles zum Besten wenden werde. Nichts weiter als ein böser Traum, aus dem man schweißgebadet erwacht, erleichtert, dass es nur ein Albtraum gewesen war.

Die sogenannten Sicherheitskräfte hatten Adriana bei der Verteilung von Flugblättern erwischt. Das erfuhr Enrique von Mariana Merkin, einer ihrer Kameradinnen. Nur einen Tag später wurde auch Pablo Vergara gefasst, der Erzeuger des in ihr heranreifenden Kindes, wie diese mit ihrer piepsigen Kleinkinderstimme zu berichten wusste. Angeblich hatte er eine Zeitbombe unter dem Auto eines Offiziers angebracht, die gerade noch rechtzeitig entschärft worden war. Das konnte stimmen oder auch nicht. Es hatte den Anschein, dass bei seiner Verhaftung Verrat im Spiel gewesen war; die »Ordnungshüter« bedienten sich vieler Spitzel. Als man gewahr wurden, dass Adriana und Pablo ein Paar bildeten, wurden beide spitternackt ausgezogen, um sie mit dem elektrischen Stachel zu bearbeiten. Der wurde an die empfindlichsten Körperstellen der Häftlinge angelegt, die vor Schmerzen brüllten. Die dem einen der Gefährten zugefügten Qualen sollten die Aussagewilligkeit des andern fördern. Während der ersten Tage der Haft ging es den Verhörern vornehmlich darum, Namen und Aufenthalt weiterer Guerilleros zu erfahren. Das hatte ohne Verzug zu geschehen, bevor die Mitglieder der Terroristenzelle sich neu gruppieren konnten. Später erpresste Geständnisse erwiesen sich meist als wertlos. Doch die Folterung wurde auch dann noch routinemäßig fortgesetzt, aus schierer Lust, die Häftlinge zu quälen. Ein wahres Wunder, dass Adriana ihr Baby nicht verlor. Vermutlich weil (oder obwohl) man sie ärztlich überwachte. Der Arzt: eine gescheiterte Kreatur, die sich dazu hergab, den Folterern zu assistieren.

»Du wunderst dich? Es fanden sich sogar Priester – Kaplane, die sich an diesen Schandtaten beteiligten. Der niederträchtigste von ihnen, einen gewisser Christian von Wernich, gelangte erst kürzlich ins Gefängnis, von wo aus er seitdem über das ihm angetane Unrecht zetert. Du machst dir keinen Begriff von … ja, von den Monstern, die sich im Verborgenen regen. Die unter normalen Umständen vom Gesetz in Schach gehalten werden. Aber ›wehe, wenn sie losgelassen!‹, sagt mein Papa, der aus Europa stammt. Aus Wien.«

Doch, Enrique konnte sich sehr wohl einen Begriff machen. Ähnlich, wenn auch mit anderen Worten, hatte sich auch die Tante unlängst ausgedrückt.

Mariana Merkin konnte nicht vergessen, wie sich die Folterer an den Schmerzensschreien ihrer Opfer berauschten. Einige suckelten dabei mit steinerner Miene am Alpakkaröhrchens ihres Matetees und stellten das Radio lauter. Andere hingegen arteten aus und wurden regelrecht wild; es war ihnen anzusehen, wie sich ihre Erregung von Minute zu Minute steigerte. »Du hättest ihre hektisch geröteten Gesichter sehen müssen«, erklärte sie Enrique, »die hervorquellenden Augen, die Gier der Besessenen, denen wir ausgeliefert waren. Die mit uns anstellen konnten, was sie wollten.«

»Am schlimmsten trieb es einer ihrer Anführer. Jorge Acosta. Man nannte ihn ›el tigre‹, den Tiger. Ein Ungeheuer, dem man aber sein Verbrechertum gar nicht ansah. Die Normalität in Person. Stets korrekt gekleidet. Wusch sich oftmals am Tag die Pfoten. Unheimlich! Sitzt so einer neben dir im Omnibus oder im Kino, scheint er ein ganz normaler Mensch zu sein. Der dir bei der Tür den Vortritt lässt, der sich höflich bedankt, wenn du ihm einen kleinen Gefallen erweist, der dir willig Auskunft erteilt, wenn du ihn nach einer Straße fragst. Vielleicht hat er sogar eine Frau zu Hause und kleine Kinder, für die er sorgt. Der sich also rein äußerlich in nichts von seinen Mitmenschen unterscheidet, weil er es versteht, sich geschickt zu verstellen, sodass man gar nicht merkt, was da an Niedertracht so in ihm streckt.

So einer war der Tiger. Der verfluchte Kerl hatte ein Auge auf Adriana geworfen. ›Behandelt sie gut!‹, befahl er seinen Untergebenen. Dass er es in Wirklichkeit auf ihr Baby abgesehen hatte, merkten wir bald. Die Ñata – so nannten wir die Adriana – war davon überzeugt, dass es ein Junge würde.

Den wollte sie Pablo nennen. Pablo, wie der Vater hieß. Der arbeitete bis zu seiner Festnahme bei einem Verlag, wo er die Schutzhüllen der Bücher entwarf. Nachts hatte er sich um unserer Druckschriften gekümmert. Außerdem spielte er Ziehharmonika. Richtig, nach Noten. Nicht nur Tangos und Folklore, sondern auch Bach und Telemann. Ein wahrer Künstler! Wir Frauen hatten uns zusammengetan, um aus Stofffetzen und aufgeribbelten Wollpullovern eine Art Babyausstattung herzustellen. Kannst dir vorstellen, wie die aussah. Aber besser als nichts. In eines der Jäckchen stickte ich sogar den Namen des noch gar nicht Geborenen ein: Pablo. Ich erinnere mich noch genau. Obwohl wir ja noch gar nicht wussten, ob's ein Bub würde oder ein Mädel. Mit rotem Wollfaden machte ich's; blauen fand ich keinen. Der ›Tiger‹ ließ alles zu. Er hatte andere Pläne, das wollten wir aber damals noch nicht wahrhaben.«

Mariana hielt in ihrer Erzählung inne. »Weißt du«, gestand sie dann mit belegter Stimme, die kaum verständlich war, »manchmal überkommt es mich. Dann schäme ich mich, weil ich an die vielen Genossen denken muss, die man ermordet hat, während ich mit dem Leben davonkam. ›Warum die und nicht ich?‹, frage ich mich dann. Weißt du vielleicht eine Antwort darauf?« Und als diese ausblieb, fuhr sie fort: »Aber die Folterqualen, die werde ich nicht los.«

Sie stockte, wobei man ihr ansah, dass sie sich abmühte, die richtigen Worte zu finden. Das schien ihr schwerzufallen, denn kopfschüttelnd meinte sie nach einer Weile: »Es geht nicht. Sei mir nicht böse, ich kann dir nicht sagen, was sie alles mit mir anstellten … was ich erlebte … es geht wirklich nicht … Ein Italiener, Jude, Primo Levi, den die Nazis in Auschwitz wie einen Sklaven behandelten. In einem Außenlager, wo sie ihn fast verhungern ließen. Ein kluger Kopf, der mit knapper Not mit dem Leben davongekommen war und es später zum Universitätsprofessor brachte. Der kleidete seine Erfahrung einmal in Worte: ›Wer einmal gefoltert wurde, der wird Nacht für Nacht aufs Neue gefoltert.‹ Als er sein Leben nicht mehr aushielt, stürzte er sich eines Tages aus dem Fenster. Dreißig Jahre nach seiner Befreiung aus dem KZ. Sah jedenfalls nach Selbstmord aus, genau wurde es aber nie ermittelt. Ich kann seine Handlung verflucht gut verstehen.«

Sie unterbrach sich, um sich eine Zigarette anzuzünden. »Willst du?«, bot sie ihm an.

Enrique schüttelte den Kopf.

Sie inhalierte gierig ein paar Züge, bevor sie wieder auf das Schicksal Adrianas zurückkam. »Es war eine verflucht schwere Geburt. Die Ñata war zierlich gebaut. Sah aus wie ein Backfisch. Und das Baby war ein kräftiger Brocken. Hatte ein Muttermal am Oberschenkel, ich glaube, am linken. Komisch, an was für Details man sich so erinnert, was? Zum Glück gab es eine Hebamme unter uns Häftlingen, die ihr beistand. Denn der Doktor war ein Tollpatsch mit zwei linken Händen, wer weiß, wie er zu seinem Diplom gekommen war. Wenn er überhaupt eins hatte. Verstand mehr von ausgetüftelten Foltermethoden als von Geburtshilfe … Viel mehr, verflucht noch mal! Eine knappe Woche lang durfte Adriana das sogenannte Mutterglück genießen. Dann nahm man ihr den Säugling weg, angeblich um ihn bei ihrer Familie draußen unterzubringen, in Wirklichkeit, um ihn mit gefälschten Papieren zur Adoption freizugeben. An ein kinderloses Ehepaar. Der Mann war bis zu seiner vermutlich unehrenhaften Entlassung bei der Gendarmerie tätig gewesen – eine Stütze der Gesellschaft! Der hatte es dem ›Tiger‹ abgekauft. Das erfuhren wir aber erst später; bis zum heutigen Tag weiß niemand, wo sie sich aufhalten; es hießt, als es ihnen hier zu brenzlig wurde, seien sie mit dem Kind nach Paraguay abgehauen. Aber man erzählt sich ja so vieles … Die Ñata klammerte sich an das Versprechen des Tigers. Als wenn man sich auf das Wort eines solchen Arschlochs verlassen könnte! Wir bestärkten sie trotzdem in ihrem naiven Glauben. Denn was soll's? Bis zuletzt hielt sie an dieser Hoffnung fest. Noch als man sie schon zur Hintertür schleppte, die man die ›Himmelspforte‹ nannte. Weil sie zur Landepiste der Marineflugzeuge führte, in die man die …, nun ja, die Todgeweihten verfrachtete, um sie von dort aus ins Meer oder in den Río zu schmeißen.«

Mehr hatte Mariana nicht zu berichten. Mehr zu wissen war auch nicht nötig.

Oder doch. Eine Frage hatte Enrique noch auf dem Herzen. Er fühle Mitleid mit Adriana und ihren Genossen, gab er zu. »Mehr als Mitleid«, verbesserte er sich schnell. Er sei empört. Ja, das wäre das richtige Wort. »Aber sag': hatten die meisten der Gefangenen nicht auch Verbrechen auf dem Gewissen?«

Mariana zog die Stirn kraus und dachte nach. »Jedenfalls hatten wir keine Folterer in unseren Reihen«, erklärte sie nach einer Weile, sichtlich froh, dass ihr dieses Argument eingefallen war.

»Nein, keine Folterer, sondern nur Mörder, Überzeugungsmörder«, war Enrique versucht zu erwidern. Doch zog er vor, den Mund zu halten.

»Aber auch dann wäre ihnen ein faires Gerichsverfahren zugestanden. Findest du nicht?«, gab sie noch zu bedenken. Deutlich hörbar schwang Trotz in ihrer Stimme.

Bevor sich Enrique verabschiedete, fiel ihm noch eine weitere Frage ein. Die allerletzte. Was sie von dem von seiner Tante so eindringlich geschilderten Besuch halte, den Adriana, damals bereits mit dickem Bauch, angeblich zu Hause abgestattet hatte. Geschminkt und aufgedonnert, wie es ihr, wenn man der Vorstellung, die er von ihr hatte, vertrauen wollte, in keiner Weise entsprach.

Erneut kräuselte Mariana die Stirn, was den kindlichen Eindruck, den sie bot, verstärkte. »Ja«, bestätigte sie dann. »Solche Fälle gab es. Eine besonders abgefeimte Art der seelischen Folter. Man setzte Gefangene unter Drogen und schickte sie in diesem Zustand für ein paar Stunden zu ihren Familien. Wer ausbüxen wollte, kam nicht weit, denn der Überwachungsdienst funktionierte gut. Außerdem hielt man ja genug Geiseln zurück. Einer meiner Genossinnen spielte man so mit. Carmen hieß sie. Mit der erlaubte man sich diesen Spaß. Ließ sie für ein paar Stunden zu ihren Eltern. Vollgestopft mit Koks. War das letzte Mal gewesen, dass man sie sah.« Ob man dieses Katz-und-Maus-Spiel auch mit der hochschwangeren Ñata veranstaltet hatte, schien ihr allerdings eher unwahrscheinlich, doch sei jenen Sadisten ja alles zuzutrauen.

Enrique schwieg in der Erwartung weiterer Eröffnungen. Und tatsächlich: Mariana erweckte den Anschein, als krame sie in ihrem Gedächtnisschatz, um noch mehr Erinnerungen zu Tage zu fördern. Doch nach einer Weile schüttelte sie den Kopf und bot Enrique die Wangen zum Abschiedskuss.

32

»Bei Facundo war vieles anders als bei Adriana«, erklärte die Tante nachdenklich, als das Thema zur Sprache kam. »Inzwischen hatten wir ja Erfahrung gesammelt und nahmen gemeinsam den Kampf auf.« Schweigend hing sie ihren unguten Erinnerungen an, um nach einer Weile fortzufahren. »Ja, gemeinsam. Denn auch Fredy kehrte seltsamerweise vorübergehend zur Wirklichkeit zurück. Ein ungleicher

Kampf, Enrique, das darfst du mir glauben, bei dem unsere Gewinnchancen von Anfang an gleich null standen.«

Beiden, Vater wie Mutter, schwebte noch immer der verzweifelte Versuch vor Augen, den Sohn davon abzuhalten, der verschwundenen Schwester zu folgen. Wort für Wort, Satz für Satz, Geste für Geste erinnerten sich alle beide der Argumente, mit denen sie ihren Jungen vor dem Schicksal bewahren wollten, dem er blindlings entgegenlief. »Wie in ein offenes Messer.« Wie sollten sie ihre vergeblichen Bemühungen je vergessen, wo sie die Szenen doch jede Nacht von Neuem durchlebten? Begleitet von der quälenden Frage, was sie wohl versäumt hatten, um den Tod des Sohnes, des geliebten, in letzter Minute nicht doch noch abzuwenden. Diesen sinnlosen Tod, von dem er sich unwiderstehlich angezogen fühlte. Vielleicht hätte man ihn davon überzeugen müssen, sich von dieser schlechten Gesellschaft zu lösen und in Deutschland ein neues Leben zu beginnen? Als Sohn eines in Deutschland Gebürtigen wäre ihm ein deutscher Pass zugestanden. Eine nutzlose Selbstbezichtigung, denn Facundo hatte derartige Vorschläge mit dem Hinweis abgelehnt, dass er Argentinier sei und sich folglich sein Platz hier befinde, wo es gelte, sich für eine bessere Welt einzusetzen.

Erinnerungsfetzen:
Die Verantwortung des Vaters, der er sich zu entziehen sucht, indem er zu den Taufliegen Zuflucht nimmt, zur Markensammlung und zu jenem Irrgarten, wohin ihm niemand folgen kann: dem Labyrinth, in dem ein kleiner Bruder namens Siegfried auf ihn wartet. Gleichzeitig erkennt er hellsichtig die Schliche, derer er sich unwillkürlich bedient. Und kann doch nicht von ihnen lassen. Über den Tod der Kinder hinaus bedient er sich solcher Tricks. Nur auf diese Weise lässt sich das Leben einigermaßen ertragen.

»Der Tod eines Kindes oder gar deren zwei«, äußert sich die Tante, indem sie nach den rechten Worten sucht, »hinterlässt – wie soll ich mich ausdrücken? – hinterlässt ein schwarzes Loch in dir, das alle Lebensfreude absorbiert. So wie die schwarzen Löcher im Universum, die alle Energie verschlucken und festhalten. Besonders, wenn diese Kinder so sinnlos um ihr junges Leben gekommen sind und dir noch nicht einmal ein Grab bleibt, das du besuchen kannst, um den Grabstein zu umarmen und ihnen Blumen zum Geburtstag zu bringen.«

Erinnerungsfetzen:
»Facundo, mein Kind! … Autos ohne Nummernschilder rasen durch die Stadt. In ihnen hocken Männer mit militärisch kurzem Haarschnitt, die Blicke hinter schwarzen Sonnenbrillen verborgen, FAL- oder Itakagewehre auf dem Schoß. ›Erst knallen wir alle Subversiven ab, danach nehmen wir uns deren Sympathisanten vor, dann die Desinteressierten und schießlich die Zögerer‹, sollte im Jahr darauf General Ramón Camps, der Polizeichef der Provinz Buenos Aires, sein Programm umreißen. Unterstützt von einem seiner Kameraden, der dieses Vorhaben rechtfertigte, indem er erklärte: ›Wenn sich unter hundert unschädlich gemachten Verdächtigten auch nur zwei befanden, die wirklich schuldig waren, so war unsere Aktion gerechtfertigt.‹

Facundo, mein Kind, mein Prinzchen, das noch gestern mit dem Teddybären im Arm schlief! Wer hat dich verhext?«

Erinnerunsgfetzen:
»Mein Sohn, halte dich aus solchen Dingen heraus, das nimmt kein gutes Ende!«

»Papa, verzeih'! Das verstehst du nicht. Wir bekämpfen die Ungerechtigkeit auf Erden. Empörend, wie die arbeitende

Klasse vom Kapitalismus ausgebeutet wird! Das für Spitäler bestimmte Geld verschwindet in den Taschen der Beamten und Politiker. Du solltest die Elendsviertel kennenlernen, in denen Tausende von Menschen zusammengepfercht hausen. Ohne die geringste Aussicht auf eine bessere Zukunft. Die elternlosen Straßenkinder, Adriana erzählte mir mal von einem, das man das blonde Engelchen nannte. Die Gesellschaft brachte es um, als es gerade einmal fünfzehn war … Und die Schulen in vielen Provinzen: Baufällige Hütten, Papa, in denen es an allem fehlt! Die Lehrer müssen oft monatelang auf ihr mageres Gehalt warten. Die Kinder kommen barfuß zum Unterricht und haben oft nichts im Magen. Soweit sie überhaupt kommen und man sie nicht frühzeitig schuften lässt. Adriana war manchmal mit ihren Genossen hingefahren, um sie zu impfen, um gebrauchte Kleidung zu verteilen und ihnen zu einem Glas Milch zu verhelfen. Du weißt ja, wie es ihr dabei erging. Und jetzt fahre ich mit Gleichgesinnten hin, um Dächer zu reparieren und Wände zu streichen. Subversion in den Augen der Militärs. Und dann erst die unterernährten Kinder! Hunderttausende sind es, fast die Hälfte davon haust in Groß-Buenos Aires! Mit dreizehn sehen sie aus, als seien sie erst neune. Und dies in einem Land, das gut und gern dreihundert Millionen Menschen ernähren könnte. Adriana hat mir einmal erklärt, die unzureichende Ernährung eines Kleinkinds verursache nicht mehr gutzumachende Gehirnschäden. Unsere Regierungen, egal, welche Partei gerade am Ruder ist, produzieren daher Idioten am laufenden Band, Papa!«

Anschließend die üblichen Schlagworte: das vom *Establishment* mithilfe von Kirche und Heer unterdrückte Volk; der perverse Reichtum der *Oligarchie*; der Befreiungskampf, der ausgefochten werden muss, um eine gerechtere Welt zu schaffen. Vom Zerrbild der Demokratie ist die Rede, vom Neokapitalismus und vom Neoliberalismus in einer globalisierten Welt – Instrumente, die dazu dienen, die unterdrückten Völker zu versklaven. Indem man einen Großteil unterhalb der Armutsgrenze hält, bilden sie einen Spielball der Mächtigen. »Die Inflation ist die Steuer der Armen, Papa, die sich nicht dagegen wehren können. Im vergangenen Jahr betrug sie dreihundert Prozent! Ein Weltrekord!«

Der Vater wundert sich: sein Sohn stottert nicht mehr, seine mit Statistiken untermauerte Rede wirkt geradezu flüssig.

Mit der Zeit werden die Gespräche spärlicher und versiegen schließlich ganz. Kurz darauf kommt es zur Hausdurchsuchung. Sie verläuft glimpflich. Nur wenig geht in die Brüche, fast nichts wird gestohlen. Facundo, der zu seinem Glück abwesend ist, versteht die Warnung und verlässt die elterliche Wohnung endgültig. »Der Guerillero muss sich in der Bevölkerung bewegen, wie der Fisch im Wasser«, hatte Mao seine Jüngern gelehrt.

»Wer hat sich der Seele meines Kindes bemächtigt? Man hat ihm eingeredet, er sei ein Revolutionär, ein Lenin, ein Trotzki, ein Fidel Castro. Und ist in Wirklichkeit nichts weiter als ein pubertierender Schulbub, der sein Leben für nichts und wieder nichts aufs Spiel setzt.«

Erinnerungsfetzen:
Das kurze Gespräch auf der Straße. Unauffällig schreiten sie auf dem Gehsteig nebeneinander her. Flüstern, der Vater mit dem Sohn.

»Kind, du schwebst in Lebensgefahr! Man wird dich umbringen. Facundo, Liebster. Hör auf mich und lass dir helfen! Noch ist's nicht zu spät. Onkel Rodolfo kann dich über die grüne Grenze schaffen, ist nur eine Frage des Schmiergelds.«

»Nein, Papa, das kapierst du nicht. Hier ist es, wo ich meine Pflicht erfüllen muss. Das erwarten meine Kommandanten von mir. Wenn es um das Wohl der Gemeinschaft geht, gilt das Leben des Einzelnen nichts.« Fremde Stimmen sprechen aus dem Sohn, der das Stottern abgelegt hat. Todesverachtende Stimmen. Oder sind sie lebensverachtend? »Wir bereiten jetzt den Gegenangriff vor. Die Zeit ist reif. Wir werden siegen, Papa, und dann wirst du einsehen, dass wir recht hatten.«

»Gegenangriff? Liebling, Eure ›Kommandanten‹ verraten euch. Sie schicken euch in den sicheren Tod, um ihre Machtgelüste zu befriedigen. Nur darauf kommt es ihnen an: Ihr seid nichts weiter in ihren Augen als Kanonenfutter.«

»Papa, ich bin kein Kind mehr und weiß, was ich tue. Ich setze mich für eine humane Welt ein, in der niemand mehr Hunger leiden muss. In der keine Kriege um Rohstoffquellen und Absatzgebiete angezettelt werden. In der es keine Arbeitslosen geben wird und keine obdachlosen Kinder. Unser Sieg ist näher, als du glaubst, Papa. Und jetzt muss ich weiter, Chau! Und grüß mir die Mama.«

Es war, als sprächen sie zwei verschiedene Sprachen. Wie viel der Vater auch reden mochte, seine Worte prallten an einer unsichtbaren Trennmauer ab. Es war, als richte er seine Worte auf Chinesisch an ihn.

»Der Revolutionär muss eine perfekte Mordmaschine sein«, vermerkte der Ché Guevara, wie erinnerlich, in seinem Tagebuch, bevor er im Urwald Boliviens den Tod fand, völlig unverstanden von den indolenten Indios, die er von ihrem tristen Los befreien wollte. Die Briefmarken mit seinem Konterfei – dem mit der Baskenmütze – befanden sich in

Fredys Sammlung. Im Album, das den im »Fegefeuer« befindlichen Gestalten gewidmet war.

Erinnerungsfetzen:
Böse Gerüchte gehen um. Die beim Verteilen von Flugblättern oder beim Besprühen der Fassaden mit Kampfparolen ertappten Schulkinder werden von den Streitkräften gefasst und verschwinden spurlos. Niemand weiß, was mit den Vermissten geschieht. Von blutigen Kämpfen ist die Rede, einige der Vorfälle werden bekannt. Beim Fluchtversuch aus einem Gefängnis im Süden des Landes werden sechzehn der Ausgebrochenen eingefangen, kurzerhand an die Wand gestellt und erschossen. Die wenigen, die diesem sogenannten Massaker von Trelew entkamen, gelangten in einem entführten Verkehrsflugzeug nach Chile, wo ihnen Salvador Allende Asyl gewährte und ihnen die Weiterreise nach Kuba ermöglichte. Der bedeutendste von ihnen war Mario Roberto Santucho. Wie fast alle der damaligen Wortführer des Proletariats entstammte auch er der bürgerlichen Mittelschicht. Er empfand sich als Marxist und Leninist und als solcher nahm er Abstand vom herkömmlichen Peronismus. Den hielt er weder für revolutionär, wie dies seine Anhänger so gerne beteuerten, noch für faschistisch wie die Kommunisten behaupteten, sondern schlicht und einfach für »bonapartistisch«, womit er eine dynastische, persönlichkeitsgebundene Denkungsart meinte.

»Eine Bezeichnung, die übrigens auch gut auf das Ehepaar Kirchner passt«, urteilte die Tante überraschenderweise. Deren Namen waren allerdings zu Lebzeiten Santuchos noch weitgehend unbekannt. Im Juli 1976 wurde er von den Streitkräften zur Strecke gebracht. Zur Erleichterung vieler Bürger, die sich nach Sicherheit auf der Straße sehnten. Wer kann's ihnen verdenken?

Er war einer der Kommandanten der mitgliederstärksten nicht-peronistischen Guerilleroverbände gewesen, das unter dem Kürzel ERP bekannte Ejercito Revolucionario Popular. Dass auch der siebzehnjährige Facundo Adler diesem »Volksheer« angehörte, wurde ihm und über hundert seiner Kameraden (ihre genaue Zahl kennt niemand) am Tag vor Weihnachten 1975 zum Verhängnis.

»Ein Kinderkreuzzug«, befand der Vater in einem seiner lichten Momente.

Ferngesteuert aus zwölftausend Kilometer Distanz, hätte er hinzufügen können. Denn die im sicheren Ausland befindlichen Kommandanten hatten ihren jungen Soldaten den Befehl zum Großangriff erteilt. Die meisten von ihnen entstammten den Kadern der ERP und ähnlichen Verbänden, einige dem linken Flügel der Montoneros. Die Zeit sei reif für diesen Angriff, befanden sie in ihrer wirklichkeitsfremden Überheblichkeit. Er sollte den Auftakt zum nationalen Volksaufstand bilden, als Gegenreaktion auf das kurz zuvor erfolgte Bombardement der Plaza de Mayo durch ein Geschwader der Luftwaffe, in ihrem vergeblichen Versuch, Isabel Perón zu stürzen. Gewalt lag in der Luft. Die Kommandanten der Guerilla hatten eine Kaserne in Monte Chingolo zum Ziel ihres Angriffs bestimmt. In einem Vorort von Buenos Aires, kaum zwanzig Kilometer vom Regierungsgebäude entfernt. Dessen Arsenal wollte man stürmen. Doch das Unternehmen erwies sich als eine Falle; Verrat war im Spiel gewesen. Viele der Angreifer – fast ausschließlich Jugendliche zwischen siebzehn und fünfundzwanzig Jahren – und mehrere für die Verteidigung der Kaserne eingesetzten ebenso jungen Rekruten mussten bei dem Überfall ihr Leben lassen. Facundo Adler war einer der Jüngsten gewesen, die da fielen. Ob er in seiner Todesnot nach seiner Mama gerufen hatte, wie man es sich von vielen dieser Infanten erzählte? Nichts dergleichen ist überliefert. Nur in den Ohren der Mutter gellten diese Verzweiflungsschreie zu nächtlicher Stunde wider. Gellen noch immer. Ähnlich wie die Schreie des im Meer ertrinkenden Bennos, des Bruders ihres einstigen Bekannten Franz Oppenheimer. Franz oder Francisco, wer weiß, was aus ihm geworden war. Der Leichnam Facundos blieb verschollen. Noch nicht einmal einem Vorstadt-Hellseher war es gelungen, ihn zu lokalisieren.

IX Schade!

33

Auch wenn sie nicht seiner Berufung entsprach, die der Phytogenetik galt, so hatte Enrique nichts Grundsätzliches gegen die ihm vom Onkel Rodolfo vermittelte Tätigkeit im Laboratorium für forensische Genetik einzuwenden. Er stellte sie sich wie ein spannendes Puzzlespiel vor: Die Untersuchung des Erbguts der Menschen, deren Ursprung im Dunkeln lag. Denen man auf diese Weise zu ihrer wahren Identität verhilft. Wie etwa dem Sohn Adrianas, ein naheliegendes Beispiel. Aber welches ist nun die wahre Identität eines Menschen‹? Als Wissenschaftler konnte er natürlich zwischen Genotyp und Phänotyp unterscheiden, wusste um angeborene und erworbene Eigenschaften Bescheid, um den Einfluss der Umwelt. In der Theorie jedenfalls wusste er Bescheid. Eine verantwortungsvolle Aufgabe also, die ihm da zugefallen war, sollte man meinen. Selbst wenn er die für ihn anonymen Träger der in ihrem Zellgewebe verschlüsselten genetischen Codes nie zu Gesicht bekommen würde.

Doch es dauerte nicht lange, bis er entdecken musste, dass seine schlecht bezahlte Arbeit einen hohen Preis von ihm forderte, den zu entrichten er nicht bereit war. Er sah sich nämlich einem Netz von Intrigen ausgesetzt, das sowohl von Vorgesetzten wie auch von Kollegen ausgelegt wurde. Für die war er ein Außenseiter, ein Dahergelaufener, eine Gefahr für ihre Stellung. Zumal er die von ihnen praktizierten Untersuchungsmethoden für veraltet hielt und die in den Laboratorien herrschende Schlamperei offen kritisierte. Die Blut-, Sperma- und Speichelabstriche auf den Objektträgern sowie die Haare und Hautreste in den Reagenzgläsern seien unzureichend gekennzeichnet, wodurch dem Ergebnis der Studien nicht zu trauen sei. Dazu gesellte sich eine bösartige Bürokratie mit ihrem Papierkram, wie man sie nun einmal in allen Ministerien des Landes gewohnt war. Zustände, die ihn veranlassten, der Tante und seinen Eltern eines Tages zu eröffnen, er sei nicht nach Argentinien zurückgekehrt, um sich mit einer solchen Cliquenwirtschaft herumzuschlagen. *Sorry!* Noch habe er sich zu keinem Entschluss durchgerungen, doch sei er sich bewusst, dass die Zeit dränge. Wenn er sich nicht bald zur Rückreise entscheide, würde sich die Falle schließen und ihm die Einbürgerung in den Staaten unmöglich machen.

Schade, meinten die Eltern. Und was er davon halte, so der Vater, sich um eine genetische Verbesserung der Bienenstämme zu kümmern: die Aufzucht einer neuen Rasse, ergiebiger, weniger angriffslustig. Das wäre doch eine lohnende Aufgabe. So könne er sich im Rahmen des Familienbetriebs in Chivilcoy betätigen und seine Selbstständigkeit bewahren. Gut gemeint, winkte der Sohn ab, aber nichts für ihn. In den Staaten, heute vielleicht auch schon in Russland und in China gebe es tatsächlich Entomologen, die sich mit der Genetik der Bienen abgeben. Aber für ihn sei das nichts; das verlange Spezialkenntnisse und Spezialeinrichtungen. »Schade!«, meinte der Vater resigniert.

34

Wie und warum er auf die Idee gekommen war, sich bei Flora zu melden, hätte er nicht sagen können. Die hatte längst ihren Fernando geheiratet, der im Telefonbuch stand. Ramírez Fernando. Ein Dutzendname. Es bedurfte dreier

Versuche, bis er die richtige Nummer traf. Flora war am Apparat und erkannte sofort seine Stimme. »Enrique! Bist wieder im Land?«: Eine leicht zu beantwortende Frage. Ihr Ausruf klang herzlich, fast, als habe sie ihn längst erwartet. Ihre Behauptung allerdings, sie müsse oft an ihn denken, schien ihm nichts weiter zu sein als eine Höflichkeitsfloskel. Ja, er solle sie besuchen. Am besten am Dienstag Nachmittag. Gegen fünf, wenn es ihm recht sei.

Sie empfing ihn in einem seidenen Kimono, der ihr ausgezeichnet stand. Die Umarmung verlief stürmisch, wobei er ihren Duft wahrnahm, der ihn einst so erregt hatte. Dann bemerkte er den prüfenden, etwas kurzsichtigen Blick, mit dem sie ihn ins Auge fasste. »Hast dich gar nicht verändert, Negro.« Genau diese Plattitüde hatte er von ihr erwartet. Es fehlte nur noch die Erkenntnis, dass die Zeit nicht stillgestanden habe. Während er nach einer passenden Erwiderung suchte, plapperte sie weiter. Von ihren beiden Söhnen befand sich der ältere noch in der Schule, der kleinere im Kindergarten. Beide kämen erst nach sieben nach Haus. »Gut geratene Kinder.« Sie erhob sich, um ein Foto der beiden Pausbäckigen seiner pflichtgemäßen Bewunderung auszusetzen. Dann schenkte sie den Tee ein und legte ihm ein Stück Kuchen auf den Teller. »Das Dienstmädchen hat heute Ausgang.«

Er sah sich in der Wohnung um. Das gepflegte Stockwerkeigentum eines Bürgers der gehobenen Mittelklasse, mit Sicht auf die Grünflächen der Palermo-Anlagen und Gemälden der gerade in Mode befindlichen argentinischen Meister an der Wand. Vermutlich als Kapitalanlage gedacht, »besser als Dollarscheine«.

Flora zupfte sich ihren Kimono zurecht und bewies, dass sie seinen Blick als Inspektion, ja, als einen stillen Vorwurf auffasste. Ihre Erklärung »Glaub' nicht, dass ich meine Jugendideale verloren habe« veranlasste ihn zur von einer angedeuteten Verbeugung begleiteten Versicherung, dass er gar nichts glaube. Als er die Verlegenheit bemerkte, die seine unwirschen Worte in ihr hervorgerufen hatten, milderte er seinen Ausspruch, indem er einräumte, niemand könne von ihr erwarten, dass sie ihr ganzes Leben lang unverändert an den gleichen Idealen festhalte. Jeder habe ein Recht darauf, seine Meinung zu ändern.

»Und du, Negro?« Er war ehrlich genug, um sich vor einer eindeutigen Antwort zu drücken. Er befinde sich noch auf der Suche, erklärte er ausweichend, ohne sich festzulegen.

Fernando – »dienstags kommt er immer spät nach Haus, da muss er mit seiner verwitweten Mutter zu Abend essen; er ist ja ihr einziger Sohn, ihre beiden Töchter zählen nicht für sie, ulkig, was? Sind aber wirklich Ekelpakete, alle beide – der Fernando also geht ganz im Familienbetrieb auf. Eine Apothekenkette. Fünf oder sechs Läden. Oder sind's schon sieben? Ich weiß es nicht und will's auch gar nicht wissen. Das Getue mit dem Geschäft kotzt mich an.«

»Scheinst aber ganz nett davon zu profitieren.«

»Na ja. Mein Mann erfüllt alle meine Wünsche«, gab sie zu. »Was du nie fertiggebracht hättest«, stand deutlich hinter diesem Satz.

»Bist also noch ledig«, stellte sie dann mit einem Blick auf seinen Ringfinger fest, bevor sie sich erkundigte, wie es ihm denn so gegangen sei im Leben. Gut sei's ihm gegangen, behauptete er um ein paar Nuancen zu vehement. Nach kurzem Nachdenken gab er sich einen Ruck, er hätte nicht sagen können, wie er plötzlich zu seinem Entschluss gekommem war. »Und demnächst fliege ich wieder in die Staaten zurück, wo man auf mich wartet.«

»Schade!«, meinte sie nachdenklich, ohne zu erklären, auf was sie sich mit dieser Bemerkung bezog. Er nickte schweigend.

Sie sah auf die Uhr. Bald kämen die Kinder aus der Schule. Es klang fast wie ein Hinauswurf. Jedenfalls fasste er ihre Worte wie einen solchen auf und erhob sich. »Fernando wird es leidtun, dich nicht getroffen zu haben«, schwindelte sie ihm vor, ohne Anstalten zu machen, ihn zurückzuhalten.

Die Haustür fiel hinter ihm ins Schloss. Hinter ihm und, wie er erkannte, hinter einer Etappe seines Daseins.

X Schuld und keine Sühne

35

Spät lernte José richtig sprechen. Bis zu seinem vierten Lebensjahr blieb er nahezu stumm, so, als habe ihm der Schreck die Sprache verschlagen. Daher glaubten die Erwachsenen, er sei auch im Verstand zurückgeblieben, und hielten sich in seinem Beisein nicht mit der Sprache zurück. Er aber war ein kluger Junge und verstand weitaus mehr, als es seine Umwelt für möglich gehalten hätte. Nein – verstehen wäre wohl nicht das rechte Wort. Eher könnte man es als eine traumhafte Ahnung bezeichnen, der er ausgesetzt war, entsetzlich und tröstlich zugleich, die von den Mysterien herrührte, die mit seiner Geburt zusammenhingen. Die waren in seinen Chromosomen festgeschrieben und regten sich im Unterbewusstsein der Vorerinnerung. Ihr Widerschein konnte unversehens in den Gesprächen der Großen aufblitzen, nicht greifbar, aber erkenntlich an deren schmallippigen Mündern, die sie zusammenkniffen, auf dass ihnen keines der Geheimnisse entschlüpfe, an denen zu rühren streng verboten war: seelische Reflexe, die, hätte man versucht, ihrer habhaft zu werden, keiner rationalen Erkundung zugänglich gewesen wären. Aber wer hätte auch solches versuchen sollen?

Er war ein neugieriges Kind, doch früh schon lernte er, seine Neugier zu verbergen. Denn die Fragerei ist Sünde, die kleine Kinder zur Hölle verdammt. Das wusste er von der Mutter, die es mit dem Klerus hielt. Geschwister hatte er keine. Vettern und Cousinen hielt man von ihm tunlichst fern. Da er mit den Eltern häufig den Wohnort und folglich die Schule wechselte, besaß er keine richtigen Freunde. So wuchs er einsam auf und verschlossen, in einer Welt der Fantasie, wohin ihm der Vater nicht folgen konnte, dessen finstere Strenge ihn ängstigte.

Seine helle Haut und seine graublauen Augen gaben Anlass zu anzüglichen Bemerkungen der miteinander verschwörerisch tuschelnden Männer, die manchmal in seinem Haus auftauchten. Denn die Eltern – Jorge und Ceferina Lozano – wiesen einen dunklen Teint auf und waren braunäugig wie die Rinder, unter denen sie aufgewachsen waren in der Provinz Corrientes, im Territorium der Guaraní-Stämme.

Dass seine Herkunft im Dunkel lag, verdächtig und zu Geflüster Anlass gebend, ließ man ihn schon als kleines Kind spüren. »Warum rufen mir die Kinder Worte nach, die ich nicht verstehe und zu denen sie hässlich lachen?« Fragen, über die seine Eltern, kamen sie ihnen zu Ohren, wütend wurden und ihn auszankten und zur Strafe in die Ecke stellten. Was ihm Herzklopfen verursachte. Und manchmal eine nasse Hose, worüber er sich sehr schämte.

Er war sieben oder vielleicht schon acht – lesen jedenfalls konnte er bereits –, als er einmal in Abwesenheit der Eltern im Wäscheschrank herumkramte, wie es Kinder in diesem Alter so gerne tun. Versteckt in der tiefsten Ecke, fiel ihm ein verschnürtes Bündel in die Hände. Eine ungewöhnlich aussehende, da überaus bunt zusammengestellte Babyausstattung und ein Rasselchen aus Kunststoff. Wem diese Dinge wohl gehört hatten? Vielleicht dem unbekannten Brüderchen, das nur in seiner Fantasie lebte, nach dem er sich aber innig sehnte? Als er eines der Strickjäckchen vor sich ausbreitete, entdeckte er am Rand einen eingestickten roten Schriftzug. »P-A-B-L-O«, entzifferte er. Schlechten Gewissens legte er das Bündel an seinen Platz zurück.

»Wer ist Pablo?«, bestürmte er die Mutter nach ihrer Rückkehr. Noch nie hatte er sie so ärgerlich gesehen wie bei jener

Gelegenheit; richtiggehend purpurrot war ihr Gesicht angelaufen. »Wer hat dir erlaubt, meine Sachen zu durchwühlen?« Da ging ihm auf, dass sein Fund mit der Erbsünde zusammenhing, vor der ihn die Mutter ständig warnte. Vielleicht die Todsünde sogar! Böse starrte sie ihn an. Nach einer ganzen Weile fiel ihr aber doch eine Erklärung ein, die sie nun von sich gab: Eine Freundin habe ihr diese Sachen zur Aufbewahrung übergeben.

»Welche Freundin, Mama?«

»Ach, du mit deiner Fragerei! Kinder, die so viel fragen, die holt der Teufel!«

Auf diese Art lernte er früh, sich mit seinen Fragen zurückzuhalten.

Tags darauf erzählte er den Kindern in der Schule von seinem großen Bruder. Pablo heiße er und eines Tages werde er ihn zu Hilfe rufen, damit er alle, die ihn neckten, verprügle.

So lernte er das Lügen. In aller Unschuld lernte er es.

Es gab Gefahren, denen er ausgesetzt war. Vor denen ihn der Vater warnte: »Sprich nie mit Fremden! Die führen meist Böses im Schild. Pass auf, denn wir sind von Feinden umgeben, die uns ständig beobachten!«

So lernte er das Misstrauen. Das verband ihn mit den Eltern, dem Ehepaar Lozano aus Corrientes. Ein starkes Band, wie sich erweisen sollte.

Er wuchs zu einem verschlossenen Menschen heran. Seine Gefühle brachte er vor allem in den Zeichnungen zum Ausdruck, die er mit kindlicher Hingabe anfertigte. Kahle Landschaften. Entwurzelte Bäume. Menschenkinder mit vor Entsetzen weit geöffneten Augen. Tiere – Hunde und Kühe; die gelangen ihm besonders gut. Die Lehrer empfahlen, diese Begabung zu fördern. Sie sollten ihren José zur »Vereinigung der Kunstfreunde« schicken, um ihn für den Besuch der Kunstakademie vorzubereiten. Für einen solchen Jungen gebe es Freistellen. Doch Don Jorge, der Vater, wollte nichts wissen von der Malkunst, die ihm fremd war. Dann schon lieber ein wenig Musik, das war etwas Bodenständiges. Daher kaufte er dem Jungen zu seinem Geburtstag eine billige Gitarre. Darauf möge er Chamamés klimpern, die Melodien seiner Heimat, aus der sie, seine Eltern, stammten. Solches gehöre sich für ihren Sohn, nicht wahr? Und was den Geburtstag anbelangt – es war der zwölfte –, so war das Datum, bei Lichte betrachtet, ungewiss; am besten hält man sich an die standesamtlich ausgefertigte Urkunde, ohne daran zu kratzen. Aber diese Überlegung behielt der Alte für sich. Denn die ging niemanden etwas an. Seit jener Zeit spielte José auf seinem Instrument, immer wenn er sich einsam fühlte. Und das war ziemlich häufig der Fall.

Noch nie hatte er sich so unglücklich gefühlt wie im Jahr seines Aufenthalts in einem Dorf in den Nähe von Posadas, unweit der Grenze mit Paraguay. Dorthin waren seine Eltern von einem Tag zum andern fluchtartig aufgebrochen. Nach einem Besuch der tuschelnden Männer war's gewesen. Wie es hieß, weil der Vater dort am Grenzübergang zu tun hatte. In der dortigen Schule, in die er sich so jäh versetzt sah, fiel er durch seine ins Blaue spielenden Augen auf und durch die helle Haut. »Lozano, dich hat bestimmt der Klapperstorch gebracht«, vermutete einer seiner neuen Klassenkameraden. Der war stolz auf die dunkelbraune Hautfarbe, die man an den Menschen da oben im Norden gewohnt war. »Nein«, widersprach ein anderer prustend, »den fand man in einem Kohlkopf. Dort hat ihn seine Mutter geerntet.« Der bereits seit Jahren vorbereitete Boden in ihm nahm das giftige Saatgut der Diskrimination auf, die sich immer gegen die Minderheiten richtet, die als Fremdkörper empfunden werden.

Solches versuchte der aufgeklärte Lehrer der Mutter verständlich zu machen, als sie Klage führend bei ihm erschien. Man mache sich über den Ursprung des Jungen lustig? Man hege Verdacht gegen ihn? Der Lehrer zeigte sich erstaunt: »Was für einen Ursprung denn, was für einen Verdacht, Doña Ceferina?« Sie meine nur so, gab sie von sich und presste die Lippen aufeinander. Der Lehrer zuckte die Schultern. Es war ihm anzusehen, dass er sich seinen Teil dachte. Über den Ursprung des Jungen und über die Verdachtsmomente.

Kurz nachdem die Lozanos die Rückreise nach Buenos Aires angetreten hatten, erschienen zwei Damen beim Lehrer. Abgesandte der »Großmütter der Plaza de Mayo«, die sich nach jenem Burschen mit den hellen Augen und der hellen Haut erkundigten. Nach einem gewissen José Lozano oder wie er in Wirklichkeit heißen möge. Der Lehrer versicherte seinen Besucherinnen, dass er ihnen gerne geholfen hätte. Aber das Ehepaar Lozano hätte den Jungen ohne Voranmeldung aus der Schule genommen und sei nach Buenos Aires zurückgekehrt. Ihre neue Adresse habe man ihm nicht hinterlassen. Niemandem war sie bekannt, wie sich herausstellte.

36

Erst Jahre später – längst hatte das Land den Spuk der Militärdiktatur hinter sich gelassen, wenn auch längst noch nicht vergessen – war es so weit, dass die Jagd nach Pablo, alias José, begann. Nach dem Enkel von Frau Dr. Adler, den man deren Tochter Adriana geraubt hatte. Damals, im Folterzentrum der Mechanikerschule der Marine war es geschehen, wo die Mutter, kaum entbunden, durch die Himmelspforte in den Tod gestoßen wurde.

Eine seltsame Treibjagd, denn das Opfer war hin- und hergerissen von zwei auseinanderstrebenden Kräften. Fühlte sich gejagt und wurde gleichzeitig dazu gezwungen, selbst zu jagen. Waren doch die Eltern Lozano womöglich Verbrecher, die den Mördern seiner wirklichen Eltern nahegestanden hatten. Oder vielleicht war alles ganz anders gewesen. Denn Mama und Papa hatten ihn doch von Kindesbeinen an liebevoll aufgezogen und vor der Erbsünde bewahrt. Liebevoll? Auf ihre Weise gewiss … Das starke Band!

Die »Großmütter« veröffentlichten periodisch ihre Aufrufe: Jeder zwischen den Jahren 1976 und 1983 Geborene, der irgendwelche Zweifel an seinem Ursprung hege, solle, ja: müsse sich bei ihnen melden. Eine ganze Anzahl von Anzeigen gingen daraufhin ein, denn es gibt viele Jugendliche, die in irgendeinem Stadium ihrer Entwicklung davon fantasieren, man habe sie in der Geburtenklinik vertauscht, sei's aus Versehen oder aus böser Absicht. Zwar wurden durch den Feldzug dieser Großmütter Hunderte von Fällen des während der Militärdiktatur systematisch erfolgten Kinderraubs aufgedeckt, aber die meisten der Anzeigen stellten sich als gegenstandslos heraus. Was die Großmütter nicht daran hinderte, weiteren Spuren nachzugehen. Die Herausgabe des genetischen Materials zwecks Vergleich mit den in der Datenbank befindlichen Proben, um solcherart die Bestimmung der Familienzugehörigkeit vorzunehmen, sei nicht nur ein Recht der Betreffenden, sondern eine Pflicht, der sie sich nicht entziehen könnten. So wollte man in den Besitz der Beweise gelangen, derer es bedurfte, um die falschen Eltern hinter Gitter zu bringen und die geraubten, inzwischen erwachsenen Kinder mit ihren Blutsverwandten zusammenzubringen, selbst wenn sie gar nichts von ihnen wissen wollten. Hunderte von Fällen wurden geklärt, weitere

Hunderte harrten noch ihrer Entdeckung. Man hörte von friedlichen Einigungen, bei denen die Geraubten, in den Besitz ihrer wahren Identität gelangt, sowohl mit den Blutsverwandten wie mit den Zieheltern ein einigermaßen ziviles Verhältnis aufbauen konnten, doch bei vielen von ihnen kam es zu unheilbaren Herzenswunden.

Es dauerte viele Wochen, bis sich José dazu durchrang, bei den Großmüttern vorzusprechen. Zögerlich tat er es, heimlich und von Gewissensbissen geplagt. Die ihn empfangenden Großmütter zeigten Verständnis für seine Seelenqualen. Dabei stellte es sich heraus, dass sich in ihren Archiven bereits viel über sein Leben und Tun befand. Man kannte das Datum seiner Geburt, glaubte, über deren Umstände Bescheid zu wissen, und bewies eine geradezu unheimliche Kenntnis selbst der intimsten Falten seines Körpers, indem das kleine Muttermal an seinem linken Oberschenkel zur Sprache kam. Als man aber in ihn drang, er müsse endlich mit einer Speichelprobe und einem Tropfen Bluts herausrücken, um die Unterlagen sicherzustellen, derer es bedürfe, um gerichtlich vorgehen zu können, schreckte er zurück. Er bringe es nicht übers Herz, seine Eltern – die vermeintlichen Eltern, wie man ihm einzuhämmern versuchte – ins Gefängnis zu bringen.

»Du musst für Gerechtigkeit sorgen!«, bedrängten die Großmütter den Widerstrebenden. »Das bist du deiner ermordeten Mutter schuldig, Pablo Vergara Adler. Und dir selber auch.«

Als er nun zum ersten Mal im Leben mit seinem vollen Namen angesprochen wurde, der den Vornamen Pablo enthielt, den er einst entdeckt hatte, rot eingestickt in ein buntes Babyjäckchen, begann er plötzlich am ganzen Körper zu zittern. »Deine Großeltern sehnen sich seit Jahrzehnten nach dir!« Doch diese Worte erreichten ihn schon nicht mehr. Denn er wurde von einem Schreikrampf heimgesucht, der klang, als löse sich ein angestauter Druck gewaltsam aus seiner Brust. Minutenlang brüllte er verzweifelt, bis er ganz heiser war, bis er strauchelte und bewusstlos zu Boden fiel.

Die alten Damen waren ratlos. Im Laufe ihrer Tätigkeit hatten sie schon gar manche Reaktion auf die Entdeckung der wahren Identität dieser Kinder des Terrors erlebt: Weinkrämpfe, gewiss auch solche. Unbeherrschte Lachsalven. Aggressionserscheinungen aller Art. Verzweifelte Abwehr und Unglauben. Noch nie aber waren sie einer derart heftigen Krise begegnet. Man kümmerte sich um den Ohnmächtigen, man legte ihm kalte Lappen auf die Stirn, öffnete das Fenster, lockerte ihm die Kleidung, fächelte ihm Luft zu. Was man in solchen Fällen eben so tut, um nicht untätig herumzustehen. Endlich schlug er die Augen auf und kam zu sich.

Eine Welt war für ihn zusammengebrochen. Künstlich, lügenbehaftet, brüchig, voller dunkler Geheimnisse und Schrecknisse, jene Welt. Die einzige jedoch, die es bisher für ihn gegeben hatte. Psychologen assistierten nicht nur ihm, den Verunsicherten, sondern auch María Inés, ihrer alten Kollegin. Denn eine Sache ist es, fremden Patienten zu helfen, eine ganz andere, sich am eigenen Schopfe aus dem Morast zu hebeln. Ein Versuch, der bekanntlich allen physikalischen Gesetzen zuwiderläuft.

Zu jenem Zeitpunkt geschah es, dass man es für angezeigt hielt, die erste vorsichtige Begegnung zwischen Enkel und Großmutter – der legitimen – in die Wege zu leiten.

»Was soll jetzt aus meinen Eltern werden?«

»Deine Eltern sind tot. Ermordet. Willst du ihre Fotos sehen?«

Er schüttelte den Kopf. Er wusste und verschloss sich gleichzeitig diesem Wissen. Seine Eltern hießen noch immer

Ceferina y Jorge Lozano für ihn. Sein Personalausweis war auf den Namen José Lozano ausgestellt. Nein: Von einem Gang zum Gericht wolle er nichts wissen.

So kam es, dass er in einer Grauzone der Unsicherheit umherirrte, ohne festen Boden unter den Füßen zu finden. In seinen Träumen erschien ihm eine traurig lächelnde Mutter, die nicht die seine war. Die politischen Karikaturen, die er für eine Zeitschrift anfertigte – eine Nebenbeschäftigung, denn hauptberuflich war er bei einer Filiale der Nationalbank als Kassierer angestellt –, nahmen derartig an Sarkasmus zu, dass ihn die Redaktion um Zurückhaltung bat. Man wolle sich der Regierung gegenüber nicht zu kritisch zeigen, nie könne man wissen, wie sich die aufs Korn genommenen Politiker rächen würden. An den Redakteuren und auch an ihm selbst, der seine Zeichnungen mit den verschlungenen Anfangsbuchstaben seines Namens signierte. Mit »J. F.«

Tagsüber konnte es passieren, dass er sich beobachtet fühlte, was ihn an die Warnungen seines Vaters gemahnte. Eines Mittags, als er sich gerade anschickte, sein Stammlokal im Stadtzentrum zu betreten, spürte er Blicke im Nacken. Er war sich gewiss, dass es die Blicke jener Frau Doktor waren, die hinter der Jagd stand, die man auf ihn veranstaltete. (Dass er sie durch seine Annäherung an die Großmütter selbst ins Rollen gebracht hatte, war ihm entfallen.) Doch als er sich umwandte, um sich der Feindin seiner Eltern zu stellen, konnte er keine verdächtige Person wahrnehmen, sondern nur ein paar Passanten, die vorüberhasteten, ohne ihn zu beachten.

Die Mühlen der argentinischen Justiz mahlen zwar äußerst langsam und keineswegs immer gerecht, aber in diesem Fall setzte sich der Mahlvorgang doch in Gang, kaum dass die sommerlichen Gerichtsferien zu Ende waren. Enrique, längst aus Chivilcoy zurückgekehrt und seiner neuen Beschäftigung nachgehend, erlebte den Prozess aus nächster Nähe. Zwei Tage lang war sogar im Fernsehen die Rede davon. Freilich: von einer einseitigen Perspektive aus gesehen. Ein Verstoß gegen die Menschlichkeit, ein Menschenraub, der gesühnt werden müsse. Ohne Rücksicht auf die Tragödie zu nehmen, die sie für einen jungen Menschen darstellte, dem man den Boden unter den Füßen entzogen hatte, indem man ihn vor die Tatsache stellte, dass seine ganze Existenz auf Lügen beruhte. Dass seine vermeintlichen Eltern nicht seine Eltern waren; der Name, unter dem er aufgewachsen war, nicht der seine; die ihm zugeschriebene Familienchronik nicht die Geschichte seiner Vorfahren war und das Bild, welches ihm der Rasierspiegel zurückwarf, nicht seinen Namen trug.

Die Annäherung gestaltete sich als ein behutsames gegenseitiges Abtasten an neutralem Ort. Als María Inés einen ersten Ausdruck der Zärtlichkeit wagte, das sachte Streicheln seines rechten Handrückens, zuckte er zurück, als habe er sich verbrannt. Nein, so weit war er noch nicht, auch wenn er sich in seinen Träumen mehr als einmal nach einer Liebkosung gesehnt hatte, nach einem Beweis mütterlicher Liebe, der ihm bisher versagt geblieben war.

María Inés brachte ein Fotoalbum mit. Schweigend betrachtete José, der längst Pablo für sie hieß, die Bilder. Der junge Mann, der immer Pablo geheißen hatte, auch wenn dieser Name nicht amtlich war, konnte den Blick nicht lösen vom Gesicht des Mädchens mit dem freundlichen Lachen. Von Adriana, seiner Mutter, die damals jünger war, als er es jetzt ist. Die Großmutter machte ihn auf Familienähnlichkeiten aufmerksam. Die Farbe der Augen. Die Körperhaltung, gewisse Gesten, die er, wie sie behauptete, rätselhafterweise von der Mutter geerbt haben sollte. Als sie die Tränen in den Augen ihres Enkels gewahrte, berührte sie erneut seinen Handrücken. Diesmal wurde ihre Geste nicht zurückgewiesen.

Am folgenden Tag ließ er sich von zwei Großmüttern zum Gericht begleiten. Hinter dem Rücken seiner Großmutter – der echten – tat er es, wie diese ihrem Nenn-Neffen Jahrzehnte später kommentarlos berichtete.

Und hinter ihrem Rücken war es auch, dass er später seine in Untersuchungshaft befindlichen Zieheltern besuchte, gegen die er ausgesagt hatte, widerstrebend zwar und mit halben Sätzen, aber eben doch. Versorgte sie im Gefängnis mit Lebensmitteln und Zigaretten (alkoholische Getränke waren nicht gestattet), die diese mit verschlossener Miene entgegennahmen. Dabei war er bemüht – besten Willens zwar, aber vergebens, wie sich herausstellen sollte –, Gefühle der Dankbarkeit aufzubringen für die elterliche Zuwendung, die er von ihnen empfangen hatte. Dieses starke Band!

Aufmerksam verfolgte María Inés die wechselhaften Phasen der sich anbahnenden Konversion des jungen Mannes von José Lozano zu einem Pablo Vergara Adler. Sie erkenne die Gefahren und die seelischen Spannungen, denen er ausgesetzt sei, nachdem er auf Schritt und Tritt »altbekannt Neues« in sich aufnehmen müsse, wodurch verborgene Dinge in ihm zum Schwingen kämen. So die Tante dem Neffen gegenüber, indem sie sich einer geradezu lyrischen Wortwahl bediente. »Mein Herz ist voll«, gestand sie ihm. Übervoll sei es. Daher müsse sie es ihm ausschütten. Was sie verschwieg, war, dass sie es mit schlechtem Gewissen tat, weil sie die in Enrique aufkeimende Eifersucht erkannte, die sich gegen den Wiedergefundenen richtete, der sich in aller Unschuld anschickte, ihn im Herzen der Tante zu verdrängen. Im übervollen. Er war sich dieser Regung bewusst, deren er sich schämte. Dabei war nicht auszuschließen, dass sie eine der Triebfedern darstellte – wenn auch wohl nicht die stärkste und bestimmt nicht die einzige –, die hinter dem in ihm heranreifenden Entschluss stand, das Heimatland endgültig zu verlassen. Auch wenn er vorderhand noch den ungeliebten Posten im Institut für forensische Genetik versah.

37

Er musste an das hämische Grinsen denken, mit dem ihn die dicke Beamtin bei seiner Ankunft im Flughafen von Buenos Aires begrüßt hatte. »Willkommen in der Heimat, Miliani Enrique!« So, als sehe sie voraus, dass er reumütig in die Staaten zurückkehren werde, wo er bei der Erlangung seiner *green card* mit Schwierigkeiten zu rechnen habe. Um diesen zu begegnen, hatte er sich einen Trick ausgedacht, um die Behörden zu täuschen. Er rief seinen Vetter Norberto an, den Notar in Chivilcoy. Der möge ihm ein ärztliches Attest besorgen, aus dem hervorgehen solle, dass sein Vater schwer erkrankt sei, was die Anwesenheit des Sohnes erfordert habe. Diese Bescheinigung müsse er notariell beglaubigen und ihm, versehen mit allen amtlichen Stempeln, durch den ›Kommissionär‹ Don Angel baldmöglichst zustellen, damit er sie beim amerikanischen Konsulat einreichen könne. Damit gedachte er, seine Eskapade zu rechtfertigen, die sich anderenfalls störend auf den Prozess der Einbürgerung auswirken würde.

»Und wird man dir ein so durchsichtiges Manöver glauben?«, der Notar.

»Du machst dir keine Vorstellung, wie leichtgläubig die Gringos sind«, die Antwort Enriques, mit der er bewies, dass er seine mit der Muttermilch aufgesogene listenreiche Denkungsart noch nicht abgelegt hatte. Die war ihm beim Truco-Spiel von Nutzen und beim Umgang mit der bösartigen Bürokratie, deren Schikanen der Normalbürger ausgesetzt ist.

Die Mutter half ihm beim Packen. Wortkarg tat sie es; der Vorschlag, sich mithilfe der Genetik der Zucht neuer Bienenstämme zu widmen, kam nicht mehr zur Sprache. Allen war bewusst, dass es sich diesmal um eine regelrechte Auswanderung handelte. Man kam überein, ihn nicht zum Flughafen zu begleiten. »Um den Abschiedsschmerz nicht unnötig zu verlängern«, wie Teresita meinte, was ihren Mann veranlasste, darauf hinzuweisen, dass der Junge ja schließlich nicht aus der Welt scheide und dass es Flugzeuge gebe, die einem jederzeit zur Verfügung stehen, um sich gegenseitig zu besuchen. »Also bitte keine Tragödie, meine Liebe!« Eine Ansicht, der sich alle Familienangehörigen und Freunde anschlossen, die sich am letzten Sonntag seines Aufenthaltes in Chivilcoy zum Abschieds-Asado eingefunden hatten.

Auf diesem war noch einmal der Skandal zur Sprache gekommen, den die Verfolgung der beiden Adoptivkinder der Noble-Witwe ausgelöst hatte. Enrique erfuhr bei dieser Gelegenheit, dass auch die in den Staaten durchgeführten genetischen Analysen keine Bestätigung des von den Großmüttern in Umlauf gebrachten Verdachts ergeben hatten. Zweifellos stimmte die DNS der jungen Leute mit keiner der vorliegenden Unterlagen überein. Zur großen Enttäuschung der Regierung und des Ehepaars Rico aus Chivilcoy.

Die letzten Tage vor seiner Abreise verbrachte Enrique noch einmal im Hause von Onkel und Tante Adler. Es sollte das letzte Mal sein, dass er dessen vertraute Gerüche und Geräusche wahrnehmen würde. Das war nicht nur ihm bewusst. Doch die dort vorherrschende gedrückte Stimmung war weniger auf dieses Bewusstsein der Endgültigkeit zurückzuführen als auf die Enttäuschung, die Pablo seiner Großmutter bereitete. Bitter beklagte sich die beim Neffen, man mache ihr diesen so hart erkämpften Enkel abspenstig.

»Abspenstig, Tante?«

Die »Mütter der Plaza de Mayo« seien hinter ihm her wie der Teufel hinter einer armen Seele. Eine Behauptung, über die sich Enrique überrascht zeigte. Denn was ihn anbelangte, so brachte er diese tapferen »Mütter« mit keinerlei diabolischen Absichten in Zusammenhang. Von Kindesbeinen an war ihm bekannt, dass sie sich während der Diktatur Donnerstag für Donnerstag zu einem Schweigemarsch auf dem historischen Platz vor dem Regierungsgebäude eingefunden hatten, angetan mit Windeln symbolisierenden weißen Kopftüchern, um die Herausgabe ihrer verschollenen Kinder zu fordern – der sogenannten Verschwundenen, derer sich die Militärs bemächtigt hatten. Noch immer, so glaubte er zu wissen, genossen sie den Respekt und die Sympathie vieler Kreise sogar im Ausland.

»Das war früher tatsächlich so gewesen«, klärte ihn die Tante auf. Aber letzthin versuche Hebe Bonafini, die dem linken Flügel der Montoneros angehörende Vorsitzende dieser Vereinigung, Einfluss auf das politische Geschehen des Landes zu nehmen, indem sie sich wie der hassprühende Racheengel der damals Umgekommenen gebärde. Ausgestattet mit beachtlichen finanziellen Mitteln, deren Ursprung im Dunkel läge, werbe sie für ein autoritär linkes Vaterland, dem sich ihre Kinder unter der Diktatur geopfert hätten. Dass sie nicht davor zurückgescheut habe, den Anschlag auf die Twin Towers vom 11. September 2001 zu begrüßen, zeige, welch Geistes Kind sie sei. Der harte Kern, der sich um diese Frau scharte, bekämpfe alle Andersdenkenden aufs Messer, als seien sie ihre Todfeinde. Jetzt habe sie es tatsächlich fertiggebracht, dass sich ihr »einzig Fleisch und Blut« von seinen wahren Großeltern zurückziehe, um sich in die Abhängigkeit jener Leute zu begeben. Eine Behauptung, die Enrique anzweifelte, denn seines Wissens bemühten sich Mütter und Großmütter eher um die Zusammenführung der Geraubten mit ihren eigentlichen Familien. María Inés war anderer Meinung. Mehr noch: sie verdächtigte die Mütter, sie hätten es darauf abgesehen, sie als eine Komplizin der uniformierten Mörder seiner Eltern anzuschwärzen. In seiner Seelennot stelle er eine leichte Beute für Hebe und ihre Gesinnungsgenossinnen dar. Ganze Nächte bleibe er ihrem Hause fern, angeblich, um auf der von diesen ›Müttern‹ gegründeten Universität Soziologie zu studieren. »Er müsse jetzt viel nachholen, hat er uns erklärt. Wer weiß, mit was für Hassparolen man ihm dort den Kopf heiß macht. Seiner Arbeit bei der Bank geht er zum Glück noch nach, aber anstelle seiner politischen Karikaturen entwirft er jetzt Plakate für die ›Mütter‹. Schade für die künstlerische Veranlagung, die er von seinem Vater geerbt hat.« Dass sie von der Befürchtung verfolgt wurde, ihr Pablo könne dem fatalen Abweg seiner Mutter folgen, behielt sie für sich. Doch Enrique fiel es nicht schwer, die Sorgen der Tante zu erraten. Dass sie an der Überzeugung festhielt, die Geschichte wiederhole sich immer wieder, manchmal in Form einer Komödie, meist aber in der einer Tragödie, ganz einfach, weil sich die Natur des Menschen im Laufe der letzten Jahrtausende nicht verändert habe, war ihm längst bekannt. Eine pessimistische Grundeinstellung, der er sich zu erwehren suchte, indem er sich an einen Fortschrittsglauben klammerte, der eher einem Yankee anstand als ihm.

38

María Inés ließ es sich nicht nehmen, ihren Neffen zum Flughafen zu begleiten. Der musste sich eingestehen, dass ihm der Abschied von der Tante um einiges schwerer fiel als der von seinen Eltern und Brüdern. Dabei ließ ihm der Gedanke an Pablo keine Ruhe, an ihren gefundenen und wieder verlorenen Enkel, in dem sie sich die späte Erfüllung ihres Lebens erhofft hatte.

Ein in diesen Stunden des »unwiderruflichen Abschieds« (eine Bezeichnung, die in ihrem Mund klang, wie ein Bezug auf ihren nahen Tod) abgelegtes Geständnis verriet ihm, wie viel er ihr bedeutete.

In der Kantine des Flughafens, wohin sich Tante und Neffe nach der Abfertigung des Gepäcks begeben hatten, geschah es. An ihrem Nebentisch hatte sich eine lärmende Gesellschaft junger Leute niedergelassen. Ihren Gesprächen war zu entnehmen, dass es frisch gebackene Agraringenieure waren, die zu einem in Porto Alegre stattfindenden Kongress ihres Fachbereichs reisten. Drei männliche Teilnehmer und eine Frau. Es waren zuversichtliche Gespräche, die da geführt wurden, getragen von der Überzeugung, dass der argentinischen Landwirtschaft eine glänzende Zukunft beschieden war. Die sich derzeit am Ruder befindende Regierung, so konnte man der Unterhaltung entnehmen, habe zwar den Landwirten aus ideologischem Vorurteil einen selbstmörderischen Kampf angesagt, weil sie in ihnen die Verkörperung der konservativen Macht sehe – selbstmörderisch, weil Landwirtschaft und Viehzucht nun einmal den Reichtum Argentiniens darstelle –, aber diese lächerliche Episode werde früher oder später überwunden und im Mülleimer der Geschichte landen. Denn der Fortschritt sei auf die Dauer nicht aufzuhalten. Trotz aller

Politiker, die hierzulande oft den Eindruck erwecken, sie stemmten sich diesem mit vereinten Kräften entgegen. Der Optimismus der jungen Leute erweckte den Eindruck, als ständen sie der Politik des Kirchner-Ehepaars keineswegs so ablehnend gegenüber, wie etwa viele der in Chivilcoy angetroffenen Freunde und Verwandten. Seine Eltern inbegriffen. Ihr jugendlicher Optimismus wirkte geradezu ansteckend.

Schon verfüge man über Wettersatelliten zur Voraussage und Analyse der meteorologischen Bedingungen, um den präzisen Termin für die Aussaat zu bestimmen. Und längst habe man das traditionelle Umpflügen des Erdreichs aufgegeben und sich kombinierte Sämaschinen zugelegt, die lediglich Rillen in die Erde kratzen, in die das Saatgut fällt, das anschließend mithilfe kleiner Häufelpflugscharen bedeckt wird. Alles in einem einzigen Arbeitsgang. Selbstverständlichkeiten für die hier versammelten vier Fachkräfte, die ihren Expresso zu sich nahmen. Worüber keine Einigkeit zu bestehen schien, war über die chemische Zusammensetzung der Unkrautvernichtungs- und Schädlingsbekämpfungsmittel, mit denen man die Aussaat besprühte. Für die junge Frau stellten diese ein noch nicht genügend erforschtes Gesundheitsrisiko dar. Die Beigabe von genau dosiertem synthetischem Dünger hingegen fand allgemeine Zustimmung. Man kam zum Schluss, dass sich die Landwirtschaft dank des Zusammenspiels von Meteorologie, Chemie und Maschinenbau in regelrechte Nahrungsmittelfabriken unter freiem Himmel verwandelt hätte. »Ein wunderbares Getriebe«, schwärmte die junge Frau, »in dem ein Zahnrad ins andere greift, als sei's ein gigantisches Uhrwerk.« Es schien, als rekapituliere sie das Referat, das sie in Porto Alegre zu halten gedachte.

An diesem Punkt angelangt, konnte sich Enrique nicht enthalten, das Wort an die Gesellschaft vom Nebentisch zu richten. Indem er sich als Phytogenetiker zu erkennen gab, protestierte er, dass man bei der Aufzählung der Faktoren, dank derer die Landwirtschaft Argentiniens zu den fortschrittlichsten der Welt gehöre, die Genetik vergessen habe. »Stimmt!«, gab einer der jungen Männer zu und blickte diskret auf seine Armbanduhr. Die sei sogar ausschlaggebend im Zusammenspiel der verschiedenen Räder dieses soeben von Diana mit solcher Begeisterung bewunderten Uhrwerks. Denn ohne ein Saatgut, das den selektiven, mit ihnen in Berührung kommenden Unkrautvernichtungsmitteln widerstehe, wäre nichts geworden aus diesem Uhrwerk. Und ...

»Ein Saatgut, das von mächtigen Konzernen durch Patente geschützt ist«, fiel ihm plötzlich María Inés ins Wort. Die vom Nebentisch zeigten sich erstaunt. Nur der Neffe konnte den Gedankengang der Tante nachvollziehen, die daran denken musste, wie ihr Mann vor vielen Jahrzehnten ein Opfer der Machenschaften eines dieser Konzerne wurde, der seine Forschungen hintertrieben hatte.

»Hybrides Saatgut«, erklärte ihr der Verteidiger der Agrartechnik. »Ein Ergebnis aufwendiger Forschungen, das daher den Schutz des geistigen Eigentums zu Recht in Anspruch nimmt.«

»Ein Spiel mit dem Feuer, junger Mann«, erwiderte María Inés, »denn niemand kann heute voraussagen, welche Folgen die in die Saat eingeschleusten Gene in den künftigen Generationen zeigen werden.«

Der angesprochene junge Mann erhob sich und gab seinen Begleitern das Zeichen zum Aufbruch. Dann verneigte er sich höflich vor der alten Dame. Sie möge entschuldigen, aber das Flugzeug warte nicht, sodass er leider die interessante Diskussion nicht fortführen könne. Und ob auch sie Genetikerin sei.

»Nur indirekt«, gab sie zur Antwort. Sie sei nämlich Kinderärztin.

»Ach so!«

Sie kniff die Augen zusammen, um den Ingenieur genauer zu betrachten. Er erinnere sie an jemanden und wie er heiße.

»Leandro Etchebarren, Señora«, stellte er sich vor. »Aber jetzt muss ich wirklich…«

»Etwa ein Sohn von Juan Manuel, dem Estanciero?«, fragte sie betroffen.

»Nein, sein ältester Enkel. Großvater ist längst tot. Und von der Estancia ist nicht mehr viel übrig. Erbzwistigkeiten unter den vielen Nachkommen. Dazu die Steuerlast … So, so, Sie kannten ihn also, meinen Großvater?« Und ohne eine Antwort abzuwarten, ein übergangsloses: »Adios, Señora.«

Verwundert nahm Enrique die Verstörung wahr, die das kurze Gespräch in der Tante ausgelöst hatte. Woher sie denn diese Leute kenne, die Etchegaray oder wie sie hießen?

María Inés hielt stumm den Blick auf ihre Kaffeetasse gerichtet. Endlich entschloss sie sich zu einer Erklärung. Ein kaum verständliches Gemurmel, mit dem sie ihrem Neffen das Geheimnis enthüllte, das ihre Seele seit nahezu einem Dreivierteljahrhundert belastete. Seit dem Aufenthalt bei der »feinen« Gesellschaft auf der Estancia. Juan Manuel Etchebarren! Mit halben Sätzen, aber doch verständlich, brachte sie die Gewalttat zur Sprache, die den weiteren Lauf ihres Schicksals bestimmt hatte: Die Schändung … Ein stechender Schmerz, die Scham und die heiß aufsteigende Wut, ein Leben lang unterdrückt. In der Seelentiefe, dort aber insgeheim weiterwirkend.

Enrique glaubte, das gewohnte Parfüm der Sandelseife wahrzunehmen, das der Tante entströmte. Ohne sie direkt anzusehen, beobachtete er sie aus den Augenwinkeln und sah, wie sie weiter auf ihre Tasse starrte. Verschämt, erschöpft, wie es schien, von der Anstrengung, die sie das Geständnis gekostet haben musste. Eine Welle der Zärtlichkeit überkam ihn. Langsam näherte er seine rechte Hand dem Arm der ihm schweigend gegenübersitzenden alten Frau und begann, ihn zu streicheln. Sie ließ es geschehen.

39

Der Abschied ging dann schnell und unzeremoniell vonstatten. Enrique winkte der zurückgebliebenen Tante noch einmal von der Rolltreppe aus zu. Dann war sie seinem Blickfeld entschwunden und er musste sich auf seine Pass-Abfertigung konzentrieren. Bevor er sich's richtig versah, saß er bereits im Flugzeug, ein paar argentinische Zeitungen und das »Time-Magazine« auf dem Schoß. Als das Flugzeug abhob, sah er aus dem Fenster. Er sah Buenos Aires im Schein der Abendsonne unter sich liegen, was ein wohliges Gefühl der Nostalgie in ihm hervorrief. Etwa so, als vernehme er die samtige Stimme einer alten Carlos-Gardel-Schallplatte. »*Mi Buenos Aires querido ...*« Sie hatten kaum den Rio-de-la-Plata-Strom überquert, als er seinen Sicherheitsgurt lockerte und versuchte, es sich bequem zu machen, soweit dies der enge Sitz zuließ.

Er musste an die Tante María Inés denken, mit ihren widersprüchlichen Meinungen. An den seelischen Schlag, den ihr der Enkel versetzt hatte, indem er sich anders verhielt, als sie es sich erträumt hatte. Als er sich ihrer Vergewaltigung erinnerte, dieses so lang gehüteten Geheimnisses, das sie ihm anvertraut hatte, überkam ihn eine Anwandlung des Widerwillens. Besser, sie hätte geschwiegen! Ob Onkel Fredy darüber Bescheid wusste? Er bezweifelte es. Jenes Ereignis erschien ihm ein Symbol der in seinem Vaterland herrschenden Gewalt. Dieser Welt der politischen Fantasien, der

Unwirklichkeit, durch die das Land alle sieben bis zehn Jahre in eine selbst gemachte Krise schlittert, die es zurückwirft, bis es sich langsam wieder hochrappelt; um wenige Jahre später in eine neue Krise zu torkeln.

Dann aber rief er sich die Gespräche der jungen Leute in der Kantine des Flughafens in Erinnerung. Diese bildeten für ihn die neue Generation, dazu berufen, sein Vaterland von den Intrigen der Parteipolitiker zu erlösen. Zivilisten sowohl wie Militärs, die mit ihrem Egolatismus und ihrem geschwätzigen Dilettantismus diese liebenswerte, wenn auch leider so leicht verführbare Bevölkerung seit fast einem Jahrhundert fest im Griff halten. Argentinien, ein Land der Zukunft? Gewiss. Mit seinem potenziellen Reichtum, dessen fruchtbarer Boden sechs- oder achtmal so viele Menschen ernähren könnte als die vierzig Millionen, die es derzeit beherbergt. Mit seinem angenehmen Klima, seinen Naturschönheiten … An diesem Punkt angelangt, ertappte er sich, wie er sich selbst eine Propagandarede hielt. Warum ein Land der Zukunft und nicht eines der Gegenwart?

Das Abendessen wurde serviert. Während er sich bediente, fiel ihm der Kommentar Norbertos ein, des Notars aus Chivilcoy. Beim Abschieds-Asado hatte er ihn von sich gegeben. Der mangelnde Sinn für Parlamentarismus sei für die Zustände im Land verantwortlich. Der führe zur Vormachtstellung des jeweiligen Präsidenten. Mit dem diesem anhaftenden Hang zum Caudillismus werde die von der Verfassung vorgesehene Unabhängigkeit der drei Regierungsgewalten immer wieder missachtet und das Gleichgewicht zwischen Regierungspartei und Opposition gestört. Auffallend an dieser Analyse war gewesen, dass sie so abstandnehmend gehalten war. Norberto hatte immer nur von »*den* Argentiniern« gesprochen, nie von »*wir* Argentinier«, von »*dem* Land« anstelle von »*unser* Land«.

Eine Haltung, wie sie Enrique während seines Aufenthalts oft begegnete.

Und er selbst?

Er schloss die Augen; ein leichtes Schwindelgefühl lähmte seine Denkfähigkeit. Vielleicht hätte er auf den Wein verzichten sollen, aber er hatte der Versuchung des argentinischen Malbecs nicht widerstehen können.

Verschwommen sah er seine Zukunft voraus. Sah, dass er sich in einen der vielen auf der ganzen Welt verstreuten Argentinier verwandeln würde, die sich in den Vereinigten Staaten, in Brasilien, Spanien, Kanada, Israel, Deutschland oder Australien nach dem verlorenen Paradies der Heimat zurücksehnen, dessen idealisiertem Phantombild sie ein Leben lang anhängen. Hoffend auf den Tag, an dem sich der Traum der Staatsgründer aus dem neunzehnten Jahrhundert verwirklicht, verankert in der Präambel der liberalen Verfassung aus dem Jahre 1853, die er als Schuljunge hatte auswendig lernen müssen und noch immer rezitieren konnte. In der die Absicht in Worte gekleidet wird, »den allgemeinen Wohlstand zu fördern und die Wohltat der Freiheit für uns, für unsere Nachkommen und für sämtliche Menschen zu verbürgen, die das Territorium Argentiniens bewohnen wollen«.

Nachwort

Der Leser dieses Buches fragt womöglich nach dessen Wahrheitsgehalt. Ihm sei versichert, dass der historische Hintergrund des Romans den Tatsachen entspricht. Angefangen mit den putschenden Generälen von Uriburu über Onganía bis zu Videla, über deren Gegenspieler von Firmenich bis zum Priester Mugica, den mehr oder weniger demokratisch gewählten Präsidenten oder dem auf der Familie Lugones lastenden Fluch. Die meisten der geschilderten Episoden – das Schicksal des »blonden Engels«, die Szenen aus den Folterzentren, die Überfälle auf das Guerillo-Heim in La Plata und der auf das Arsenal in Monte Chingolo – sind Prozessakten und der Polizeichronik nachempfunden.

Die Mitglieder der Familien Hernández, Antúnez, Adler, Etchebarren und Miliani hingegen entsprangen meiner Fantasie, genährt allerdings mit den Fragmenten der Eigenschaften vieler Personen, denen ich im Laufe meines Lebens begegnet bin. Solchermaßen spiegeln sie die innere Wahrheit wider, die das Drama dieses herrlichen Landes Argentinien kennzeichnet, in dem ich die weitaus längste Zeit meines Lebens verbrachte und dem ich verdanke, dass ich von der »Endlösung« verschont blieb. Die Gerüche, Farbspiele und Laute, die ich in meinem Text einzufangen versuchte, entnahm ich meinem Erfahrungsschatz.

Buenos Aires, im Herbst 2012

Ein Leben zwischen drei Welten

Robert Schopflocher, als Vierzehnjähriger auf der Flucht vor den Nationalsozialisten, erzählt in seiner faszinierenden Rückschau sein Leben zwischen Verfolgung, Emigration und Suche nach neuen Perspektiven. Sein Weg führt ihn dabei von Deutschland nach Argentinien, wo er als erfolgreicher Schriftsteller eine zweite Heimat findet.

»Lebendigkeit, gepaart mit geistiger Eigenständigkeit und beeindruckendem historischen Wissen, macht die besondere Qualität dieses Buches aus.«
Süddeutsche Zeitung

»Scharfsichtige, feinsinnige und wohltuend uneitle Erinnerungen.« DER SPIEGEL

Robert Schopflocher
Weit von wo

288 Seiten mit 30 Abb., ISBN 978-3-7844-3236-6

Langen*Müller* www.langen-mueller-verlag.de

Ein erschütternder Roman gegen das Vergessen

China, 1938: Die Familie der dreizehnjährigen Meian Ling lebt mehr schlecht als recht vom Reisanbau. Als zahlreichen Mädchen im Dorf gute Arbeitsstellen in der Stadt versprochen werden, zögern die Eltern nicht. Vielleicht können ihre Kinder der Armut entfliehen? Meian steigt in den Bus nach Shanghai und erkennt zu spät, dass sie betrogen wurde: Sie landet in einer »Trostfrauenstation«, einem Bordell der damaligen japanischen Armee. Jahrelang wird sie dort gequält, vergewaltigt, geschunden. Sie überlebt, doch die Schatten der Vergangenheit lassen sie nie los.

Erst Jahrzehnte später fasst sie den Mut, gemeinsam mit weiteren Schicksalsgenossinnen vor Gericht um eine Entschädigung zu kämpfen. Wird sie endlich Gerechtigkeit erfahren? Meians Schicksal ist fiktiv, basiert aber zum großen Teil auf Zeugenaussagen ehemaliger »Trostfrauen«.

Ruth Hallo
Die Trostfrauen

280 Seiten, ISBN 978-3-7844-3302-8

Langen*Müller* www.langen-mueller-verlag.de